相場英雄

ファンクション7

実業之日本社

実業之日本社文庫

目次

《主な登場人物》

イ・スーフン、リ・スーフン（李秀勲）……シルバースター電子（韓国）会長

ソン・ワンギュ（孫完圭）……スーフンの敏腕秘書

リ・ヨンヒ（李英姫）……リ・スーフンの妹

リ・ヨンナム（李英男）……リ・スーフンの弟

リ・ソンス（李成秀）、リ・ドンホ（李東鎬）……北朝鮮の情報員。留学生として東京に潜伏

大田原《おおたはら》 隆一《りゅういち》……明信大学大学院国際ビジネス学部教授。元日本銀行幹部

劉 剛《りゅうごう》……大田原ゼミの留学生。東風電機集団（中国）創業社長の息子

福地《ふくち》建彦《たけひこ》……大田原の元同僚でライバル。日本銀行理事になる

素永《もとなが》武《たけし》……大和新聞経済部記者

若田《わかた》信義《のぶよし》……クレディ・バーゼル証券マネージング・ディレクター兼エグゼクティブ・アナリスト

源《みなもと》 佐栄子《さえこ》……日本橋テレビ経済部記者

ファンクション7
朝鮮半島周辺地図

プロローグ

1

ＩＴコンテンツ制作会社・トランスヴァランス常務の香坂順平《こうさかじゅんぺい》は、三ヵ月ぶりに取れた日曜の休暇をごく普通に過ごすつもりでいた。新宿《しんじゅく》の伊勢丹《いせたん》で新作のジャケットを買ったあと、妻の基礎化粧品の物色につき合った。生後八ヵ月目に入った娘のために、三三歳の香坂は英国ブランドのバギーも新調した。

株式公開を控えたベンチャー企業の若き常務は、日増しに人間らしい表情を見せる娘に嫌われまいと、徹夜明けの体を押し、家族サービスに徹した。地下の総菜《そうざい》売り場でミートパイを買い、自宅で遅めのランチを摂《と》る予定だった。

だが、伊勢丹駐車場の混雑を避けたことが一家の命運を劇的に変えた。香坂順平は、なぜ開店前の駐車待ちの列に並ばず、地下商店街サブナードの駐車場に潜ったのか、ぼんやりと考えていた。買い物を終え、いつものように伊勢丹の駐車場に足を向けていれば、こんなことにはならなかった。あの地下の駐車場に行かなければ、娘と妻はまだ生きていたのだ。

「K病院、T医大病院ともに満杯です。城北地域の緊急指定病院に回ってください」

揺れの激しい救急車の車内、ストレッチャーに横たわったまま、香坂は運転席横の無線機からひっきりなしに飛び込む指令管制室の声をぼんやり聞いていた。香坂はゆっくりと顔を右側に向けた。既《すで》に五分前から妻の蘇生《そせい》措置は停止されていた。動きを止めた妻の左腕には、顔面の半分を血反吐《ちへど》に染めた娘が頭を横たえていた。

なぜ、地下の公共駐車場に猛毒が仕掛けられたのか。なぜ、自分の家族が巻き込まれなければならなかったのか。遠のいていく意識の中で香坂は懸命に考えた。駐車場に停《と》めた、買ったばかりのジャガーのタイヤの横に、飲料水のボトルが転がっていた。あれさえ蹴《け》らなければ、娘と妻は死なずに済んだのだ。そもそも誰があんなボトルを置いたのか。

「管制室より指令。警視庁によると、サブナード一帯に仕掛けられたのはVXガス。繰り返す、VXガスだ。解毒剤の供給が間に合うかどうかはまだ不明。繰り返す……」

VXガスとはなんだ。混濁《こんだく》する意識の中で香坂は考えた。戦場で使われる化学兵器が、なぜ新宿のど真ん中で炸裂《さくれつ》したのか。テロか。そうだ、テロだ。核兵器の保有を宣言し、関連施設を封鎖しないと突っぱねたあの国が、テロを仕掛けたに違いない。

「もうすぐ病院です。がんばって」

銀色のスーツとマスクを装着した救急隊員の顔が香坂の眼前に迫った。なぜこんな服を着ているのか。そうか、俺もあのガスを浴びたからだ。解毒剤がないから、直接触ってくれないのか。

「おい、大丈夫か、しっかりしろ」

隊員がもう一度何かを呼びかけた。いつの間にか、視界の半分が朱色に染まっていた。何がどうなっているのか、薄れる感覚の中では全てが判然としない。

「だめだ、ご臨終だ。近所の警察署にホトケさんたちを降ろして、もう一回新宿に戻れ」

香坂が隊員の叫び声を聞くことは二度となかった。

◇

田代智代《たしろともよ》は、サブナード商店街の下着ショップでショーツを物色していた。二一歳の智代が、口うるさい両親のいる習志野《ならしの》の実家を飛び出し、六本木《ろっぽんぎ》のキャバクラに勤めるようになってから半年経《た》った。ようやく指名客が増え始め、店の寮を出て東中野《なかの》にワンルームの部屋を借りることができた。

明日は地元から高校の同級生三人が遊びに来る。家財道具は無印良品で買った衣装ケースくらいだが、地元の旧友たちには少しだけ背伸びした自分を見てほしい。クローゼットには、接客用の安物ドレス五着とドンキで買ったアディダスのスウェットの上下くらいしか入っていない。だから、ブラとショーツの数だけはある程度揃《そろ》えて、ほんのちょっとだけ見栄《みえ》を張りたかった。

店で仲の良いキャストに聞いたショップは、買い物上手の彼女が言う通り、品揃えは豊富だし値段も高くない。店頭のワゴン。おにぎり大に丸められた薄いピンクとブルーのショーツを手に取った時、智代は喉《のど》に激痛を覚え、咳《せ》き込んだ。

「お客様、大丈夫ですか？」

先ほどまで、にこやかに笑っていた同世代の店員の眉根《まゆね》が寄った。智代も酔客相手の商売、相手の表情の変化は見逃さなかった。だから、この二ヵ月で指名客が五割も増えたのだ。なぜショップの店員の顔色が変わったのか、智代はショーツを持った自分の手を見た。薄いピンクとブルーのショーツに黒い斑点《はんてん》がついていた。しかも、斑点はどんどん大きくなっていた。

鼻血？　小学生のころから、よく鼻血を出して周囲に心配をかけてきた。でも、ここ二、三年は鼻血など出なかった。そう考えたとき、智代の耳に、下水管の詰まりが解けるような音が響いた。同時に、喉の激痛が一段と増した。智代の耳にもう一度鈍い音が響いたとき、手元のショーツが黒一色に変わった。やばい、私ってば、吐血してる……。

「お客様、お客様！」

智代の肩を店員が揺すった時、ワゴンの中のショーツは赤みを帯びた黒一色に染められた。この時を境に、智代が指名客を増やすことはなくなった。

◇

総合商社・光岡《みつおか》商会財務部長の斎田友好《さいだともよし》は、父・友造《ともぞう》と連れ立って小田急《おだきゅう》線の新宿駅から西武《せいぶ》新宿駅に向かっていた。寒冷前線が近づいているのか、新宿の空気は急激に冷え込んでいた。最近髪がとみに薄くなった五二歳の友好は、七八歳の父の手を引いてゆっくりと歩を進めた。

「狭山《さやま》丘陵で農家の手打ちうどんを食べたい」

脳梗塞《のうこうそく》の治癒《ちゆ》から八ヵ月を経て、友造は息子に向かって、ようやく自らの欲求を口にした。

父の一生は、家族に捧《ささ》げたといっても過言ではなかった。自動車会社の研究員を勤め上げ、自分を含む三人の子供を成人させた。父の退職後、一五年経過したとき、母が認知症に苦しんだ。発症当初、友好は海外駐在員としてインドネシアのジャカルタに赴任中だった。妹はアメリカ人と結婚してテキサスのオースチン在住、弟は財務省のキャリア官僚で、関西地方の県庁に総務部長として出向中だった。

「子供に何一つ父親らしいことをしてやれなかったし、母さんには迷惑のかけ通しだった」

自動車会社を定年退職した父は、介護を一手に引き受け、代々木上原《よよぎうえはら》の実家で三年間、近所を徘徊《はいかい》する母を介護し続けた。母の症状は一向に改善しなかったが、父は弱音一つ吐かず、面倒をみた。だが、ある月曜の朝、父がほんの五分間うたた寝をした時、母は家をするりと抜け出し、自宅から三〇メートルの地点で四トントラックにはねられ、即死した。母の葬儀から三ヵ月後、脱力した父は脳梗塞に倒れた。

父は研究員時代、新車の試乗で狭山丘陵を走り回ったと言っていた。「農家の手打ちうどん」を食べる時が父の唯一の息抜きだったに違いない。残り少ない父の人生。ささやかな望みをかなえるためならば、日曜日を全て費《つい》やしてもかまわない。

物静かな老人の手を引きながら、友好がサブナードの「西武線入り口」の看板を目にした時、飲料水のアルミ缶がカランと転がる音が地下街に響いた。危ない。父が踏んで転びでもしたらどうする。友好がそう思った瞬間、左手にかかる重量が急激に増した。友好が視線を向けると、父は両膝《ひざ》を地面について激しく咳き込み始めた。

友好が父の背中に手を添え、一回さすった直後、父は急に地下街の天井を見上げ、口から噴水のように血を吐き出した。二秒後、友好の顔面に大量の生暖かい血しぶきが付着した。空いている右手で友好が自らの顔面を拭《ぬぐ》った時、父はベルトを支点に体を後方に強く折り曲げ、痙攣《けいれん》した。痙攣が起こるたびに、父の口からは大量の血しぶきが上がり続けた。レスリングのブリッジの体勢となった父は、最後に大きく痙攣すると、目を見開いたまま絶命した。

「おい、無差別テロだ！　早く地下から出るんだ」

わずか五、六秒の間に七八年の人生を終えた父。地上から聞こえる怒鳴り声を呆《ぼう》然《ぜん》と聞きながら、友好は奇妙な形に折れ曲がった父の骸《むくろ》を見据えた。人の一生に、こんなむごい終わり方があるのか。友好が父の体を抱きかかえようとした瞬間、周囲のあちこちからゴボッと鈍い音が響き始め、ブシュッという血しぶきが上がる音もこだました。数秒後、悲鳴や呻《うめ》き声が地下街を支配した。

なぜ父がテロの犠牲にならなければならないのか。懸命に、そして寡黙《かもく》に生きてきた父をなぜテロが襲ったのか。友好は首を振り、現実から目を逸《そ》らそうと試みた。しかし、首を振った先に、父と同じように奇妙な形をした別の肉の塊が視界に入った。友好は、急激な嘔吐《おうと》をもよおした。友好の口中に湧《わ》き上がってきたのは、胃液ではなく、生暖かい血液だった。友好は、周囲に響いていた不自然な音を自らの体内で聞いた。

2

前夜から降り始めた小糠雨《こぬかあめ》は、未明に勢いを増し、早朝には豪雨に変わっていた。一九五〇年初冬。朝鮮半島北東部地方の寒村に降りしきる雨が、リ・スーフン（李秀勲）の先行きと、一家の未来を暗示するかのようだった。

家の敷居をまたいだスーフンは、豪雨の中に立ちすくんだ。粗末な茅葺《かやぶ》きの家の、所々、銃弾で穴が空いてしまった板戸の内側からは、祖父と母親、それに幼い妹ヨンヒ（英姫）のしゃくり上げる声がひっきりなしに聞こえた。一〇歳違いの弟、ヨンナム（英男）がまだ寝入っているのがせめてもの救いだった。

振り返ってはいけない。スーフンは唇を強く嚙《か》んだ。もう二度と家族と会う機会はないだろう。穴だらけの板戸を再び見たら、絶対に足が動かなくなる。スーフンは意を決し、右足をぬかるんだ農道に向けて、別離の第一歩を踏み出した。

叔父《おじ》から譲り受けたボロボロの中学校の制服に、氷のように冷たい雨が容赦なく吹きつけた。足を前方に押し出したスーフンは、一瞬立ち止まった。一五年間苦楽を共にした生家を瞼《まぶた》に焼きつけたい。冷えきった体の内側から湧き上がる欲求が足を止めさせた。だが、スーフンは懸命にその思いを押し殺し、重い足を引き上げると、ぬかるむ道をとぼとぼと歩を進めた。やがて国道が見え始めた時、スーフンは意を決して走り始めた。

共産軍兵士を満載した軍用トラックが二台、水しぶきを上げて国道を駆け抜けて行った。国道の北側、峠の方向に視線を向けると、ボンネット型の木炭バスが黒煙を上げて坂道を下ってきた。あのバスに乗ってしまえば、故郷の風景、そして生家を二度と見ることができなくなる。やはり最後に一目だけ、生家を目に焼きつけておこう。スーフンがそう決めた時、雨音とは別の小さな水の音が聞こえた。パシャパシャと響く小さな音とともに、幼い妹、ヨンヒの声が聞こえたような気がした。

馬鹿な、そんなはずはない。スーフンは頭を強く振り、家族への思いを断ち切ろうと試みた。耳元には、ぬかるんだ農道を懸命に蹴る足音が次第に大きくなり始めていた。スーフンは足音の方向を振り返った。

「兄《オッパー》さん、兄《オッパー》さん」

ヨンヒだった。ぬかるんだ道に何度も足を取られたのだろう。全身が泥だらけだ。スーフンは足を止めた。豪雨の中、白い息を吐きながら、ようやく追いついたヨンヒが両足にすがるように抱きついてきた。

「オッパー《ヘ》、どうしても行かなきゃならないの？　嫌だ、絶対に嫌だ」

「いいか、ヨンヒ。しばらくの辛抱だ。近いうちにこの戦争は終わる。また家族全員で一緒に暮らせる日が来る。俺が出て行ったあとは、お前が一番年上の子供だ。しっかりヨンナムの面倒を見るんだ」

スーフンはヨンヒの頭を撫《な》でた。近いうちに戦争が終わる、そして再会の日が来ると言ってはみたものの、裏付けは一切なかった。五つ違いの妹の大きな瞳を前に、それだけしか言えなかった。

ヨンヒの目から、止めどなく涙が溢《あふ》れ落ちた。スーフンは両手でヨンヒの頰《ほお》をそっと押さえた。ヨンヒがスーフンの腰に手を回しかけた時、クラクションを鳴らしながら、木炭バスが停留所に到着した。

「もう家に帰るんだ。俺は絶対に生き残り、皆の、家族のもとに帰ってくる」

「オッパー……これ、持っていって」

ヨンヒは、チェーンがところどころちぎれた古い懐中時計をスーフンに手渡した。

「これはお祖父《ハルボジ》さんの大事な時計じゃないか」

懐中時計は、警察官だった祖父が日本統治時代、永年勤続の褒美《ほうび》として警察署長から贈られた家宝だった。祖父から父に、そして今、長男であるスーフンにその家宝が渡された。スーフンは、掌《てのひら》の中にある時計を改めて凝視した。

「確か時計には、蓋があったはずだが」

「父《オ》さん《ボ》が《ジ》蓋を取ったの。いつか家族が再会した時、もう一度、蓋をこの時計に合わせるそうよ」

家宝である精工舎《せいこうしゃ》製の時計を預かった。スーフンにとって、もう後戻りが許されない、そして一家の運命を託されたということにほかならなかった。スーフンは深く息を吸い込み、蓋のない懐中時計を握り締めた。頷《うなず》きながらヨンヒに目を向けると、ヨンヒの大きな瞳から再び涙がこぼれ始めた。妹の前で涙を流すわけにはいかない。妹を抱きしめたスーフンは、全ての思い出を振り切るようにバスに向けて全力疾走した。

扉が閉まりかけた満員のバスに駆け込むと、スーフンはすぐに後方を見た。懸命に手を振る妹の泥だらけの姿が視界に入った。

「絶対に帰ってくるからな」

スーフンがそうつぶやいた瞬間、バスのギアがローからセカンドに替わった。スーフンは数人の乗客を押しのけて、バスの最後部に辿《たど》り着いた。曇ったバスの窓を通して、停留所がかすかに見える。ヨンヒが手を振りながら、必死にバスを追いかけている。スーフンは堪《こら》え切れず、大声を上げた。

「ヤクソク（약속）だからな！」

第1章
焦燥

1

「大きく口を開けろ、いいから開けるんだ」

リ・ソンス（李成秀）は、太い丸太に括《くく》りつけられた男に、怒気のこもった言葉をぶつけた。男は最後の力を振り絞って首を振り続けていた。ソンスは左脇の若い兵士に目配《めくば》せし、男の頭を固定するよう顎《あご》で促した。若い兵士が両手で男の頭を強く摑《つか》むと、ソンスは右手に携《たずさ》えていた麻袋を男の眼前にかざした。

「ウ、ウグェ」

男は呻《うめ》きながらなおも抵抗し、唇を震わせながら口を真一文字に閉じた。ソンスは素手で相手を殺すことができる特殊な武術、「撃術」で鍛えた左手で男の頰《ほお》を強く握り、口を強引に開かせた。そして、麻袋から男の口の中に小さな砂利《じゃり》と砂を流し込んだ。

「お前のような卑劣な兵士は、人間以下だ。野良犬《ドンゲ》、いや、鬼畜生だ」

男は両目から涙を流し、ソンスを見つめて刑の執行を停《と》めるよう哀願した。だが、ソンスは、強く頭を振った。

「もう頭を離していいぞ。位置につけ！」

若い兵士を下がらせたソンスは、丸太から一〇メートル離れた定位置に足を向けた。

「整ったか？」

ソンスの言葉に、傍らの二名の兵士が頷《うなず》いた。しかし、一人の右腕は、銃身の短い軽機関銃、五八式小銃を抱え、小刻みに震えていた。

「こいつは人間じゃない、鬼畜生だ。射撃に集中しろ。小銃の発射モードを連射にしておけ」

若い兵士が、唾《つば》を飲み込みながら頷いた。ソンスは事務的に告げた。

「撃ち方、始め！」

一斉に引き金が引かれ、三つの銃口から、乾いた音と共に銃弾が飛び出した。まず、ソンスの放った銃弾が丸太に括りつけられた男の額《ひたい》に命中した。鈍い音が響いた直後、額から小さな噴水のように血しぶきが上がった。公開処刑、特に銃殺刑の場合、銃殺隊の隊長が死刑囚の頭を打ち抜くことが暗黙の掟《おきて》となっていた。

「悪い考えが頭に詰まっている者は、いつもろくなことを考えない」――。最高司令官同志の意思は絶対だった。ソンスは引き金に力を込めながら、敬愛する指導者の言葉を唱え続けた。

ソンスの弾丸は、狙った男の頭に次々とめり込んだ。三秒後、六発目の弾丸を受けて頭蓋骨《ずがいこつ》が割れた。熟した桃が地面に落ちて弾《はじ》けるように、脳が無惨に飛び散った。同時に、他の二名の兵士が放った弾丸が男の胸と腹部を直撃した。痩《や》せ細って死人のような姿だった男の体からは、予想外に大量の血しぶきが上がり、様々な角度に噴き出し続けた。胃や肝臓が弾け、弧を描いて地面に落ちた。次いで、小腸と大腸がだらしなく男の足元に垂れ下がった。計九〇発の弾丸が全て吐き出された。

「撃ち方、止《や》め！」

ソンスの号令を受け、若い兵士たちは、水平に構えていた小銃の台座をそれぞれの腰近くに下ろした。処刑前に腕を震わせていた兵士は、頭を下げ、一五秒前まで人間の形をしていた肉片から視線をそらしていた。

「処刑終了、解散！」

ソンスの声を合図に、兵士たちは河原《かわら》に集まった群衆をかき分け、街道脇に停めていた軍用バイクに向かった。

「いずれ慣れる」

走り去った若い兵士たちの足音を聞き、ソンスはつぶやいた。

今年に入ってから三回目の処刑だった。一人目は、畑から朝鮮人参《にんじん》を盗み、中国国境に運ぼうとして捕らえられた歩兵で、二人目は骨董《こっとう》青磁を開城《ケソン》の博物館倉庫から奪い、ブローカーに手渡そうとした狡猾《こうかつ》な老人だった。今回、一瞬にして肉片に変貌《へんぼう》した男は、道路整備を主任務とする道路部隊、通称「つるはし隊」の曹長だった。

食糧と衣服に恵まれたエリート部隊、中でも一般兵を監視する立場にある憲兵隊に属しているソンスにとって、処刑された男は取るに足りない存在だった。ただ、仮にも男は曹長という下士官の地位にあったことは事実だ。若い新兵に範を示すべき者が、飢えに耐えかね、鬼畜生に成り下がったとは許しがたい。支給される食糧が減る一方の歩兵部隊、あるいはつるはし隊の困窮は度々耳にしていた。しかし、一人で部隊を抜け出し、農家に押し入っていいということにはならない。

今回処刑された曹長は、老婆と嫁が昼食の粥《かゆ》を作っている農家の炊事場に突然現れ、二人の女性を殺《あや》めた。処刑前に目を通した調書によれば、この男は〈農家の嫁に雑穀入りの袋で頭部を殴られそうになった瞬間、我を忘れた〉と言っていた。身勝手な動機だ。飢えが人間を鬼に変えたのか。それともこの曹長自身の心の奥底に鬼が眠っていたのかは、ソンスにも想像がつかなかった。

ソンスはもう一度、調書の文言を思い起こした。曹長は竈《かまど》近くに置いてあった包丁を握ると、まず老婆の頸《けい》動脈を深く切り付け、即死させた。その直後、嫁である中年女性を強姦《ごうかん》した。乱雑に性欲を処理した後、曹長は二日間何も食物を取らず、空腹に耐えかねて農家に押し入ったという本来の目的を思い出した。

泣き叫ぶ嫁の口に手ぬぐいを押し込むと、竈の下、薪の中に放置されていた鉈《なた》を使って老婆を解体し、粥を炊いていた大鍋に無造作に放り込んだ。淡々と解体される姑《しゅうとめ》を見て、半狂乱状態になった嫁が雑穀入りの袋で反撃を試みようと立ち上がった瞬間、曹長は手にしていた鉈で嫁の首を切断した。

叫び声で異変を察知した近隣の老人が、憲兵隊に通報した。憲兵二人が農家に踏み込んだ時、曹長は大鍋の粥をあらかた食い尽くし、首なしの中年女にまたがって一心に腰を振り続けていたという。

鬼だ。断じて人間ではない。飢えがもたらした狂気ではなく、やはりこの曹長自身に鬼が宿っていたのだ。処刑が済んだ瞬間、ソンスは自らに言い聞かせた。

瘦せた祖国の大地を三年連続で大洪水が襲った。労働党の農産物生産計画は、鉄砲水という天変地異に押し流された。食糧難に直面しているのは曹長だけではない。それなのに、人民を守るのが使命のこの男は、二人もの人間、しかも女を殺めた。

畜生以下の犯罪者だ。

南と対峙《たいじ》する最前線の拠点、板門閣《パンムンガク》の若い部下も弛《たる》んでいるが、飢えに耐えかねた一般部隊の犯罪の増加は目を覆うばかりだ。国民全てが飢え始めている今こそ、軍人が率先して耐えねばならない。だが、現実に目を向けると、先ほど肉片と化した男のように、軍規を犯す人間が後を絶たない。三々五々散り始めた群衆を横目に、ソンスは血糊《ちのり》をたっぷりと吸い込んだ太い丸太を凝視し続けた。

◇

処刑場を後にしたソンスは、軍用バイクで、板門店《パンムンジョン》近くの板門郡憲兵隊詰め所に戻った。五八式小銃を格納庫に収めた時、若い女性兵士が憲兵隊長の事務室に出向くようソンスに伝えた。ソンスは、一階から二階へ上がると、足早に事務室に歩を進めた。

「ご苦労だった。ロシア製のウオッカがあるが、飲《や》るか？」

隊長は簡素な木製机の引き出しを開け、赤いラベルのボトルを見せた。

「気付けの酒は不要、お気遣いも不要であります」

隊長はボトルを引き出しにしまうと、長身のソンスを見上げた。

「ところで、貴君は信川復讐隊《シンチョンふくしゅうたい》で五年間の訓練を積んだことがあったな」

「隊長殿、おっしゃっていることの意味がよく分かりません」

「隠さんでもよい。君の経歴はちゃんと把握しておる」

「はッ、確かに自分は信川復讐隊に配属され、訓練を受けました」

ソンスは、隊長から思わぬ質問を受け、無意識のうちに身構えた。朝鮮戦争で、信川復讐隊、この国で最も優秀な兵士が送り込まれる特殊部隊の名だった。韓国軍と国連軍が信川郡の民間人を虐殺した。これに復讐することを理念として掲げた、国家公認のテロ組織を指していた。

ソンスは部隊で、英語、中国語、そして日本語を習得すると同時に、偽造パスポートの入手や製造方法、爆弾テロ、各種化学兵器の製造法、民間人を対象とした心理作戦など、テロリストとしての素養を全て叩《たた》き込まれた。専属の教官は、かつてビルマのアウン・サン廟《びょう》の爆破事件で当時の韓国大統領を暗殺寸前まで追い込んだチームの一員だった。

信川復讐隊の存在は、秘密保持の観点から、労働党のごく一部の幹部しか知らされていなかった。相手が憲兵隊の方面部隊幹部であっても、その存在も、そこに属していた経歴も軽々に明かせるものではなかった。国際的なテロ政策への批判が高まる中、五年前に信川復讐隊は解散し、隊員たちは民警や軽歩兵部隊などの特殊任務組織に散った。ソンスも憲兵隊に配属され、直近は板門店を中心とした非武装地帯付近の重点戦略地域の任務に就いてきた。

「隊長殿、なぜご存じなのですか?」

「私もかつて、復讐隊で心理作戦担当の教官を務めていた。君とは時期が重ならなかったが、優秀な隊員だったと他の教官経験者から聞いておる」

「ところでなぜ今でしょうか?」

「君が憲兵隊を離れ、復讐隊で培《つちか》った能力を存分に発揮できる新たな職場への異動が決まったことを知らせるためだ」

「異動ですか」

「君の新しい勤務地は日本だ」

「特殊工作員として潜行するということでしょうか」

「そうだ。所属は保衛部。資格は第二級情報員だ」

ソンスは、「情報員」という言葉と、日本という任地の名前に敏感に反応した。強く握った両手の拳《こぶし》に、うっすらと汗がにじんだ。

この国の農民、工員、軍人の間では、組織という組織に、互いの言動に暗い目を光らせる「相互監視」のシステムが張り巡らされている。最高司令官同志への忠誠度が低いと見られれば、組織内に潜む「情報員」が憲兵や民警に即座に通報する。

国中に張り巡らされた影の存在に、これから自分は溶け込むことになる。同時に、朝鮮民族分断のきっかけを作った日本という敵国、帝国主義に毒された地に潜行する。情報員として、偉大なる指導者と祖国のために尽くす時が来た。

「覚悟はいいか？　異存がなければ、この書類に署名しろ」

引き出しの上の段から、隊長は一枚の書類を取り出した。異存などあるはずがない。軍人生活の中でも、第一級の名誉だ。誰にでも務まる職務ではない。

情報員誓約書
偉大なる最高司令官同志を保衛するため、命がけで戦うことを誓約する。私は社会主義の我が国を孤立させようと謀《はか》り、虎視眈々《たんたん》と機会を狙う敵との戦いにおいて、妥協なく任務に忠実であることを誓う。帝国主義者に革命の盾を構え……
情報員　リ・ソンス

ソンスは、隊長の差し出した万年筆で署名を終えたあと、ベルトのケースから軍用ナイフを取り出した。尖端《せんたん》で躊躇《ちゅうちょ》なく左手親指を切ったソンスは、署名の横に血判を押した。黒いインクと血が混じり合い、紙の上で紫色に滲《にじ》んだ瞬間、ソンスは自らの頬に笑みが浮かんだのを感じた。亡き父でさえ為《な》し得なかった栄達となった。

過酷な訓練に明け暮れた日々が、ようやく報われる。

「おめでとう、リ・ソンス第二級情報員。命がけで祖国と最高司令官同志をお守りしてくれ」

「命に代えても任務を全ういたします」

ソンスは踵《かかと》を鳴らし、隊長に最敬礼した。

「これから三ヵ月間、君は平壌《ピョンヤン》近郊の施設で最終的な語学訓練と現地状況に関する説明を受け、東京に潜行してもらうことになる」

「了解いたしました」

ソンスは、身震いするような感覚に襲われた。板門郡部隊に勤務する他の若い兵士と違い、ソンスの出生区分を示す「土台」や、家族・親戚《しんせき》縁者の社会的地位を表す「背景」は、決して恵まれたものではなかった。しかし、憲兵としての任務がきちんと隊長に評価され、信川復讐隊で培った知識と経験が実戦の場で活《い》かせる情報員に抜擢《ばってき》された。

ソンスは、隊長室に掲げられた三枚の肖像画に最敬礼した。

2

〈北朝鮮の不法金融事業に大打撃　米大統領、議会で異例の演説〉

薄オレンジ色の『フィナンシャル・タイムズ』紙では、デビッド・ウォーケン米大統領が予算教書の議会提出に際し、上院本会議で異例の演説を行ったと解説記事が触れていた。ウォーケン大統領は米財務省のテロ・金融情報室が、北朝鮮の偽ドル紙幣製造やマネーロンダリング（資金洗浄）の実態を暴いた事実を議会で披露した。

香港《ホンコン》やマカオにある北朝鮮関連の銀行口座の凍結を通じて、闇の金融事業を着実に潰していると、自分とスタッフの仕事ぶりを全世界に知らしめようという魂胆だ。

「強硬路線は理解できる。追い込まなければ、北の体制は崩壊しない。しかし大統領は、事の本質を全く理解していない。下手《へた》なやり方で打撃を与えたら、一番苦しむのは貧困に喘《あえ》ぐ一般庶民なんだ。アフガン、イラク、この次は北ってことか。冗談じゃない」

ソウル特別市の新興ビジネス街、カンナム。起伏の多い一帯の小高い丘の上、三〇階建てインテリジェント・ビルの最上階からはソウル市を南北に隔てる大河、漢《ハン》江《ガン》を遠目に見渡せる。韓国経済界でここ一〇年急成長を遂げた電機メーカー、「シルバースター電子」の会長室で、イ・スーフン（李秀勲）は、『フィナンシャル・タイムズ』の一面を読みつつため息をついた。濃いグレーのスーツに黒いワイシャツ、ここ数十年変わらないいでたちで、スーフンは革張りの椅子《いす》に身を沈めた。

「会長、よろしいですか？」

秘書のソン・ワンギュ（孫完圭）が、ドキュメント・ファイルを右手にスーフンの執務デスクに歩み寄った。

「まずご報告がございます。以前から探していた日本の大学の件ですが、調査により、我々の趣旨を理解してくれる最適任と思われる人物をピックアップいたしました。日本の私立大学でもトップクラス、明信《めいしん》大学の大学院教授です。あとは会長のご決裁をお願いいたします」

「我々と共同歩調を取ってくれるというわけだな」

「彼は北に絡《から》んで、ある公的機関の重要ポストを追われた経歴があります」

スーフンはファイルに視線を落とした。メモに添付された写真には、白髪で意志の強そうな眉を持った中年の男が写っていた。

スーフンは、今日の行動予定を記したメモに視線を移し、ソンが記した文字を目で辿《たど》った。分刻みの予定時刻の脇に、面会相手に関する情報や注意事項が書かれていた。簡潔かつ要点を押さえたメモだった。

ソンは延世《ヨンセ》大学校を卒業して、政府機関の特殊任務に従事した後、アメリカに留学した。その後、米系大手のコンサルティング会社に就職し、トップクラスの実績を残した。多額の移籍金を提示してヘッドハントして正解だった。メモに目を通し終えると、スーフンはソンに視線を向けた。

「このあとは?」

「午前一〇時から、次期大統領選挙に関してソウル市長との打ち合わせ、その後は社外取締役と会議です。午後一番で、日本の証券アナリストの取材です」

「取材は手短に頼みたいものだ。どうせ、あの一件のことをほじくり返すだけだからな。まだ、世にあの案件を勘ぐられるわけにはいかんのだ。プラズマパネルの新技術に関する情報でも小出しにしておこう」

ソンは頭を下げ、会長室を後にした。有能な秘書の退出を確認すると、スーフンはオーク製デスクの引き出しを開け、精工舎製の懐中《しんちゅう》時計を取り出した。五〇年以上昔、妹のヨンヒが手渡してくれた一家の宝だ。真鍮の表面の所々には薄く錆《さび》が浮き出ているが、手入れのおかげで、家宝は現在も正確に時を刻み続けている。

スーフンは短い鎖を指でなぞった。同時に、過酷な自らの半生を振り返った。毎日過去を振り返ることで、「ヤクソク」への決意を新たにする。この習慣は、故郷を後にしてから五〇年以上変わらない。朝鮮戦争が休戦を迎えてから半世紀が経過した。業務の傍《かたわ》ら、スーフンは離散したままの家族の消息を追っているが、一向に手掛かりは摑めない。

懐中時計を眺めると、祖父母と両親、妹のヨンヒ、そして幼かった弟ヨンナムの顔を思い出し、大きなため息が出てしまう。慎重に時計をデスクにしまい込んだスーフンは、ジャケットに袖《そで》を通し、ソウル市長との会合場所に向かった。

◇

よくしゃべる男だ。額に汗を浮かべて矢継ぎ早に質問を繰り出す中年男の顔を見ながら、スーフンは苦々しく思った。スイス系の老舗《しにせ》投資銀行、クレディ・バーゼル証券東京支店で電機・電子部品部門を統括するマネージング・ディレクター兼エグゼクティブ・アナリスト、若田信義《わかたのぶよし》だ。

体重一二〇キロはあると思われる若田は、濃紺のダブルのスーツに身を包み、尊大な態度でソファに沈み込んでいた。若田はシルバースター電子製の最新型高機能携帯電話端末《スマートフォン》を持ち、何度も画面のスライドを繰り返している。

「イ会長、日本人には御社の技術力のすごさがなかなか伝わっていませんが、この最新型、評判が良いようですね」

若田はにやりと笑うと、半年前に発売されたシルバースター電子製の携帯電話端末に見入った。世界一の携帯電話会社、ポータルフォンに供給した端末「SST308」は、スーフンが開発スタッフに強烈に発破をかけて世に送り出した自信作だ。

スマートフォンとしては世界最薄、そして軽量タイプだった。世界で最初に携帯電話端末にハードディスクを搭載して以降、端末の多機能化ではシルバースターが世界一の技術力を持つと自負してきた。

「会長、既に次世代の開発は進んでいるんでしょう？　どの程度まで技術力が進化しているのでしょうか。市場に投入する時期はいつになるのか。そして、御社の心臓部、シルバースター電子中央研究所ではどの程度まで……」

「次世代機についての詳細はお話しできません。ご容赦ください。日本のメーカーの経営者も、若田さんのご質問には同じリアクションをされるはずだ」

「私が睨《にら》んだところ、携帯端末の多機能化と軽量化については御社の技術力が世界一です。次は一層の軽量化を実現されるのですか？　御社の中央研究所が、その辺を見据えて世界中からヘッドハンティングを仕掛けているという噂《うわさ》も出ておりまして。感触だけでも教えていただけませんか？」

「中央研究所に関しては、一切お話しできない。民生品だけでなく、国家の軍事戦略に関係する製品の研究・開発に当たっていることは、あなたもご存じのはずだ」

「では質問の方向を変えましょう。常々考えておりましたが、御社はあまり政治に深入りしない方が賢明なのではありませんか？　御社のような国際的企業が政治色を前面に打ち出すのはねえ……。政治的なリスクを取り除けば、御社は間違いなくグローバル・トップファイブの座を維持できる」

「ご高説、胆《きも》に銘じます」

スーフンは感情を押し殺し、ゆっくり頭を下げた。

「ところでイ会長、噂通り、日本語がお上手ですなあ」

「日本統治時代の生まれですし、ビジネスマンになってからも、ずいぶん日本企業と厳しい交渉を重ねてきましたから」

スーフンは、秘書のソン・ワンギュのメモを見た。それによると、若田は日本の経済専門紙誌の人気アナリストランキングで、数年間連続でトップクラスの票を集める四五歳の実力派アナリストだ。クレディ・バーゼル証券グループのアジア・太平洋地域のハイテク部門を担当する重要ポストにも就いている。スーフンは、メモの下の「注意事項」という欄を改めて読んだ。

〈東京支社ＩＲ（投資家向け広報）担当者によれば、人気ランキングの高さを盾に、

企業幹部に傲慢《ごうまん》な態度を向ける要注意人物。若田のネガティブリポートで株価が急落した企業多し〉

ソンの指摘通り、腹部にたっぷりと脂肪を蓄えた若田は、だらしなくダブルのジャケットのボタンを外し、スーフンを見下すような視線を送っていた。

長幼《ちょうよう》の序《じょ》を重んじる韓国では、絶対にあり得ない態度だ。若田は再び早口で話し始めた。

「今回はイ会長の理念、あるいは心情をお尋ねして、御社への総合的な投資判断に活かそうと考えておりましてね……。それで、先ほど申し上げましたように、政治色を濃くするのは得策ではないとご提案したのです」

「お言葉ですが、政治にコミットするというのは、私の理念、心情そのままです。政治にコミットしてこの国を正しい方向に導くことが、韓国人の利益につながり、ひいては弊社の業績も上向かせる。そう信じております」

「しかし会長、私があえて申し上げるのは……」

スーフンは若田の言葉を遮《さえぎ》る形で、強い口調で言葉を発した。

「では私がお願いすれば、日本の政治家たちはあの神社に参拝するのを止めてくださいますか？　彼らの参拝も、彼らなりの理念、心情に基づいて、あれだけ反発が強いのに続けている……。ご忠告はありがたいが、もし日本の政治家たちが参拝を止めたら、私も、あなた方アナリストや投資家の皆様のご意見に素直に従うとしましょう」

若田の表情が一瞬、曇った。

スーフンはスーツのボタンを外し、若田との間合いを詰めた。黒いワイシャツは相手を威圧する。なるべくジャケットのボタンを外さないようにとソンから言い渡されていたが、スーフンは有能な秘書の忠告をあえて破った。

「若田さん、あなたは、シルバースター電子が協同経営方式に移行したらどう思いますか？」

「協同経営ですって？　どういう意味です？」

「つまり、民間企業としての体裁をなくし、国の産業政策の一つとして、旧ソ連の国営企業のような形、文字通り協同経営体制に移行するという意味です」

「何を言い出すんですか」

「弊社が北の体制に組み込まれてしまったら？」

「まさかね……」

「現政権は、表向き北に対して強硬路線をとっていますが、実体は北のスポークスマンに成り下がっています。このままの状態が続けば、韓国は政治面で北に飲み込まれてしまう。ひいては、経済でも北の属国になってしまうのです」

「そんな大げさな……」

「断じて大げさではない！」

スーフンは突然大声を出して立ち上がり、怒りのこもった視線で若田を見下ろした。

「会長、お止めください」

「止めない。この際だから、この優秀なアナリストを通して、日本の、いや世界の投資家に対して、我がシルバースター電子のスタンスを明確にしておきたい」

スーフンはそう言って深く息を飲み込んだ。

「ご存じのように、北は数百万人の自国民を餓死させておきながら、核武装を進めている。そんな理不尽な国家がありますか。断じて許される行為ではない。保守派だ守旧派だと揶揄《やゆ》されようが、私は、そしてこのシルバースター電子は対北で強硬論を持つ政治家を支援している」

「しかし、会長」

ポカンと口を半開きにしていた若田が、恐る恐る言葉を発した。

「あまり急進的だと、シルバースター電子は様々な妨害や圧力に直面してしまうでしょう。ひいては、シルバースターに投資している株主の利益を損ねてしまうことになりませんか？　現に、巨大化した現世グループに対して企業分割を迫る特別法案が、国会に与党提案の形で出されるという噂もあります」

スーフンは若田に強い視線を返すと、ようやく再びソファに腰を落ち着けた。

「若田さん、あなたは何人お子さんがいらっしゃいますか？」

「は？　息子が二人、八歳と五歳ですが」

「では、コッチェビという言葉をご存じですか？」

「いえ……」

「コッチェビとは、北の孤児たちのことです。九〇年代後半から、北の飢餓状態はさらに悪化し、目を覆いたくなるような惨状に陥ってしまった。食糧の配給が滞り、一般の民衆は自ら食糧の調達に出かけなければならなくなった。ある者は険しい山に登って山菜を採り、またある者は危険を冒して中国に向かった。しかし、食糧の調達に出かけた者のうち、自分の家に帰り着いたケースは少ない。残された子供たちは、自分で食べるものを探さなければならなくなった。彼らは駅の周辺の闇市に集まり、残飯を奪い合っているのです。それも、まだ一〇歳にも満たない幼児ばかりだ」

いったん言葉を止めたスーフンは、若田に視線を送った。若田は依然として口を半開きにしたままだった。

「北の冬は厳しい。気温がマイナス二〇度に下がる日もざらにある。そんな中で、年端《とし は》も行かない子供たちが、残飯をあさり、人間の死肉を食い、体を寄せ合って野宿をしている。そんなことが許されますか？　そんな状況を放置している北が、本当に国家の体裁を成していると言えますか？」

「しかし、会長……」

「あなた方は四半期ごとの利益にしか関心がないだろうが、私は北の同胞たち、飢えと寒さに打ち震えている同胞たちを救い出すために、戦い続ける。たとえ、このシルバースター電子全体が窮地に立たされようと、この信念を曲げるつもりはない」

　スーフンは語り続けた。

「あなた方日本人には理解しにくい話かもしれないが、北の同胞たちが、最悪の飢餓に直面しているのです。確かに、我が国の現政権は援助物資を送り続けている。しかし、それが一般の民衆に行き渡ることはないのです。ほとんど全てが労働党幹部やその取り巻き、軍部などに吸収されています。政府の甘やかしの対北政策が同胞を救えないなら、あとは私たち民間人がやるしかない」

「会長、いったい何をなさろうというのです？」

　若田はようやく頭を上げ、小さな声でスーフンに問い返した。

「いずれ、我々の手で北を解放します」

3

「すまないけど、これ、五部ずつコピーを……」

大田原隆一《おおたはらりゅういち》は、自席の下のプリンターから講義用のレジュメを取り上げると、無意識のうちに声を出しかけた。

眼前のDELLのモニターの下には、『Do it yourself !!』と自筆で書かれたポスト・イットが貼《は》り付けられている。三〇年間勤務した日本銀行を退行して、半年が経過した。講義用のドキュメントを印刷するたびに、大田原は存在しない秘書にコピーを頼みかけ、自らの敗北を痛烈に感じた。

日銀の幹部職員として、半年前までは専属の秘書を抱えていた。しかし、現在は明信大学大学院の、新米教授が四人詰め込まれた「国際ビジネス学部」の教授室にいる。二〇畳ほどのスペースには、電話の取り次ぎを行う女性事務員が配置されているが、彼女は今、昆布茶をすすりながら女性週刊誌に釘付《くぎづ》けになっている。愚痴が多く噂好きの初老の女性にコピーを頼む勇気はなかった。やむなく自席から腰を上げ、ゆっくりとコピー機に歩を進めた。

「このコピー機、しょっちゅう紙詰まりを起こすんだよな」

独り言をつぶやきながら、大田原は原紙をコピー台に置いた。

Ａ4の用紙に等倍のコピーを取ろうとスタートボタンを押したが、コピー機からは、文字が八〇パーセントほどに縮小された紙が、勢い良く吐き出されてきた。前に使った者が縮小に設定していたのを見逃してしまった。大田原は舌打ちしながらストップボタンを押したが、古い型のコピー機は排出作業を止めない。「コピー用紙は大切に使用しましょう」――。女性事務員がスタートボタンの横にセロテープで貼り付けたメモを見た大田原は、この日二度目の敗北感に襲われた。同時に、妻の静江《しずえ》の言葉が耳元に蘇《よみがえ》った。

〈同期の福地《ふくち》さんが理事に昇格できたのに、なぜあなたは〝上がり〟なの？　私の選択、間違っていたのかしら？　あなたで良かったのかしら……〉

好んで〝上がり〟になったわけではなかった。上がらされたのだ。静江には何度となく説明したが、最終的に理解してもらったとは到底思えなかった。理事夫人となり、日銀職員の家族仲間という狭いコミュニティの中で、ほんの数年間だけでもセレブとして振る舞いたい。そして、奥方コミュニティから羨望《せんぼう》の眼差《まなざ》しを受けてみたい。妻はその一心で大田原の激務を黙って支え続けてきた。

静江は、もともと日銀の旧外国局長の秘書をしていた。お嬢様学校として有名な短大を出た彼女は、年齢は大田原より一つ下だが入行年次は一年上だった。

行内でも五本の指に入ると言われた美貌と優しい物腰に惹《ひ》かれ、交際を申し込み、結婚した。今にして思えば、あれだけ男性職員から人気が高かった静江がすんなりと結婚の申し込みを受け入れてくれたのは、大田原の将来性を買ってのことだったのかもしれない。

妻の犠牲を踏み台にして局長ポストまで辿り着いたのは事実だった。しかし、その後の退行を〝上がり〟というきつい言葉でなじられるとは想像していなかった。

大田原は頭を振った。

〈先輩、今日のランチ、「いずもや」の鰻《うなぎ》でもいかがですか〉

三年後輩に当たる総務人事局長、沢本康祐《さわもとこうすけ》の電話だった。一年前、幹部の天下りポストを確保する後輩局長から昼飯の誘いを受け、大田原は全ての事情を察した。実質的な肩たたきに他ならなかった。日銀脇の老舗鰻屋でうな重の「松」を供されながら、大田原は沢本から、三〇年以上公私の全てを捧《ささ》げた日銀に居場所がなくなったと告げられた。

新しい職場の大学にしても、少子化の影響で若者人口が漸減《ぜんげん》傾向にあるため、学生を自分の講座に誘導し、メディアにも積極的に露出しなければ容赦なく予算がカットされる。「学生はお客様」のスタンスで臨まなければ、教授のポストも安泰ではない。教授室の奥に陣取っている大手新聞社論説委員上がりの新米教授も、講義のない時間帯は、いつもゼミのスポンサーになってくれる企業を探し回っている。

大田原は、コピー機の振動音が止まると同時に我に返った。トレイに排出されたコピー用紙の分厚い束が、自らの姿と重なった。

大田原がぼんやりとコピー機の前で立ちすくんでいると、廊下をどたどたと駆ける音が近づいてきた。旧知の新聞記者が訪ねてくる予定だった。大田原は左手首のGショックを見た。約束の時刻を三〇分も過ぎている。

◇

「遅れまして申し訳ありません。いきなり平均株価が急落したもんで……」

旧知の新聞記者、素永武《もとながたけし》は、教授室に飛び込んでくるなり、ハンカチを取り出して額と首筋の汗を拭い、大田原に頭を下げた。

中堅在京紙、大和《やまと》新聞で経済部記者を務めるベテランの中年男だ。時代遅れのマッシュルームカット、大きめの黒ぶち眼鏡《めがね》がトレードマークの記者は、着古したツイードのジャケットに、しわくちゃのチノパンと冴《さ》えないファッションだった。

大手証券会社のアナリスト上がりの素永は、一九九〇年代後半に日本を襲った金融危機、そしてアジア通貨危機の際、大和新聞経済部の特別取材チームの一員を務めていた。株式市場と証券会社のカバーが専門だったが、当時は日本の市場という市場に「クライシス」という名の大波が押し寄せていた激動の時期に当たった。日銀と東京証券取引所という取材の垣根を越えて、アジア金融市場の動乱が日本にどう影響するのか、日銀幹部だった大田原に熱心に聞きに来ていた。

「株価急落の原因は何だったんですか」

「こいつのせいですよ」

素永はブリーフケースからA4判の紙を取り出し、大田原に手渡した。

「これは何ですか？」

「まあ、いいから読んでください」

大田原はコピー紙に目を落とした。

〈クレディ・バーゼル証券　緊急リポート

◎シルバースター電子の投資判断、「オーバーウエイト」から「ストロング・セル」に三段階引き下げ＝エグゼクティブ・アナリスト・若田信義

要旨　韓国現地取材の結果を経て、シルバースター電子の投資判断の緊急引き下

げを決定。当社東京支店・若田は、先に韓国の電機・電子部品《デバイス》メーカーのトップ訪問を敢行した。一〇社のトップを訪れる機会を得たが、九社に関しては大きな投資判断の変更を行う必要は認められなかった。

唯一の例外は、最大手シルバースター電子。同社の世界最先端の携帯電話端末への関心を高める投資家は少なくないはずだ。

が、同社は巨大なリスクを抱えていることが判明した。同社イ・スーフン（李秀勲）会長兼CEOとのトップインタビューは、我々の懸念を最大限に助長する内容となった。よって、投資判断を「オーバーウエイト（やや強気）」から「ストロング・セル（強い売り推奨）」に一気に三段階引き下げることを決めた。

政治リスク　かねてより、当社だけでなく、世界的な投資家やアナリストの間では、シルバースター電子の同国政治へのコミットメントの強さに対する懸念が根強かった。今回、同社のイ会長と面談した際も、当社はそのリスクの所在と投資家の懸念を、同会長に率直に表明したが……〉

「韓国企業の会長発言で日本の平均株価が急落する？」

「シルバースターは今や、日本のメーカーなんて足元にも及ばないくらい、世界的なインパクトがある一流企業ですよ」

「なるほど」

「今日は、クレディ・バーゼル証券のリポートでまずソウル市場が暴落し、これが東京市場をも直撃したんです。成長著しい韓国企業の動向は、日本の市場も左右するってことです。通信社の市況記事は『シルバースター・ショック』一色でしたよ」

日本ではシルバースター製品があまり出回っていないため、大田原には今一つピンと来なかった。

「若田というのは、どんな人ですか？　素永さんも昔はアナリストだったわけだから、ご存じなんでしょ？」

「嫌な奴《やつ》ですよ。本来アナリストは、企業の財務をきっちりと分析して、その商品の売れ行きや幹部の人となりまでを精査してリポートを出すのが仕事です。『この会社は今買い時です』とか『売り時です』とかね。しかし、アナリストと言っても、中にはろくでもない連中がいるんですよ」

「どういうことですか？」

「アナリストの人気ランキングがあるのは知っていますよね。この若田って奴は、毎年ランキング上位の常連組。こういう人気アナリストが企業に関するリポートを出せば、その企業の株価が動く。企業の側も、意図しない方向に株価を振れさせたくないから、アナリストに媚《こ》びへつらうことになる。こうして悪循環が生まれるんです」

「呆《あき》れた話だな」

「でしょう？　ここだけの話ですけど、若田は毎年ランキングの投票前になると、票を持っている運用会社のファンドマネージャーを熱心に接待するんです。それだけじゃない。自分のリポートに影響力があるのを知っているから、一般の投資家向けに公表する二時間前に、こっそり、一部の大手投信のファンドマネージャーやヘッジファンドの担当者に、リポートの中身を教えている」

「それって明らかにインサイダー取引じゃないですか！」

「そう、インチキです。でも、明確な証拠はない。しかし、証券会社の広告がいっぱい出稿されていますから、新聞やテレビもこうしたインチキを薄々知りつつ、目をつぶる」

「シルバースター電子のイ会長の真意とは、どんなものなのでしょう？」

「イ会長の講演を聞いたことがあるんですよ。ぶきっちょそうな老人でしたが、嘘《うそ》はないというか、真っ正直な人みたいだったなあ」

素永の言葉を聞いたあと、大田原は背後に人の気配を感じて振り返った。

「ちょっと大田原センセ、お話に夢中になるのは結構ですけど、さっきからデスクの上で携帯電話が鳴ってますよ！　自分のことはなるべく自分でなさってくださいよ！」

「はいはい、今、出ますから……」

大田原は素永に向けてぺろりと舌を出したあと、慌てて自分のデスクに戻ると、携帯電話を取り上げた。

〈もしもし、大田原教授ですか？　いきなりの電話で申し訳ありません。私、韓国のシルバースター電子のソン・ワンギュと申します。今度、そちら明信大学のビジネススクールで、弊社の冠《かんむり》講座を持ちたいと考えておりまして……〉

「シルバースター電子さんが私の講座をスポンサードしてくださるということですか？」

4

「お目にかかることができて、誠に光栄です」

大田原に向かい、ソン・ワンギュが両手で名刺を差し出した。

「わざわざソウルからお越しいただき、恐縮です」

大田原は名刺を受け取ると、自らの真新しい名刺を差し出した。虎ノ門《とらのもん》のホテルオークラ、ロビーホールの大きめのソファで、二人は初めて対面した。

「なぜ私の講座が選ばれたのでしょうか？　私は日銀時代、アジアの金融システム整備を担当したことがあり、韓国中央銀行の方々とは面識がありますが、シルバースター電子さんとは何の接点もありません」

「ご不審に思われるのも無理はありません。いろいろと調べていたところ、明信大学の大学院で、アジアの金融・財政システムをより実践的に研究するゼミが開かれたことを知りました。友人の日本人ビジネスマンに聞いたところ、日銀で局長を務められた大田原さんがそのゼミで教えておられると分かった次第です」

「そうですか」

「さらに、大田原先生のゼミの学生の大半が、アジア諸国のエリートだということも分かりました。中国の新興実業家の子弟や、タイやフィリピンの有力政治家の息子、それにベトナムやカンボジアの現役若手官僚……。それぞれの国に帰れば、国を引っ張っていく人材ばかり。シルバースターとしては、これからアジアの未来を背負って立つ人材とコネクションを築いておきたいという、企業としての戦略もあります」

大田原は笑顔で応じつつも、依然警戒していた。仕立ての良いスーツに身を包み、流暢《りゅうちょう》な日本語を操るソンという韓国人の目付が鋭かったためだ。

明信大学は、大田原が日銀マンとしてアジア各国に築いた人脈が使えると踏み、教授として迎え入れた。そこに成長著しい韓国企業が目をつけたとしても不思議ではない。しかし、ゼミを開始してまだ三ヵ月で広報活動もほとんど行っていない。オファーのタイミングが早過ぎる。また、韓国という国自体へのアレルギーもある。大田原は外国に対して偏った思想を持っているわけではないが、かつて母親から聞かされた韓国での話が心の隅に引っかかっていた。

「不躾《ぶしつけ》な聞き方をしますが、本当の理由は何なのですか？」

ソンは手元に一瞬だけ視線を落としたあと、意を決したように話し始めた。

「北に対する先生のやり切れない気持ちは、我々と共有できると判断したからなのです」

大田原は、「北」という言葉を口にしたソンを改めて見つめた。

「日銀で何があったのか、失礼ながら我々も調査させていただきまして、ご無念さは十分に理解しているつもりです。いずれ、もう一度表舞台に立っていただきたいのです」

「バンカーとしては、もう私の出る幕はありません」

正直な気持ちだった。日銀の理事になれなかった以上、国際金融の舞台から声がかかる機会はない。しかし、この韓国人は「もう一度表舞台に立っていただきたい」と自信たっぷりに口にした。具体的に何を考えているのか、背筋を伸ばして微笑するソンの眼差しから、その意図を読みとることはできない。しかし、ソンの物腰からは嘘や悪意も感じられなかった。大田原は口を開いた。

「御社からのスポンサードのお話は大変ありがたいことです。さっそく事務局と協議した上で、今度は私がソウルに出向いてご挨拶《あいさつ》と各種の手続きに移らせていただきます」

内面の葛藤《かっとう》とは裏腹に、大田原はひとまず無難な回答をソンに返した。

「誠にありがとうございました。今回のお願いは、弊社会長、イ・スーフン直々のプロジェクトでもあります。近い将来、ぜひともお会いしていただきたく存じます」

「お世話になります。ぜひ会長にもよろしくお伝えください」

大田原とソンはソファから立ち上がり、互いに頭を下げて別れた。大田原は、足早にホテルを後にし、東京メトロの溜池山王《ためいけさんのう》駅に足を向けた。

アメリカ大使館の脇の坂道を虎ノ門のビジネス街へと下りながら、大田原は再び考え込んだ。

全て相手のペースで事が運ばれるのは、あまりにも無防備だった。しかし、好条件のオファーに、思わず内諾の返事をしてしまった。大田原は、判断は正しかったのだと強引に自らに言い聞かせた。

◇

東京・神田神保町《かんだじんぼうちょう》の大学院教授室に戻った大田原は、がらんとした部屋でパソコンを立ち上げた。突然、自分のゼミをスポンサードしてくれると申し出たシルバースターの概略は押さえておく必要がある。大田原は、大学のデータベースに端末をつないだ。キーワード検索をかけると、金融論のゼミを支援している大手銀行系シンクタンクが作った「韓国の財閥グループの概略」なる資料を見つけた。

資料の「韓国の十大財閥の資産」という項目によると、シルバースター電子のルーツは銀星財閥といい、一九六〇年代に勃興《ぼっこう》した。

当時、朝鮮戦争休戦後の混乱期を経た韓国では、経済企画院を旗頭に官僚システムが整備され、「経済開発五ヵ年計画」がスタートしていた。鉄鋼や造船、自動車、電子機器などが基幹産業として政府の認定を受け、政策金融や税制の優遇を受けたという。

「この時、鉄鋼や電気機器製造会社を傘下に持つ総合商社としてスタートした銀星物産が、シルバースターグループの基盤になったわけか……」

資料を読みつつ、大田原は独りごちた。

一九七〇年代に二度のオイルショックを経た韓国では、八五年に工業発展法が制定され、経済政策が国家主導から民間主導に変わった。これを機に、電気機器、特に電子部品が強かったシルバースター電子の成長が始まった。

モニターで資料を追っていた大田原の視線が、一九九七年の項目で止まった。七月のタイ・バーツ急落に端を発したアジア通貨危機だった。当時、大田原は営業局の局次長だった。局長以下、国内金融機関の担当者は、準大手証券・三洋《さんよう》証券の破綻《はたん》に伴う初のデフォルト（債務不履行）の余波で、大手銀行から地銀に至るまで、ありとあらゆる金融機関の資金繰り支援に、文字通り総動員で奔走していた。局次長だった大田原は、何人かの調査役を束ね、アジアの民間金融機関の東京での資金繰りを丹念にフォローしていた。

日銀が管轄する東京の金融市場では、日系金融機関と同様に、タイやインドネシア、フィリピン、そして韓国の民間銀行が資金繰り難に喘《あえ》いでいた。日銀のお膝元のマーケットで他国の銀行が窮地に陥るようなことになれば、アジアの通貨危機が世界中に伝播《でんぱ》する。万が一、事態がこじれるようなことになれば、国家間の摩擦にもつながりかねない。

同時期、韓国ではウォンが急落した。同国政府はIMFに緊急支援を要請、翌九八年、当時の大統領は、韓国経済を支配し続けてきた様々な規模の財閥を解体する方針を打ち出し、以後、経済の再編成が加速した。

大規模事業交換『ビッグディール政策』が導入され、財閥企業が『正常』『再生可能』『再生不可』に分類されて、他の財閥の主要部分を飲み込んだシルバースターー電子の業容は一気に拡大した。

アジア通貨危機終息後、大田原は日銀のロンドン駐在参事となり、アジアの金融・経済事情に直接関わる機会が激減した。抜け落ちた期間の知識を埋め合わせようと、大田原は一心不乱にモニターのリポートに視線を走らせた。

「ビッグディール政策の過程で、シルバースターー電子が大きく躍進した陰には、イ・スーフンCEOの貢献が大……」

画面を閉じた大田原は、データベースの検索画面に戻り、キーワード欄に「イ・スーフン」と打ち込み、エンターキーを押した。

画面には、シルバースターー電子の公式サイトが映し出され、英語で記された幹部紹介の欄の筆頭に、イ・スーフン会長の名前と顔写真が現れた。

〈一九三五年、現在の北朝鮮の北東部で生まれ、越南後、ソウル大学を経て、政府関係の仕事に従事。その後、シルバースターー電子に入社〉

簡単な経歴しか出ていない。他の役員の項には詳細な業務履歴が記されているのに、トップだけなぜ極端に情報量が少ないのか。大田原はモニターの前で腕組みした。

「韓国か……」

大田原の脳裏に、年老いた母の顔が浮かんだ。韓国に対する母の深く苦い思いは、大田原の中で韓国や韓国人に対する強いアレルギーに変わり、依然抜けていない。これが、シルバースターがゼミへの支援を申し出てきたときに心に引っかかった、もう一つの難題だった。

南満州《みなみまんしゅう》鉄道に勤務していた大田原の父は、一九四五年八月、満州に突然侵攻してきたソ連軍に捕らえられ、シベリアに抑留された。母は年長の姉と兄を連れ、命からがら満州を脱出。朝鮮半島を南下した後、釜山《プサン》からようやく引き揚げ船に乗り、舞鶴《まいづる》に辿り着いた。中国では、敗走する日本人の女と二人の子供を匿《かくま》い、食べ物を供してくれた人々が多く、何とか飢えをしのぐことができたと母は幼い大田原によく語った。しかし、朝鮮半島に辿り着いて以降の話をしてくれたのは、大田原が中学生になってからだった。

〈確かに日本人と日本軍は、朝鮮半島の人たちの誇りを傷つけ、虐《しいた》げてきた。しかし、敗走する女子供に石つぶてを投げてもよいものか〉

ぽつりぽつりと語り出した母の顔からは、普段の穏やかな表情が消え失《う》せ、目にしたことのない深い皺《しわ》が刻まれていた。

大田原自身には、韓国、あるいは朝鮮半島の人々に対する直接的な恨みなどない。しかし、自分を育ててくれた温厚な母に石を投げた国民や、そういう国民が作った企業と組んでもよいものか。現在の自分の置かれた苦しい立場からすれば、シルバースターのような一流企業のオファーを断る理由はない。しかし、憎しみに歪《ゆが》んだ母の顔は一向に大田原の記憶から離れなかった。

5

板門郡での憲兵隊任務を終えたリ・ソンスは、総参謀部作戦局第一五号研究所、通称「撃術研究所」で撃術の再訓練を施された。二週間の研修中、ソンスのために、比較的若く健康な死刑囚が五人集められた。かつて処刑した曹長のような刑事犯ではなく、思想的に問題ありと認められた反革命分子の政治犯たちだった。彼らは一日一人ずつ、研究所の中庭で、朝食後のウォーミングアップを終えたソンスの前に放り出された。

卵ほどの大きさの石を箱に敷き詰め、一日数千回ずつ正拳突きを当てる。次に、丸太に荒縄を巻き付けた「打撃板」に、指先や手の甲を二〇〇〇回ずつ打ちつける。

文字通り鋼《はがね》のように固まったソンスの両手は、久々の実地訓練にわずかに震えていた。恐れではなく、拳が血を欲していた。

再訓練の一日目、繊維工場で怠惰な労働を繰り返し、工場長から「政治犯」に仕立てられた二五歳の男は、ソンスの右手の圧力だけで喉仏《のどぼとけ》を砕かれた。

二日目は、四〇歳前後と思われる薬品工場の元経理部長だった。工場従業員の一部を扇動し、反政府的な組織を作ろうと画策していた。裁判で銃殺刑が決まっていたが、急遽《きゅうきょ》、ソンスの腕試しの素材として提供された。男はひざまずいて命乞いを繰り返したものの、ソンスが両手をこめかみに当て、軽く左右にひねっただけで首の骨が砕け、即死した。その後も提供された死刑囚たちは、いずれも一〇秒以内に絶命した。

エリートテロ部隊、信川復讐隊で五年間の勤務を経験したソンスにとって再訓練は準備体操のようなものだった。唯一、ハッキングの基礎となる最新のコンピュータ技術の研修が難題だった。

◇

「リ同志、そのログ構成は大いに矛盾しています。最初から組み直した方がいいですね」

大型モニターの上で点滅するカーソル、アルファベットと数字の羅列を見続けて五時間が経過した。ソンスは、平壌市郊外の軍指揮自動化大学の研修室で、女性教官にやり直しを命じられた。

「教官、もう一度、論理立てて勉強し直した方がよいのでしょうか？」

問い返された女性教官は、首を横に振ると、ソンスの手元にあったテキストを数枚めくってある箇所を指差し、そのまま他の研修生の席に移動した。

「ここのポイントでシステムに侵入した足跡を消さなければ、こちら側が追跡されてしまうわけだ」

ソンスはキーボード上の「→」キーを数回叩いた。そして、教官に指摘された位置までカーソルを移動させて二行分のログを削除し、構成を変えた。

勝手が違う。今まで血の臭いが常につきまとっていた訓練とは、一八〇度方向が違う。これが現代の情報員の必須科目「サイバー研修」だ。

ソンスがこのサイバー研修を受けている軍指揮自動化大学は、美林《ミリム》大学が前身だ。軍事システムの構築に向けて設立されたが、現在はもっぱらハッキング技術をスパイ候補生に叩き込むことに注力している。

「この辺りで五分間の休憩を取りましょう」

教壇に戻った女性教官は、一〇人の研修生を見渡した。ソンスはテキストを閉じると、右手でこめかみを押しながら頭を数回振り、詰め込み過多の研修を振り返った。

「悪の巣窟《そうくつ》、CIA（米中央情報局）の議会向け報告文書によりますと、我が祖国のコンピュータ技術、特にハッキング能力はCIAのお抱えハッカー集団の水準に限りなく近づいている、とのことです。南の情報当局者も、複数の専門誌に同様の見解を示しています。しかし、教官である私の目から見ると、その技術水準はさらに……」

休憩と言いつつも、氷のような表情を崩さずに女性教官は話を続けている。

「リ同志、それから日本に出向く研修生諸君は、これから私が言うことを注意深く聞いてください」

休憩を告げられてからまだ三分も経過していないが、女性教官は早くも個別指導の段階に進んだ。

「かつて海外在住の情報員は、A－3放送の暗号によって通信を行っていましたが、言うまでもなく、現在は電子メールがその役割を果たしています……」

ソンスが軍に入隊した当初、宿営地の大部屋には、扇動的なトーンで最高司令官同志の動向を伝える女性アナウンサーのAM放送が絶えず流されていた。一般ニュースの時間が終わると、五桁の数値がアナウンスされたが、入隊当初はその意味が全く理解できなかった。入隊後半年たって、ベテラン兵士に聞いたところでは、五桁の乱数には海外の情報員に向けた行動指示が埋め込まれているという。定期的に更新される乱数表をもとに、海外各地に散った工作員たちは、A－3放送で聞いた五桁の数字を乱数表のコードで読み解いて任務を遂行した。

九〇年代に入ると、A－3放送はほぼその役割を終え、ソンスが学んでいるように、インターネット経由による指示体系に切り替わった。

「リ同志、あなたは東京の新宿区大久保《おおくぼ》という地域で、上級情報員からの指示を受け取ることになります。これが新宿区の地図です。大久保と新大久保という二つの駅に挟まれたこの辺りのインターネットカフェがあなたの私書箱に……」

女性教官は、ファイルから取り出した日本の地図をソンスの机に広げ、複数のポイントを人差し指で示した。その後、胸のポケットから一枚の写真とメモを取り出し、ソンスに手渡した。

「この男はリ・スーフン、南の大手電機メーカーの会長です。日本の情報員からの通報では、彼は近々東京を訪れます。いずれ、この男の行動を監視するよう指示が出るはずです」

「了解しました」

「あと、これは携帯電話です。原則として、我々との連絡には大久保のインターネットカフェを利用してもらうことになりますが、東京での日常生活では、この携帯電話端末を使って現地の担当者と連絡を取り合ってください。使い方は通常の電話機と同じ。ただし、盗聴される公算が極めて大なので、特定の符丁を使って会話するように。リ同志は中国人留学生という身分で東京に行きます。中国人は携帯端末の扱いに慣れているので、今のうちに操作を会得しておいてください」

「了解しました」

ソンスはメモと写真を慌てて軍服の胸ポケットにしまうと、女性教官から携帯端末を受け取った。南側の兵士や観光客が小さな電話機を使用していたのは、板門店勤務の際に度々目にしていたが、実際に端末を手に取るのは初めてだった。パソコンという難題の上に、今度は赤ん坊の爪のように小さなキーが並んだ電話だ。ソンスは、過酷な訓練で凶器と化した自らの太い指と薄い携帯端末を見比べ、不得手な任務が一つ増えたことに小さな苛立《いらだ》ちを覚えた。

6

「では大田原先生、その時は、アメリカが強引に介入してきたために、アジア債券市場構想が頓挫《とんざ》してしまったのですね？」

「その通り。俗な日本語で言えば、アメリカが横槍《よこやり》を入れてきた、もしくは強引に口を挟んできたということになる」

神田神保町の明信大学大学院教授室で、大田原は中国人留学生、劉剛《りゅうごう》と向かい合っていた。劉は大田原の目を熱心に見た後、手元の小さなメモ帳に几帳面《きちょうめん》な筆跡で英語のメモを記している。

中国の大手家電企業、「東風電機集団」を一代で築き上げた劉烈生《りゅうれっせい》の息子である劉剛は、北京《ペキン》大学を卒業後、ボストン大学でMBA（経営学修士号）を取得後、明信大学の大学院に留学していた。身長一六五センチと小柄ながら、いつも背筋を伸ばし、階段教室の最前列で大田原の講義に聞き入っている。日本の若い学生と同様、ヘアフォームで髪を無造作にかき上げ、淡いピンク色のコットンシャツに、デザイナー物のダメージド・ジーンズをさり気なく合わせている。劉の中に、大田原の知っている人民服姿の中国人像はどこにもない。

「先生、日本の金融危機が表面化した一九九〇年代後半、ほぼ同時期にアジアの金融危機が起こりましたよね。これは、アメリカが意図的に演出していたものとは考えられませんか？」

「難しい問題だな。確かにタイミングの奇妙な一致はあったよね」

過去の事例を徹底的に検証し、自国経済の発展につなげたい。劉をはじめ、大田原ゼミの留学生たちは、日本の戦後の急成長とその挫折《ざせつ》について詳細なデータを集め、分析する。帰国した後、彼らは官僚や民間経済界のリーダーとして、経済界を牽引《けんいん》する任務に就く。将来の立場を早い段階から強く意識しているため、留学生たちの学習態度は真剣で、習熟は早い。

大田原は自らの学生生活を振り返った。学生運動の名残《なごり》が強く、将来の明確なビジョンなど到底持てる状況ではなかった。しかし、眼前の劉は全く違う。優秀な学生がさらに努力を重ねるアジア諸国。一方、点取り虫で机上の論理ばかりに強い学生や、「何をやりたいか決められない」優柔不断な学生だらけの日本。いずれ、この国は追い抜かれる。大田原は大学院で常にそう感じていた。

「謝謝《シェーシェー》（ありがとう）」

劉はいたずらっぽく笑うと、穏やかな笑みを大田原に返した。

「来週からの講義では、今のアジアの企業にフォーカスした内容でやろうかと思う。皆の身近な存在である民間企業の現状を分析してみたいのだが、他の学生たちは関心を持ってくれるだろうか？　ちょうど、韓国のシルバースター電子が私のゼミに冠講座を作ってくれるという話もあるし」

「シルバースター電子……ですか？」

一瞬、大田原を見つめる劉の視線が鋭くなった。

「どうかしたかい？」

「何でもありません。日本の一流私学、明信の大学院にシルバースター電子がスポンサードを申し入れるなんて、やはり、韓国の経済は着実に成長を遂げたのですね。私の父の東風電機もいずれは……。そう思っただけですよ」

「劉君にとって関心のあるテーマかね？」

「もちろんですよ」

劉はそう告げると、立ち上がりかけた。しかし、背後からの人の気配に動きを止めた。

「大田原センセ、さっき学生課からファイルが届きましたよお」

肥満体を揺すりながら、初老の女性事務員がクリアファイル入りの書類を大田原に差し出した。

「新入生ですか？」

「そのようだ。中国人留学生だね」

ファイルを受け取った大田原は、二枚の履歴書を取り出した。

「リ・ドンホ（李東鎬）。北京工科大学卒、中国吉林《きつりん》省朝鮮自治区出身、三〇歳」

劉剛は戻しかけた椅子を再び引き寄せ、大田原のファイルを覗《のぞ》き込んだ。

「朝鮮族か……。それにしては、目が大きな人ですね。でも、ちょっと冷たい印象があるなあ」

「そうかい？　朝鮮族の人たちの顔立ちにはどんな特徴があるの？」

「こうですよ」

劉剛は右手の人差し指を自らの右目の前に差し出し、ピッと横に一本の線を描いた。

「これは僕の勝手な印象ですが、彼らは目が細い人たちが大半です。彼は大きな瞳が印象的だ。祖先は漢族かもしれませんね」

「とにかく、彼は来月からウチのゼミに合流する。劉君、フォローしてくれ」

「もちろんです」

大田原に向かってわざと恭《うやうや》しくお辞儀した劉は、踵《きびす》を返して教授室のドアに向かった。そして、ジーンズの尻のポケットから小さなメモ帳を取り出すと、歩きながらペンで何かを書きつけていた。その後ろ姿を遠目に見た大田原は、改めて劉の几帳面な性格に感心した。

「何だソン？　今、私は食事中だ。あのまずい会議用バイキングが嫌だから抜け出すと言っておいたはずだ」

〈それどころではありません！　一〇分ほど前、中国外務省のエージェントとようやく連絡が取れまして、向こう側との連絡役を務めてくれる人間が見つかりました！〉

「本当か？」

ソウル市・明洞《ミョンドン》、韓国財界の重鎮たちが顔を揃《そろ》えたロッテホテルの会議室を抜け出したイ・スーフンは、一人でチゲ専門の食堂に潜り込んでいた。店自慢の特製キムチとワタリガニのチゲを啜《すす》っていたスーフンは、秘書のソン・ワンギュからの電話を受けると、柄の長いスプーンをテーブルに叩き付け、慌てて席を立った。

「オモニ、今日のチゲは特別にうまかった」

いぶかしがる女将《おかみ》の顔もろくに見ず、スーフンは財布から一万ウォン札を二枚取り出してテーブルに置くと、そのまま店を飛び出した。

明洞の飲食店街の裏道を必死で駆け抜け、市庁舎裏の大通りに出た。ロッテホテルに戻れば、専用車のBMWのリムジンが待っている。しかし、今はホテルに戻る時間さえ惜しかった。興奮を抑え切れず大通りに出たものの、いつもは市庁舎裏に列を作っている模範タクシーが一台もいない。

舌打ちしたスーフンは、地下鉄の出口付近に向かって走った。

地下鉄の出口から五〇メートル先に一台のデーウのタクシーを見つけたスーフンは、懸命に手を振って車に駆け寄り、何とか後部座席に乗り込んだ。

「カンナムのシルバースター電子本社ビルまで」

運転手に行き先を告げると、スーフンは後部座席に深く沈み込んだ。自分でも冷静さを失っていると思う。しかし、とても落ち着いてはいられない。連絡役が見つかっただけではないか。まだ消息すらつかめていない。しかし、五年前から根気強く接触してきた中国外務省のエージェントが、ようやく行動を開始してくれた。それだけでも大いなる前進だ。この一歩がなければ、ヤクソクは果たせない。自らの命が続く限り、このためだけに生きてきた。

普段の冷静な自分を心の隅に追いやったスーフンは、タクシーの後部座席で声を上げて笑った。若い運転手がルームミラーでスーフンの顔を見た。

「オボジ、どうかしましたか？」

「申し訳ない」

依然として笑いがこみ上げてくる。

「オボジ、何か良いことがあったのですか？」

「良いことが起こる兆候があったんだ。気にしないでくれ」

若い運転手は、ルームミラー越しに、視線を送っていた。

「オボジ、どこかでお顔をお見かけしたことがあると思うのですが」

「君の車に乗るのは初めてだが」

漢江にかかる橋のたもとの赤信号で、タクシーは一時停止した。若い運転手は、依然としてスーフンの様子をうかがっていた。

「行き先はカンナムのシルバースター電子本社でしたよね？」

「ああ、そうだ」

「オボジはシルバースターのイ・スーフン会長ですか？　以前にテレビでお顔を見たことがあるような気がしたもので」

「確かにイ・スーフンだ。しかし、今の私は、シルバースターのイ・スーフンではなく、北韓生まれの普通の老人、リ・スーフンだ」

「はあ？」

スーフンは黙り込み、車窓に視線を向けた。信号が青に変わり、タクシーが再び走りだした。車が漢江の真上に差し掛かった時、スーフンは窓を開けて河の上を流れる風を車内に呼び込むと、つぶやいた。

「ヤクソクだ。絶対に果たすからな……」

8

「無断で会議を抜け出されては困ります。議長の現世鉄鋼会長から大目玉を食らいましたよ」

会長室のドアを開けた瞬間、ソン・ワンギュが腕組みをしてスーフンを待ち受けていた。

「昼飯くらい、どうしてもうまい物が食いたくてな。ところで例の連絡役の件、首尾はどうなっている？」

ソンはスーフンの執務デスクに駆け寄ると、黒革のノートから一枚のファイルを抜き出し、差し出した。

「この男、信用できるんだな？」

ソンは大きく頷いた。

〈中国外務省、条約課勤務。年齢四五歳、愛人二人を持ち、中朝国境で密貿易の会社を経営〉

「愛人の線で落としたのか?」

「さあ、どうでしょう」

ソンは微《かす》かに笑ったあと、スーフンから視線を外した。

「会社の金を使うことは許さん。あくまでも私の個人的な問題だ」

「では、しかるべき方法で最善を尽くします」

「頼んだぞ」

ソンは、ドアの前で深く一礼すると会長室を後にした。スーフンは執務デスクの脇の肘掛《ひじか》け椅子にスーツをかけると、引き出しに手を伸ばし、蓋のない精工舎製の懐中時計を取り出した。手に馴染《なじ》んだ冷たい真鍮に触れた瞬間、涙が溢《あふ》れた。黒いワイシャツの袖で拭ったスーフンは、時計を手に会長室の窓際に歩み寄った。視線の先には、ゆっくりとした流れをたたえる漢江が見えた。あの河は、故郷につながっている。その向こう側には、血のつながった家族がいる。何人生き残っているだろう。何人の親族が自分のことを覚えているだろう。

豪雨の中、故郷の村を出てから五〇年以上の月日が経過した。早くヤクソクを果たさなければならない。寿命が縮んでもよい。スーフンは時計を引き出しに戻すと、再びジャケットを羽織り、デスクの上のインターフォンを押した。

「ソン、これからの予定はどうなっている? ヤクソクのためだ、今のうちに捌《さば》ける仕事は全て捌いておくぞ」

〈会長、既に決裁用の書類が山積みとなっております。一通り、目を通してサインしてください〉

インターフォン越しに、ソンが笑いをこらえている姿がうかがえる。スーフンは、黒いワイシャツの袖口のカフスを外すと、腕まくりをして書類の山に目をやった。たった一人の会長執務室で、気にする者は誰もいない。

スーフンはファイルの山の一番上から順に、書類を繰り始めた。

9

「Everyone, let's give a big hand to our new student！（では諸君、新入生に拍手を！）」

大田原が階段教室を見渡すと、二五人の学生は一斉に拍手を始め、教室中に乾いた音が響き渡った。

「さあ、こちらの背の高いハンサムガイがリ・ドンホ君だ」

大田原は、隣に立っている体格の良い新入生に、階段教室の最前列に着席するよう促した。既に最前列には劉剛が陣取り、笑顔を見せている。

「彼が授業に慣れるまで、当面、劉君が案内役をしてくれることになっている」

「お任せあれ、教授」

劉は立ち上がって右手と腰を曲げ、恭しくお辞儀をした。教室中から笑いが起こった。

「今週から、新しいプログラムをスタートさせます。アジアの新興企業にフォーカスして、地域の民間経済全体を俯瞰《ふかん》するプログラムです。これから二ヵ月の予定で進めます。リ君は今日配った資料を見ながら、クラスの雰囲気に慣れるようにしてください」

大田原は、教室に陣取った学生たちを見回した。

「皆さんは、アジアの新興企業というと、どの企業を思い浮かべますか？　かつて日本のソニーや松下《まつした》電器などが太平洋戦争後に急速に成長したように、今は韓国や中国で、第二、第三のソニーや松下が勃興していますが……」

◇

「ランチに行こうか。神保町はカレーショップが多いんだ。僕のお勧めの店に行かないか？」

午前の講義が終了したあと、ソンスは唐突に劉に声をかけられ、戸惑った。日本での日常生活に困らぬよう、上級情報員から様々なデータを与えられていたが、食生活については講義だけでは分からない。ソンスは劉の顔を見つめ返した。

「劉さんのおすすめは？」

「僕の好みは、肉と野菜が大振りで、インド風の辛めのスパイスのやつ。そこでもいいかな？」

「結構です」

劉は笑みを浮かべてソンスを駿河台下《するがだいした》方向まで導いた。

老舗カレー屋の狭い店内は、近隣の学生やサラリーマンで既に混み始めていた。ニンニクが焦げる匂《にお》いをかぎながら、ソンスは劉の後ろ姿を見つめた。劉は券売機の前に立つと、千円札を二枚挿入し、躊躇無く「ビーフ&野菜」と表示されたミックスカレーのボタンを押した。

「僕は一番高いメニューを好んで食べるから、いつも他の学生には見栄《みえ》っ張りの中国人ってからかわれてる」

「吉林省の田舎《いなか》育ちで北京でも貧乏学生でしたから。一番安いチキンにしますよ」

ソンスは、慌てて小銭入れを取り出すと、五百円玉と百円玉を数え始めた。

楽器店とスキー専門店を見下ろす道路側のテーブルに陣取った二人の前に、小皿に盛られた茹《ゆ》でたてのジャガイモが二個ずつ運びこまれた。劉は器用に皮を剝《む》くと、小さなスプーンに載ったバターをつけ、うまそうに頰ばり始めた。

「何でも大田原ゼミは、これから韓国の大手企業のサポートを受けていくらしいよ。シルバースター電子って言ってたな」

ソンスの目を見据えながら、劉は「シルバースター電子」という単語にやや力を込めた。ソンスは自らの眉根が寄ったことを感じた。この劉という男は何者か。ソンスは次のジャガイモに手を伸ばしながら、劉の表情をうかがった。

「どうやらシルバースターには、日本市場でのシェア拡大という狙いがあるようだね」

混み合った狭い客席の間を縫って、店員が二人分のカレー皿を運んできた。劉は慌ただしくスプーンを動かし、カレーをかき混ぜ始めた。ソンスは、自分の大皿に盛られたカレーを見た。骨付きの鶏肉《けいにく》が五個も転がっている。鶏のエキスが効いた香ばしい香りが鼻腔《びこう》を刺激した。自動販売機のボタンを押すだけで、これほど贅沢《ぜいたく》な食べ物が簡単に手に入る。平壌の労働党幹部専用の食堂でも、こんな豪勢な食事が供されているのか。

小首を傾《かし》げたソンスは、劉の視線を感じた。ソンスは無理矢理笑顔を作り、スプーンに目一杯ライスとルーを載せて口に運んだ。

第2章　軌跡

1

〈日銀理事に福地国際局長が昇格　明日正式発表へ〉


日本実業新聞の日曜朝刊、経済面に大田原隆一はかつてのライバル、福地建彦《たけひこ》の顔写真を見つけた。

東京・中野区上高田《かみたかだ》。西武新宿線・新井薬師前《あらいやくしまえ》駅から徒歩五分、哲学堂公園近くの建売住宅のリビングで、大田原はぼんやりと紙面を見つめた。

時刻は既に午後一時半だった。妻の静江と女子大生の娘、奈美江《なみえ》が在宅している気配はない。おおむね、連れ立って新宿にでも出かけたのだろう。キッチン横のダイニングに足を向けると、大田原のために作り置きされた塩焼きそばが、テーブルにぽつんと置かれていた。ラップの下にはびっしりと水滴が付き、伸び切った蒸し麺《めん》としおれた白菜がのぞいていた。わびしげな焼きそばは、そのまま自分の境遇を映し出しているようだった。

日本実業新聞の朝刊は、既に妻か娘が一度読んだ様子があった。ということは、福地が理事に昇格するという情報は、この家の女性陣には知れ渡っている。

日銀理事は、生え抜きキャリアの中から六人が選ばれ、金融政策全般を扱う企画部門や、金融機関のモニターを行うプルーデンス部門、日銀短観を取りまとめる調査統計局など、日本の金融を支える様々な部局を統括する重要ポストだ。日銀内部、実質的には総裁や副総裁などトップ級の幹部からの推薦を経て、財務大臣が任命する。

大田原は金融政策の中枢部とも言える企画局、市中銀行のモニター役である考査局、調査統計局、国会担当など、様々な部署で準トップ級の役職を経てきた。最後のポストとなったのは、日本銀行券を管理する発券局長だった。

旧外国局、国際局にも在籍し、どことなく国際畑の人間と見られてきた大田原だが、理事という最終ポストに残るチャンスはあった。発券局長就任二年目の春、四期上の理事二人の任期切れ、すなわちポストを離れる時期が近づくと、人事の噂《うわさ》が好きな日銀マンとマスコミの情報戦が始まった。空くポストは、国際関係担当理事と内部管理担当理事の二つで同期の候補者は四人。大田原、福地、その他二人も主要部局の幹部を務めた経験を持ち、それぞれの資格は十分だった。

冷えた焼きそばを嚙《か》みながら、大田原はもう一度、日本実業新聞に視線を落とした。くせ毛を無造作に伸ばし、神経質そうな細い目をした福地が笑みを浮かべた写真が空々しかった。

2

「人間として、断じて許せない行為だと私は考えます。私にも娘がおります。ですから、あのように、人権を完全に踏みにじり、ご本人とご家族の人生を根本から狂わせるような行為は、断じて許されないものであると確信しています」

発券局長に就任してから二年、千代田区内幸町《うちさいわいちょう》の日本プレスセンタービル最上階で北朝鮮による拉致《らち》問題を糾弾する集会が開かれた。大田原は、この問題を熱心に報道してきたフリージャーナリストの次に壇上に上り、自らの心情を訴えた。

かつて入行三年目で配属された日銀・新潟支店で先輩職員の娘が突然姿を消した。大田原は支店の有志と共に捜索のボランティアを行った。新潟駅前や古町《ふるまち》通りの繁華街などで、ビラ撒《ま》きや看板立てなどの手伝いをやった。

行方不明になった娘は、メディアでは表向き「神隠し」とされていた。しかし、警察庁に入った大学のゼミ仲間に聞くと、「北朝鮮の犯行が濃厚だ」と告げられた。その時のショックは、今も忘れない。

なぜ、北朝鮮が少女を攫《さら》うのか。そして、警察庁はそれを察知しながら、なぜ本腰を入れて捜査、あるいは外務省が外交問題としなかったのか。ビラを受け取ろうともしない市民たちに苛立《いらだ》ちを覚えながら、大田原は休日や業務終了後に支援活動を手伝い続けた。

二〇〇二年、当時の首相の北朝鮮訪問によって、世間の関心は急速に拉致問題に集まった。メディアのにわか仕立ての論調に不信感を抱きつつも、大田原はこの支援会場に足を運び、活動を通じて知り合ったジャーナリストの求めに応じて素直な感情を聴衆にぶつけた。スピーカー席の横には、熱心にメモを取る主要紙やテレビの記者たちがいる。彼らを通じて、わずかでも拉致問題が世間の関心を集めてくればいい。

「日銀の局長とか、そういう立場の問題ではないのです。私の人間としての気持ち、親としての心情としてお話し申し上げました。皆さんも自らの問題として考えてください。自分の親族、あるいは友人が突然いなくなったら。拉致問題は、誰にとっても決して他人事《ひとごと》ではないのです」

大田原は努めてゆっくりと言葉を継ぎ、聴衆一人一人の目を見ながらスピーチを締めくくった。

◇

「先輩、ちょっとまずいですね」

講演から二日後の正午過ぎ、日銀本店一〇階の特別食堂で大田原は券売機にコインを入れた。直後、背後から声をかけられて振り向いた。目の前にいたのは、かつて考査局で机を並べたことのある後輩で、総務人事局長の沢本康祐だった。

「この年齢《とし》でカツ丼とうどんのセットは食べすぎってことかい？」

脂肪が付き始めたウエストをさすりながら、大田原は後輩に視線を向けた。

「ランチご一緒してもいいですか？」

沢本は大急ぎで「日替わり・そば定食」のチケットを購入した。

「まずいって、いったい何のことだ？」

沢本は一番奥の二人掛けのテーブルに大田原を導くと、周囲を見渡しながら話し始めた。

「昨日、外務省から先輩の経歴照会がありましてね。今朝は与党の政調会長の秘書も同じように照会をかけてきました」

「外務省と政調会長秘書？　心当たりがないな。次のポストでも用意してくれるのか？」

大田原は沢本の真意が分からず、軽口を叩《たた》いた。

「ふざけている場合じゃないですよ。この前、拉致被害者家族を支援する集会で、講演されましたよね？」

「それがどうかしたのか？」

「これ見てください」

沢本はスーツの胸ポケットから、畳んだA４の紙を取り出した。

東京日日新聞の特集記事だった。主催者のジャーナリストや大田原らが、集会終了後に集合して撮影された写真も掲載されていた。記事には大田原のスピーチも短く引用されていた。

「日銀マンとして問題になるようなことは言っていない」

「先輩、これそのものがまずいんですよ」

食堂の入り口の方向を見た沢本は、一段と声のトーンを落とした。

「『日銀発券局長』って肩書が書いてあるじゃないですか」

沢本は右手の人差し指で、写真下のキャプションを指した。

「『日銀はいつから外交案件に首を突っ込むようになったんだ』というのが外務省の言い分です。政調会長は外務省の意を受けて動き始めています」

「拉致問題に関心のある一人の国民として話しただけだ」

「外務省はそう受け取ってくれなかったようです。今、アメリカは北の通貨偽造に神経をとがらせているじゃないですか。外務省もその情報収集に追われている最中です。そういう微妙な時期に、日銀の、それも日銀券管理の総責任者である『発券局長』の肩書を持った人が拉致関連の集会で話したと聞いて、良い気はしなかったということでしょう」

「僕が個人として発言した言葉が国益を損ねるとでも外務省は言いたいのか」

沢本は無言のまま頷《うなず》いた。

「しかし、集会の議事録を読んでもらえれば、真意は……」

「カツ丼定食の方はどちらですか？」

濃い目の化粧をしたウエイトレスが、丼《どんぶり》と小鉢を並べたプレートを携えて二人のテーブル席に近づいた。沢本は腕組みをしながら、無言で頭を振った。

「業務規程に違反するとか、そういう類《たぐい》の問題でも出てくるのか？」

「そんなことなら、私が担当局長ですから、何としてでも処分を軽くしますよ。問題は、国会対策担当の審議役が既に与党本部に呼ばれているってことです。さっそく、この件を総裁の耳に入れた人もいらっしゃいますし」

「総裁？　どうしてそんなレベルまで話が？」

「もうちょっと世渡り上手になってくださいよ。先輩は今、次期理事候補なんですよ。総裁もいろいろと気にされています」

「しかし、あんな話が、外務省や与党、それに総裁にも届くなんて」

「先輩、我が社のトップだけでなく、外務省にもそれとなく耳打ちして、それで与党にも根回しできる人物って言えば、心当たりがあるでしょう」

「福地か？」

「証拠はありませんが、国会対策の若手に質《ただ》したら、昨日の午前中、福地さんは院内の詰め所に現れたそうです。タイミングから考えて、与党や外務省の耳に入れたのは福地さんと見るのが妥当でしょう」

大田原は、特別食堂の天井を仰ぎ見ながら腕を組んだ。

「福地さんはキャリアアップのためならば何でもしますから、気をつけてくださいよ。あとで総裁のところに顔を出された方がいいですよ」

「総裁は分かってくださるよ」

大田原は頭を振って沢本の質問をかわした。

〈本メール受信後は、手順通りログを完全に消し去ること。以上〉

3

新宿・大久保。五階建て雑居ビルの三階には、薄暗く、煙草の煙が充満したPC工房と呼ばれる一室がある。入り口から三つ目のブースで、ソンスはMSNの無料メールサーバー「ホットメール」経由で送られた平壌の指令文を受け取り、内容を即座に記憶した。女性教官から教えられた通り、すばやくモニターをプログラム画面に切り替え、手順通りに足跡《ログ》を消した。

一通り作業を終えたソンスは、セブンスターを取り出し、深く煙を吸い込んだ。

指令は簡単な任務ばかりだった。

一つは、祖国の古都、開城の遺跡や博物館から国宝級の高麗青磁を裏ルートで密輸入している日本人ブローカーを殺害すること。もう一つは、明信大学大学院、大田原ゼミの様子をリポートすることだった。既に、南のシルバースター電子が大田原ゼミをスポンサードして冠《かんむり》講座とすることは、情報部に伝達してあった。今回受け取った指令は、講座開設に向けた準備作業がどの程度進捗《しんちょく》しているかを尋ねるものだった。

ソンスは大田原のメールをハッキングして知り得た情報や、劉《りゅう》から得た知識を本部に送った。実りのある報告ではなかったが、この一つ一つの積み重ねが祖国と最高司令官同志のためになる。

ソンスは南の大企業、シルバースター電子のサイトを画面に呼び出した。「幹部からのご挨拶《あいさつ》」と記されたバーをクリックすると、黒いワイシャツ姿の会長兼CEO、イ・スーフン の顔がアップされた。

ソンスは奥歯を強く噛み、ディスプレイに映った白髪の男の顔を見つめた。ソンスは視線に力を込めて、黒いワイシャツをまとった老人を凝視し続けた。

4

「動揺階層出身の新兵《シンビョン》にしては、いい根性をしている。もう一回、組み手だ！」

九〇年代後半、板門店にほど近い古都、開城。郊外の特殊部隊訓練所の丘の上で、一般歩兵部隊から徴集された〝訓練候補生〟一五人が、肩で息をしながら、教官である士官長の前に列を作った。

入隊後、一ヵ月。訓練候補生たちは毎日、訓練所周辺の野山を総重量一五キロの完全防備スタイルで二〇キロ走らされたあと、寄宿舎脇の中庭に立った高さ一〇メートルの鉄塔から薄いマットが敷かれた地上へ、命綱なしの落下訓練を続けた。その後は、撃術、相手を素手で殺すために開発された特殊な撃術の訓練が新兵たちを待ち受けていた。

この日は、新兵全員でシャベルを持たされ、運動場の片隅にプール型のリングを掘らされた。六メートル四方、深さ一メートルの特設リングだった。そこに三〇センチほど水を張ると、足場は極端に悪くなる。その中で、素手で相手が失神するまで殴り合う過酷な訓練が、新兵たちを殺人マシーンに仕立て上げていた。

ソンスは、自分を動揺階層と呼んだ目つきの鋭い士官長を睨《にら》み返した。新兵の訓練は、どの部隊でも過酷を極める。特に、人民軍の中で最もエリートとされる信川復讐《ふくしゅう》隊は、その最中に命を落とす兵士が続出する過激な訓練で知られていた。教官は、肉体だけでなく、精神的にも訓練兵を追いつめる。特に、身長一八〇センチと他の兵士より頭一つ抜けていたソンスへの肉体的、精神的な追い込みは尋常ではなかった。

ベトナム戦争で、ベトコンの軍事教練官として秘密裏に現地派遣された父は、米軍のナパーム弾に焼かれて戦死した。父は、親族が越南した経緯を長年隠し続けていた。しかし、部隊での昇進の際、軍の再調査によって戸籍の操作が暴かれて、「動揺階層」のレッテルが貼《は》られた。

この国の体制への忠誠心に疑問があるとされた階層だ。それまで党幹部や革命の遺族、戦死者の家族が属する「核心階層」だったソンスの一家は、動揺階層に分類されると平壌を追われ、古びた炭鉱街に強制移住させられた。信川部隊の隊員だった父は、核心階層への復帰を目指し、危険任務に志願するようになった。任務の遂行に失敗があれば、人間扱いされない「敵対階層」にもう一段落とされる恐れがあったが、父は果敢に激務をこなした。特にベトナム戦争に韓国軍が参戦するようになって以降、ベトコン支援を検討していた朝鮮労働党に直訴し、現地での戦闘参加が許された。

信川部隊の持つノウハウをベトコンに伝授した父は、やがて米軍の情報機関にマークされた。父は、自らが鍛えた部隊のゲリラ戦支援のため、激しい戦闘地域から別の地域へ移動する最中、ナパーム弾に狙《ねら》い撃ちされた。ベトコン支援の功績と苛《か》烈《れつ》な戦死で、父は最高司令官同志から「英雄」の称号を与えられ、ソンスの一家は核心階層への復帰を果たした。

しかし、動揺階層を経験したのは事実だ。その過去を、いまだに士官長はえぐってくる。

「来い！　俺を殺してみろ」

相手の新兵に向かい、ソンスは怒鳴った。足元には水が張られ、足首に粒子の細かい泥が絡みつく。

凶器と化した拳《こぶし》で、相手の鼻やこめかみを打ち抜く。あるいは指を相手の喉に突き立てる。そんなことは日常茶飯事だ。昨日の訓練でも、新兵の一人が喉を一撃されて即死した。

相手を見据え、ソンスは一度深呼吸した。

「殺してやるよ」

ソンスは、いきなり右ストレートを放った。相手も顔をすばやくそらし、拳を数センチの差でかわした。

相手の意識がパンチに集中していることを悟ったソンスは、すばやく左足でローキックを出した。パンチをよけた直後の相手は太腿《ふともも》を一撃され、たちまちバランスを崩して泥水の張られたリングに倒れ込んだ。ソンスはすかさず相手の体に馬乗りになると、左手で顎《あご》を押さえ、至近距離から渾身《こんしん》の右ストレートをこめかみに打ち下ろした。

「止め！」

士官長の鋭い声が届いたが、ソンスはさらに二発、こめかみの同じ箇所にストレートを打ち下ろした。

「誰か止めろ！」

あっけにとられていた新兵たちが一斉に泥水に飛び込んだ。ソンスを強引に引き離した。

「俺は動揺階層じゃない。越南した裏切り者の罪は、父の死で償った。覚えておけよ！」

ソンスはリングの外で仁王立ちしている士官長をじっと見つめた。士官長はわずかに震えていた。

5

「お待ちの間、おビールか何かお飲みになりますか？」

髪をアップに結い、割烹着《かっぽうぎ》を羽織った女将《おかみ》が小上がりの縁に身をかがめ、大田原を見上げた。大田原は頭を振った。

「とんでもない。待ちます」

「では、麦茶でも」

女将は大田原の靴を揃《そろ》えると、厨房《ちゅうぼう》脇の冷蔵庫に向かった。

日本橋本石町《ほんごくちょう》。日銀本店から神田駅に延びる日銀通り、江戸通りを横切って駅前方向に進むと、中華料理屋や小料理屋、カレーショップなどが雑然と軒を並べる一角が現れる。総裁秘書からのメモによれば、江戸通りと日銀通りの角、大手地銀東京支店から数えて四本目の小道に、総裁が政財界の重鎮たちを秘密裏にもてなす割烹があるという。

一〇坪ほどの狭い店内には、独立した小上がりが設《しつら》えられ、機密性が高い。「密室」という言葉がふさわしい佇《たたず》まいだった。

「お待たせしましたね」

おしぼりで額を拭っていた大田原の前に、唐突に日本銀行総裁、松岡富夫《まつおかとみお》が現れた。ボディガード役の男性秘書も伴わず、松岡は小上がりに辿《たど》り着いた。

「私も今着いたばかりであります」

大田原は慌てて正座し、スーツのボタンをかけ直した。

「そう堅くならずに。久しぶりに気楽に飲みましょう。女将、ヱビスを二本」

松岡は慣れた様子でオーダーすると、小柄な体を折り曲げて腰を落ち着けた。ぎょろりとした両目が大田原を一瞥《いちべつ》していた。

「秋田リポート」で行財政改革と日銀のあり方を世に問うた名総裁、秋田誠《あきたまこと》の薫陶《くんとう》を受けた骨太の日銀マンは、与党幹部や財界首脳にもずばずばと苦言を呈す辛口バンカーとして知られる。昭和九年、東京の下町で生まれた松岡は、酒が回るとべらんめえ口調が現れる。

「私の不注意でご迷惑をおかけしました」

大田原は膝の上に両手をついて頭を下げた。

「相変わらず無粋《ぶすい》な男だ。まあ、そこが大田原君の良いところだがね」

松岡が大田原に頭を上げるよう促した時、女将がヱビスの小瓶と冷えた小振りのタンブラーを二つ運んできた。

「話は乾杯が終わってからだ。大田原君もグラスを持って」

女将から小瓶を受け取った松岡は、大田原の持つタンブラーに冷えたビールを注いだ。

◇

「俺もあの拉致事件には心底怒っている。人間のやることっちゃない。とんでもねえ奴《やつ》らだ。俺にも娘がいるし、孫娘までいる。かわいい盛りの孫が突然いなくなると考えたら、とても他人事ではいられない。娘さんを連れ去られた元同僚の気持ちを考えたら、今でも胸が押し潰されそうだ」

冷酒用の猪口《ちょこ》をテーブルに勢いよく叩きつけた松岡は、ぎょろりとした目をさらに大きく開いて大田原を見据えた。ヱビスの小瓶は、松岡が局長時代から愛飲している純米酒に変わった。「私」が「俺」に変わったということは、そろそろ酔いが回ってきたサインだ。

かつて、銀行監督や金利調節の手法などの問題で日銀が大蔵省と対立した際、松岡は常にこの親分口調で、大田原ら不器用な部下たちをバックアップしてくれた。久々に聞く松岡の啖呵《たんか》に、大田原はいくらか救われた気分になった。

「しかしだ。大田原君、今回はちょっと事情が複雑だ」

ぎょろりとした松岡の目が、一瞬曇ったように見えた。

「普通のタイミングなら、君を庇《かば》えた」

「どういうことですか?」

「相変わらず、お前さんは周りが見えてねえな。今の総理は誰だい?」

「福沢幸夫《ふくざわゆきお》」

総裁の任命権者の名を口にした途端、大田原はめまいに似た感覚を覚え、猪口をテーブルに置いた。今、目の前にいる日銀トップは、大田原の進退に関わる重要なキーワードを吐き出した。

かつて自分が霞《かすみ》が関《せき》や永田町《ながたちょう》と事を構えた時は、この親分肌の上司が守ってくれた。が、今度はそれが無理だとこの昔気質《かたぎ》のバンカーは暗に告げている。やはり首相を経験した父親を持つ現首相は、北朝鮮による拉致問題の解決を強く訴えてきたタカ派前任者の路線を修正した。そんな時に、全くの外野である日銀局長が拉致問題に口を出したらどうなるか、答えは火を見るより明らかだ。

「どうやら、アメリカの財務省やＦＲＢ、それにホワイトハウスまでもが、例の講演会の一件に目をつけたようだ。北へのスタンスがはっきりしないとよくマスコミに叩かれる総理にとっても、アメリカからの嫌味は堪《こた》えたらしい。そりゃ、君のことを蹴落とそうと、俺にご注進をかけてきた輩《やから》はいるよ。俺はあの手のやり口は大嫌《きれ》えだ。でもな、奴ぁ、官邸にもご注進に及んでいてな……」

後輩の沢本が言った通り、外務省や与党幹部だけでなく、北朝鮮に対して柔軟路線を取ろうとしている福沢首相までもが、例の講演の一件に不快感を募らせていた。頼りになる松岡に手だてがないと宣告され、大田原は頭《こうべ》を垂れた。正論を、いや、人間として誰しもが思う感情を口にしただけで、三〇年間、自らの全てを注ぎ込んできた役職を追われることになる。己の運命を悟った大田原は、猪口に残っていた日本酒を一気に喉に流し込んだ。

◇

総裁との面談を終えた大田原は、重い足を引きずって終電間際の西武新宿線を下車した。

新井薬師前駅の改札口からは、コンパ帰りの大学生や、同僚との憂《う》さ晴らしを終えたサラリーマンたちが、自分と同じように赤い顔をして、次々と吐き出されている。

阿佐谷《あさがや》に住む松岡は、総裁専用車のセンチュリーへの同乗を促したが、大田原は固辞した。車中で同情めいた言葉をかけられるのは真《ま》っ平《ぴら》だった。大田原は八百屋の角を曲がり、薄暗い裏道を自宅に向けて努めてゆっくりと歩いた。

帰宅した大田原は、テレビドラマに釘付《くぎづ》けになっていた娘の奈美江に声をかけた。

「ママはどうした？」

「出かけてる。よく知らないけど、日銀のOG会とか言ってた」

「OG会？」

「同期の女性職員たちが集まってワイワイやるって、楽しそうに出かけたよ」

「それにしても、こんな遅くまで」

「パパが他の人の帰宅時間に文句を言う資格はないでしょ。私が子供のころ、高熱を出した時だって、国際会議の準備だ、国会答弁の予行演習だって、絶対に帰ってこなかったじゃない」

娘の指摘は的を射ていた。

「そういえば、ママは今日のOG会に、福地さんとかいう現職の偉い人も顔を出してくれるって言って、何だか嬉《うれ》しそうだった」

「福地だって？」

「ママがその偉い人が載っている雑誌をわざわざ買ってたんだ」

奈美江はテーブルの脇のラックから経済週刊誌を取り出し、特集ページを開いた。

「福地さんって理事候補なのかぁ。誰かさんは局長止まりみたいだもんなぁ」

大田原は無造作に広げられたページに目をやった。福地が恰幅《かっぷく》の良い人物と語り合っている対談記事だ。

〈気鋭の日銀局長、中国新興メーカー東風電機集団トップと意気投合〉

大田原は見出しを一瞥すると、乱暴に雑誌を閉じた。

「このおじさんに嫉妬《しっと》してるの？」

「馬鹿馬鹿しい」

嫉妬などではない。日銀マンの仕事に、器用な立ち回りなど必要ない。通貨の価値を守る、それだけだ。企業幹部と表立って対談するなど、断じて中央銀行の幹部がやるべきことではない。大田原は奈美江に視線を向けたが、既に娘はテレビの画面に完全に意識を戻していた。

6

「会長、KBSの臨時ニュースをご覧になりましたか？」

「このタイミングで大統領が北に行ったら、向こうの言いなりになって、またぞろ経済援助だの、金融支援だのを約束させられる。何とかならんのか」

〈板門店《パンムンジョン》で行われていた南北実務者協議の席上、北の担当者は、かねてから我が国が求めていた大統領の北への訪問を事実上容認する回答を示しました。一方、政府は北への経済支援として、米五〇万トン、農業用肥料三〇万トンの緊急支援を決め、実務者協議の場に提案する方針です。また協議では、韓日間で深刻な外交問題に発展している独島《トクト》についても、南北が共同歩調を取って日本との交渉に臨む方針が確認されました〉

「また支持率を上げるためだけに、北との交渉が持ち出される。将軍様とやらの延命措置に手を貸すだけだということが、まだ分からんのか」

「独島問題で韓日関係を緊張させ、反日感情をわざと煽《あお》った直後に、大統領の電撃訪北の発表ですか。国民の目をあざむく下劣な行為ですね。会長、どう対処しましょうか」

「とりあえずソウル市長と緊急に打ち合わせを行い、保守勢力としてのステートメントをまとめなければならない」

スーフンは、いつもの黒いワイシャツの上にグレーのジャケットを羽織り、立ち上がった。

「会長、どうか冷静にお願いします。会長のコメントを取ろうと記者たちがたくさん待ち受けているはずです。連中の挑発的な誘導尋問には、くれぐれもご注意ください」

「許せんものは許せんのだ。六〇年前と何も変わっていない」

◇

一九五〇年、朝鮮半島北東部の寒村に乾いた銃声が響いた。スーフンと家族が暮らす粗末な一軒家に深夜、突然二発の銃弾が薄い板戸に撃ち込まれた。

「スーフン、起きろ」

　共産党による強制労働の疲れで深い眠りに落ちていたスーフンは、父に激しく肩を揺すぶられ、目を覚ました。

「オボジ、どうしました？」

「玄関の板戸が撃ち抜かれた」

　薄い掛け布団をはねのけたスーフンは、納戸《なんど》脇の土間を駆け抜け、板戸が見渡せる竈《かまど》の陰に身を潜めた。暗がりの中、目を凝らして柱の掛け時計を見ると、時刻は午前二時半だった。

「誰かいるのか？」

　スーフンの声に反応するように、板戸を激しく叩く音が返ってきた。

「スーフンか？　ちょっと出てこい」

　聞き覚えのある声だった。以前から蛇蝎《だかつ》のごとく忌み嫌っている声が、深夜の沈黙を破って響いた。共産党青年部の事務局長で村一番の鼻つまみ者、ロ・ジュヨンだった。スーフンの反抗的な態度、反共的な物言いに常に難癖をつけ、公衆の面前でスーフンを殴り続けた男が、今度は家に弾丸を撃ち込み、高圧的な態度で姿を見せるよう要求していた。

「銃弾を撃ち込むとはどういうつもりだ」

「いいから出てくるんだ、スーフン」

普段、強制労働を指揮してわめき散らしている時のロとは、声のトーンが違った。何らかの強い意志を含んだ、低い声音だった。スーフンは、意を決して竈の陰から立ち上がり、薄い板戸を一気に開いた。

「灯火管制の見回りをしていたら、緊急で青年部の会議が招集された。スーフンも出席するようにという指示だ」

依然としてロの声は低かった。背後をうかがうと、庭先の柿の木の陰に、一瞬だけキラリと光る物体が見えた。目を凝らすと、軍服姿の背の高い青年兵士が銃剣を構えていた。

直感的な恐怖がスーフンの全身を痺《しび》れさせ、思うように手足が動かなくなった。連行され、拷問を受ける。中学校の同級生から聞かされた共産党の本当の顔が、今、ロと銃剣を構えた兵士の表情の向こうに透けて見えた。

「着替えをしますから、しばらく待ってください」

スーフンがそう答え終わる前に、背の高い兵士が無言でスーフンの両手首を後ろ手に縛り上げた。

「何をするんですか」

「反動分子が大声を出すんじゃない。貴様ら人民軍忌避者の性根を叩き直してやる」

兵士が、スーフンの目を見据え、笑った。

「大事な倅《せがれ》をどこに連れていくんですか？」

「お前んところはもともと党の活動に否定的だったから、こういう目に遭うんだよ」

兵士の傍《かたわ》らで、憎々しげに顔を歪《ゆが》めた口が、吐き捨てるように言った。

「それに、お前んところの爺《じい》さんは、日帝時代に警察官をやっていただろう？ だから、党が目をつけていたんだよ」

「日帝に近いってことだったら、お前の方がよっぽど日帝の手先だったじゃないか。日帝がいなくなったら、即座に共産党に宗旨替えか。思想も何もあったもんじゃない。オボジに手を出したら、ただじゃおかないからな！」

スーフンの縄を引いていた兵士が、突然右足を上げ、スーフンの背中を力一杯蹴りつけた。スーフンは、砂利《じゃり》が敷き詰められた庭に顔面から倒れ込んだ。

「大事な倅に手荒なことだけはしないでください！」

父は口と兵士に交互に土下座した。スーフンを引き起こした兵士は、暴れる犬を扱うように、背中をこづきながら歩き始めた。

◇

「保衛部員同志、人民軍入隊忌避者の反動分子を連行して参りました！」

寡黙《かもく》だった兵士は、村の駐在所の事務室に着くと、スーフンの背中を力一杯押し、自らの功績をアピールするかのように中に放り込んだ。保衛部員と呼ばれた男は、首と腕が異様に太く、顔は日焼けしていた。抗日戦線で歴戦の戦士だったのだろう。保衛部員は、スーフンを一瞥すると、顎で背後の木組みの牢獄《ろうごく》を指し示した。太い角材を組み合わせた簡易な作りの牢獄がスーフンの視野に入った。

「ここに入れ！」

汚れた筵《むしろ》が敷かれた床には、既に一人の男がうめき声を上げながらうずくまっていた。兵士は転んだスーフンをそのままに、うずくまっていた男の二の腕を摑《つか》むと、力ずくで立ち上がらせた。

男はうめき声を漏らして立ち上がった。スーフンが顔をうかがうと、切れ長の目と、小さなホクロが見えた。知り合いの中学生だった。スーフンと同じく、人民軍入隊忌避容疑で連行されたのだろう。ホクロがなければ顔見知りだとは判別できないほどに顔面が腫《は》れ上がり、無残に変形していた。

牢獄から引き出された時から、少年の肩が小刻みに震え始めた。暴行が続いたあとで、反射的に拒否反応を示した様子だった。

「なぜ人民軍に入隊しないのだ。自己批判が足りない」

保衛部員は少年を再び事務室の床に転がし、顔を軍靴《ぐんか》の踵《かかと》で踏みつけた。文字通りの拷問だとスーフンは思った。次はお前の番だ。一瞬だけスーフンに視線を向けた保衛部員の目は、冷たくそう語っていた。

「自己批判するすべを知らないのならば、教えてやろう」

保衛部員は、腰のベルトに差していた棍棒《こんぼう》を取り出すと、後ろ手に縛られた少年の腕の間に押し入れた。さらに、固定された手首をテコにする形で、棍棒に力を込めてねじり始めた。

「ウギャー！」

少年が絶叫した。何時間前、いや、何日前に連行され、どのくらい拷問を受け続けたのかは定かではない。少年の肉体と精神は極限状態に達しているはずだ。

「どうだ、入隊するか？　それとも、ここで反逆者としてなぶり殺しにされるか？」

保衛部員は少年の腕に差し込んだ棍棒を力一杯踏みつけた。

次の瞬間、少年は気を失い、床の上で動きを止めた。

「本当に徴兵するのなら、もっと人間を大事に扱え！」

スーフンはたまらず叫んだ。

「俺に意見をしたのはお前か？　反動分子の分際で意見する気か？」

保衛部員はスーフンに視線を据えたまま、脇に控えていた背の高い兵士に目で合図した。兵士は反射的に敬礼すると、微《かす》かに口元を歪めながら、スーフンが閉じ込められている牢獄に歩み寄った。

「お前はあいつのように頑固者じゃないよな？　成績優秀だと聞いている。なぜ入隊しないのだ？」

気絶した中学生の横に正座させられたスーフンに、保衛部員がゆっくりと話しかけた。

「私が入隊してしまえば、病気がちの父だけでは、畑仕事を続けることが不可能になります。それに、我が家から、党の労働任務に行く人間もいなくなります」

スーフンが言い終えないうちに、保衛部員の正拳がスーフンの右頰を直撃した。

「お前はいまだに、共産党の偉大なる理念を理解しておらんようだな。お前が兵役に就けば、替わりの党員がお前の家の労務を担うのだ」

「いずれ国連軍がこの村を解放する。その時に、自分の土地が接収されているわけにはいかないんだ！　先祖が守ってきた土地だ」

口中に広がる鮮血を吐き出しながら、スーフンは保衛部員に怒鳴り返した。中国の参戦によって国連軍が南に敗走して以来、反共的と見られてきたスーフンの一家は、共産党から数々の嫌がらせを受け続けてきた。スーフンも強制労働に駆り出され、その傍ら学業を続け、家業も取り仕切ってきた。肉体と精神の疲れで我を忘れたスーフンは、内に秘めていた不満を一気に爆発させた。

「お前は今何と言った？　もう一度言ってみろ。お前の口から出た言葉は、聞き違いでなければ、この場で即刻処刑にせねばならぬほどの重大な反逆発言だ」

スーフンはもう一度保衛部員を睨み返した。保衛部員の唇は怒りで震え始めていた。同時に、右手が腰の軍刀の柄《つか》に添えられた。

スーフンは保衛部員の目から決して視線をそらさなかった。見る見るうちに、保衛部員の目が吊《つ》り上がっていく。

その瞬間だった。スーフンの頭上の後方から、低い唸《うな》り声のような機械の音が響き始めた。同時に駐在所の窓硝子《ガラス》が微《かす》かに震え始め、建物の外側で数人の兵士たちの金切り声が響いた。国連軍の爆撃機だ。超低空飛行で、共産党に支配された村々の軍事拠点をピンポイントで狙うB26爆撃機が、この村にも襲来したのだ。

軍刀による串刺しはいったん免れたが、今度は味方の機銃掃射と焼夷弾《しょういだん》に殺される。スーフンは、静かに目を閉じた。

外にいた兵士たちの金切り声からわずか一〇秒後、地面をテンポよく叩く雨音のように、機銃掃射が始まった。駐在所の窓硝子はあっという間に砕け散り、スーフンを連行してきた背の高い兵士の顔面に数十個の破片が突き刺さった。兵士は顔を掻《か》きむしり、畜生と叫んだが、二秒後に機銃の餌食《えじき》になった。

B26は駐在所の上空を駆け抜け、村の入り口に当たる小学校の上空でターンして、共産党軍の駐屯地《ちゅうとんち》をめがけて引き返してきた。

二つの巨大なプロペラの轟音《ごうおん》が、再び頭上に近づく。保衛部員はずっと駐在所の天井を睨み続けていた。機銃掃射の音に混じり、ヒューンという異質な音が聞こえると同時に、保衛部員が見上げていた天井が突然炎に包まれた。

直後、巨大なホオズキのような焼夷弾の残骸が保衛部員の顔面を直撃した。さらに複数の破片も降り注ぎ、薄い天井を突き破った。大量の火の粉が舞う中、スーフンがうずくまると、目の前に顔を黒焦げにした保衛部員の死体が転がっていた。

「危ない、逃げろ」

うずくまったままの腹に、大声と共に何かが激突し、スーフンは真横に吹き飛ばされた。先ほど拷問で両腕を砕かれた隣町の中学生が、スーフンに体当たりしていた。虚をつかれたスーフンは、駐在所の出口近くまで転がった。

「お前こそ」

我に返ったスーフンが中学生に答えた時、今まで焼夷弾の衝撃に辛《かろ》うじて耐えてきた薄い天井が、煙と共に崩れ落ち始めた。巨大な天井の板が落下して中学生を下敷きにし、すぐに燃え上がった。

「逃げろ」

火柱の中心から、小さなうめき声が聞こえた。その声は、瞬《また》く間に燃え盛る炎にかき消された。スーフンは、辛うじて柱に引っかかっていたドアを蹴倒して駐在所の外に逃れると、空を仰ぎ見た。

依然として超低空飛行を続けるＢ26が、再び機首を村の中心部に向けていた。機体の先頭部分には、どぎつい赤色でサメの口が描かれている。敵味方関係なく機銃の雨を降らせた中型爆撃機は、唸り声を上げながら村の中心部の上を飛び回った。

スーフンは這《は》って広場の井戸まで行くと、石垣の脇に身を隠して機銃の雨をやりすごした。

◇

「オボジ、オモニ、ただいま帰りました」

一昼夜、勾留《こうりゅう》され続けたスーフンは、痺れる左足を引きずりながら、ようやく生家に辿り着いた。

「無事だったの」

母は安堵《あんど》のあまり、ひざまずいてスーフンの手を握り締め、泣き崩れた。

「もうお前には会えないものと覚悟を決めていたんだ。よく生き残った」

父は直立不動の姿勢で拳を握り締めた。かすかに両手が震えていた。

「心配をおかけしました。爆撃の直前、共産党の保衛部員に危うく刺し殺されるところでした」

「お前に話さなくてはならないことがある」

父は背を向けると、銃弾でいくつも穴の開いた板戸を押し開けた。

「一家を二つに分ける。お前は南に行け。南で我が一族の血脈を残すんだ」

目の前には、ふかしたジャガイモや塩漬けにされた小骨だらけのイワシ、白菜キムチなどが並ぶ粗末な食卓がある。あまりにも唐突な父の話に仰天し、スーフンは言葉を失った。

「我が一族は、五〇〇年前に中国から朝鮮に移民してきた由緒正しい血筋だ。万が一、私の代でこの血脈を絶やすようなことになれば、ご先祖に対して申し開きができない」

「待ってください。中国共産党が参戦したといっても、戦争の雌雄《しゆう》が決したわけではありません。考え直してくださいませんか」

父は目を閉じて腕組みをした。スーフンが必死で反論を試みても、全く頷こうとしなかった。

「国連軍が我々を共産党の悪政から解放してくれると信じていたが、彼らは南に撤退してから一向に逆進してこない。このままでは、北に残っている我々家族は、ひどい迫害を受ける。全員が虐殺されるような羽目になるやもしれん。お前には越南してもらい、北ではヨンナムが血脈を継いでくれる」

スーフンは五歳のヨンナムを見た。

くるくると動く目を開き、食卓の上のジャガイモを取ろうと小さな体を精一杯伸ばしていた。一家を分散するという一大事の意味が理解できるはずもなく、ヨンナムは無邪気に家族の顔を見渡していた。

一九五〇年、初冬。この年の夏までに、韓国軍と米軍による国連軍は北の勢力を圧倒し、朝鮮半島と中国との国境、鴨緑江《おうりょっこう》まで進出していた。だが、突如義勇軍として参戦した中国人民軍によって、南側の一方的な勝利に終わると思われた戦況は一変した。中国人民軍による圧倒的な物量作戦の前に、南側は次々に拠点を失い、開戦直後のように、南への撤退を余儀なくされていった。

スーフンの村でも、一度は衰退していた共産党が勢力を盛り返し、かつて党へ非協力的な態度を示した人々を苛烈に弾圧した。

「ヨンヒも成長して、オモニの手伝いを一所懸命やってくれるようになった。残る我々のことを心配する必要はない」

父の口元が震えていた。

「では明日の朝、南に出発します」

母が床に突っ伏して泣き崩れた。

「オモニ、心配しないでください。共産軍の検問所を避け、谷間を抜けて雑木林にでも隠れることができれば、何とか南に辿り着けます」

焼夷弾の破片で傷だらけになった拳を握り締めながら、スーフンは必死に涙をこらえた。南に渡っても、自分一人分の食い扶持《ぶち》くらいは何とか確保できるだろう。しかし、病気がちな父は、たとえ母と妹の助けがあったとしても、共産党の迫害の恐怖に耐えることができるのか。

一家の長である父の命令は絶対だが、残された家族は苦難に直面するだろう。スーフンは天を仰ぎ、もう一度拳に力を込めた。

「お前の考えていることは分かる。だが、これは父親としての命令だ。越南するのだ」

有無を言わせぬ強い口調で、父は繰り返した。スーフンは頭を垂れ、頷くしかなかった。

第3章　破裂

1

「金ならいくらでも払う。後生だから助けてくれ」

　これが香水の匂いをまき散らしていた初老の男の最後の言葉となった。

　東京・中央区京橋《きょうばし》。鍛冶橋《かじばし》通りに面した古びた雑居ビルの地下フロア。電子部品を扱う専門商社や、求人広告代理店の狭い事務所が入居する昔ながらのオフィスビルの地下には、地上とは雰囲気の異なる骨董品《こっとうひん》店がある。凝った間接照明を施し、古い民家の蔵をイメージした店だった。

　リ・ソンスは、先ほどまで涙と鼻水を垂れ流して命乞いをしていた男の脇に立ち、左胸のポケットに入れた金属片を強く握り締めた。祖国のための殺人だった。決して好き好んで殺したわけではない。全ては祖国を救うための作戦行動の一つだ。

父の形見である真鍮《しんちゅう》片を握り締めたソンスは、改めて周囲を見渡した。場違いだ。即座にソンスはそう思った。祖国には、骨董品を陳列し、高額で客に売りつける場所など存在しない。我が祖国の財産を不当に横流しする輩《やから》は、指令がなかったとしても始末していただろう。

長い白髪を整髪料でオールバックにした「古民具・松」の店主、松井貞男《まついさだお》は、ソンスに羽交《はが》い締めにされると、必死で振りほどこうと抵抗し、無駄と分かると一転して命乞いを始めた。ソンスは無言のまま、わずかに腕を動かした。瞬時に首の骨が砕け散り、松井は目を見開いたまま絶命した。

公安担当者の尾行と監視は、日本橋高島屋《たかしまや》の紳士服売り場の試着室で完全に振り切った。「古民具・松」には、警備会社の警報装置が設置されていたが、指示された通り、コピーしてきた磁気棒を差し込んで解除した。ソンスは松井の死体を店の受付カウンターの下に押し込むと、店内の美術品の中から朝鮮青磁を探した。

受付席の脇に、訪れた客が真っ先に目にするショーケースがある。ケースは強化アクリル板で仕切られ、中には体高六〇センチほどの鞍馬《あんば》像が灯《あか》りの下で青白い光を反射しながら鎮座していた。

片方の前脚を高く上げ、背を弓なりに反《そ》らせた馬の姿は、美術品への関心が全くないソンスの目にも、躍動感のイメージを強烈に焼きつけた。

開城《ケソン》の密売業者から仕入れた鞍馬像だった。時価五〇〇〇万円だが、松井はこれを一億、二億という大金でマニアに売りつけようとしていた。

蔵を模した板張り通路の奥には、高さ八〇センチ、直径五〇センチほどの青磁の壺《つぼ》が置かれている。

超高額で骨董品を売りつけ、その鞘《さや》を抜いていた松井というこの男も許しがたいが、敵国の悪徳業者に祖国の文化財を横流ししていた開城の業者も言語道断だ。しかも、それが軍の関係者だというから、軍の規律低下は著しい。

東京だけではない。香港、マカオ、そしてニューヨークにも、不当な巨額利益を手にし続ける輩がいる。今回の作戦では、こうした業者が各地で一斉に処刑されているはずだ。同時に、保衛部隊が開城の大元の組織を急襲し、軍関係の違法行為は壊滅的な打撃を被《こうむ》っているだろう。

大振りな壺を見下ろしながら、ソンスはため息をついた。こんな壺を横流しして利益を上げ、それを懐に入れるのは、もちろん軍の中の腐敗分子だ。しかし、彼らがそんな行為に走る背後には、祖国、特に軍隊の台所が逼迫《ひっぱく》しているという深刻な事情がある。それもこれも、アメリカや日本など帝国主義者どもの陰謀で、祖国に対して不当な金融制裁が行われているからだ。

踵《きびす》を返したソンスは受付席に戻り、カウンターの下で仰向《あおむ》けに横たわっている松井の死体につま先で強烈な蹴りを入れた。

◇

「古民具・松」を後にしたソンスは、指令通りに八重洲《やえす》の地下街に向かった。平日昼の地下街は、東京駅を利用するサラリーマンや旅行客で混んでいた。ソンスは早足で歩きながら、ネクタイ専門店や高価なワインを飾った酒屋をちらりと見た。祖国ではあり得ない数の商品が、地下の巨大な市場に集められていた。どの店にも客が入っている。違法な金融制裁を打ち出した国のくせに、市場では、祖国を苦しめ抜いて搾取《さくしゅ》した金で商品が流通している。

ソンスは、時折肩にぶつかる通行人に顔をしかめながら、指示されたコインロッカーに向かった。大久保駅で受け取った鍵の番号は、四五番だった。商店街の暖かい照明とは打って変わって、ロッカーのある一角は、安っぽい蛍光灯が冷たく人工的な光を降らせていた。

目的の四五番のロッカーは、すぐに見つかった。

ソンスは前を一度通り過ぎ、立ち並ぶロッカーの端まで歩を進めた。煙草《たばこ》を探す振りをしながら、警備用のモニターの位置を確認した。指示された四五番のロッカーは、ちょうどカメラからの視界が閉ざされる位置にあることが分かった。仲間の場所選定に抜かりはなかった。

セブンスターをポケットに戻したあと、尾行の有無を確認した。日本橋髙島屋で公安関係者を振り切ってから、監視人員はいない。最終確認したソンスは、再び四五番のロッカーに歩み寄り、すばやく鍵を差し込んだ。中にはアディダスのスポーツバッグが入っていた。バッグを開け、三越《みつこし》と伊勢丹の紙袋を二つずつ取り出した。

「スポーツバッグと紙袋を持って、東京駅の改札口を通る。その時は、監視カメラに視線を合わさぬよう下を向き続ける。改札を通ったあとは、警察官の立っている見張り台を通り過ぎ、その後方の柱に沿って立っている民間警備員の後ろに一つ目の紙袋を置く。スポーツバッグをトイレの中に置き、二つ目の紙袋はエスカレーターの脇の隙間《すきま》に置く……」

暗記した指令を口の中で反芻《はんすう》したソンスは、ゆっくりと改札口に向けて歩き出した。改札口の向こうの天井から監視カメラが吊《つ》り下がっているのを視界の端で確認した。赤茶けた顔をした中高年の男女の一団がやってきた。農業関係者の団体旅行らしい。ソンスはアディダスのバッグを紙袋で挟み、カメラに映らないように持ち替えると、一団の最後尾に寄っていった。

「では皆さん、これから新幹線に乗って岡山に帰ります。改札を通りますので、私の後についてきてください」

若い女性添乗員の声に従って、団体旅行者たちが改札を通り始めた。その後ろから、ソンスは荷物に気を取られる旅行者を装いつつ、入場券を自動改札機に差し込んだ。前方に、構内を見回る民間警備会社の係員や、六尺棒を携えた警官が見えてきた。

「あれで監視のつもりか」

談笑しながら歩く二人組の警官の横を通り過ぎながら、ソンスはつぶやいた。団体旅行の一団とつかず離れず歩き続けるうち、目の前に新幹線専用の特別改札口が現れた。

指令にあった通り、警官が監視していた。

見張り台に立つ警官は、腕時計で時間を見たあと、あくびをした。その後方の太い柱の脇には民間警備員が立っていたが、老年の担当者は警官以上に弛《たる》んでいた。切符を持った老女に番線の案内をしているようだが、その間、改札口を通る乗客に一度も視線を向けていなかった。

「さあ、これから新幹線ですよ」

女性添乗員の声に導かれ、団体客が新幹線専用の改札を通り抜けた。ソンスは再び頭を下げて、切符を改札機に通した。先ほどと同様に、警官は腕時計を気にしたまま、団体客に紛《まぎ》れたソンスにまったく視線を向けなかった。監視カメラも改札口方向に六台向けられているが、通り抜けてしまえば、一台もない。

「昨日入隊したばかりの新兵《シンビョン》でも、この計画は十分にやれるぞ」

年老いた警備員の横をすり抜け、柱の陰で荷物を持ち替えるふりをした。四つの包みを全て床に下ろし、三越の紙袋一つだけを残して立ち上がった。首を動かすことなく、目線だけで辺りを一回見渡した。

新幹線から降りて乗り継ぎを急ぐ客、これから乗り込もうとしている客の中で、誰一人ソンスの動きに注意を払っている人間はいなかった。

ソンスは内心呆《あき》れつつ、先ほど通ったばかりの新幹線専用改札口に足を向けた。この後、ＪＲの一般改札を出たところで、荷物をロッカーに仕込んだ情報員に連絡を入れれば任務は終わる。完了を確認した情報員は、この国の公安のしかるべき筋にテロ未遂の事実だけを告げる手筈《てはず》になっていた。不当な金融制裁を続ける日本政府に、いつでもテロが可能だというメッセージを突きつけるのが、ソンスを含めた三人の情報員に与えられた特命だった。

数分後には、髙島屋で俺を見失った公安関係者が上司に厳しく叱《しか》られるだろう。どこまでも弛んだ国だ。ソンスは、雑踏の中で、一人ほくそ笑んだ。

2

「現在の『元』は、国力、つまり中国の経済力を正当に映し出しているとは言えない状態にあります。通貨としての元の価値が正当な状態に是正されなければ、何らかの外的なショック、例えば投機筋による攻撃、あるいはテロなどのリスクの台頭によって、金融・資本市場に目に見えない歪《ゆが》みが生じ、これが九〇年代後半のアジア通貨危機の時のようなクライシスを引き起こすことになりかねません」

大田原は、階段教室の前方に陣取っていた劉剛《りゅうごう》に視線を向けた。話し方によっては、プライドの高い中国人留学生を刺激してしまうのではないか。大田原は数分前まで、劉剛をはじめとする中国からの留学生のリアクションを気にかけていた。しかし、混乱はなかった。

「現在、中国沿岸部の賃金水準が上昇し、各国の主要企業は、より賃金の安い内陸部に拠点を移し始めています。先ほど触れた各種の外的リスクだけでなく、中国内の賃金格差の拡大という『内なる問題』の台頭も相当なリスクとなり、近い将来、国際的な経済問題として浮上してくる可能性があるでしょう」

テキストと教室内を交互に見た大田原は、学生たちが熱心にノートを取る姿に満足げに頷《うなず》いた。

「質問はありますか？」

　全ての学生がノートを取り終えるタイミングを計りながら、大田原が教室の前方を見据えた時、案の定、劉剛が右手を高く挙げた。

「つい先ほど、先生は我が中国の『内なる問題』を指摘されましたが、では、その問題が顕在化するのはいつごろのことだと想定されていますか？」

「中国の内陸部では深刻な経済格差に気づいた民衆がしばしば暴徒化して、地方政府を襲ったり、一部の富裕層を攻撃し始めているようです。今は点でしかない問題や懸念は、やがて線になり、ひいては面となって、中国のカントリーリスクという形で急浮上してくるでしょう」

「その前に中国が真の民主化を果たさなければならないと先生はお考えですか？」

「共産党支配というシステムがある限り、つまり、国が経済をコントロールするという思想が残っている段階では、いずれ歪《ひず》みが極大化するタイミングが訪れるのではないかと考えています」

「そういう歪みを抱えているうちは、中国政府には、世界からの注意を国の外に逸《そ》らす必要があるとは思いませんか」

　教室の最前列、真ん中からやや左側の席に座っていたインドネシアの女子留学生が、挙手すると同時に大田原に質問をぶつけた。

「質問の意味がよく理解できません。どういうことでしょうか？」

「つまり、中国政府は世界各国からの注目を逸らそうと他の国を利用している。そう考えることはできませんか？」

「つまり……」

「北朝鮮です」

大田原はテキストを教壇に置き、肘《ひじ》をついてしばらく沈黙した。目の前の学生の大半は、思想的に偏りがあるわけではない。半年以上、講義と居酒屋での自由なディスカッションを通してほぼ把握していた。

以前、拉致《らち》家族の支援会合での講演で足をすくわれた大田原は、考え続けた。唾《つば》を飲み込み、階段教室を見渡した。女子留学生の、中国政府への痛烈な批判を含んだ微妙な質問にどう答えるべきか。

「これはあくまで私個人の考えですが、外交戦術に長《た》けた中国政府が、北朝鮮という国の存在を国際社会の前面に押し出し、自らの内政問題から国際世論の批判をかわそうとしても不思議ではない。そう考えられる材料はいくつかあると考えます」

女子留学生はにっこりと笑みを見せ、頷いた。

「追加の質問はありますか？　では、次回の講義には、ゲスト講師として韓国シルバースター電子の幹部の方をお招きし、講演していただく予定です」

大田原が教室を見渡すと、学生たちはノートを閉じて、帰り支度を始めていた。階段教室の後ろの方の席では、リ・ドンホがいつものように押し黙ったまま、時折大きな目から鋭い視線を教壇上の大田原に送っていた。

講義を理解しているのか。大田原は時折、ドンホの冷めた視線を浴びるたびに考えた。大田原が話しかけようと近づくと、そのたびにドンホは間合いを外し、他の学生の輪に紛れ込んでしまう。すると、席の後方から、突然大田原に声がかかった。

「大田原教授、だいぶセンセイらしくなってきたじゃないですか」

ドンホの真後ろに陣取っていた男が突然立ち上がった。

「センセイは止《や》めてくださいよ」

「ただ、軽率な発言はありましたがね。ま、私は記事にしたりしませんけど」

「やっぱり」

大田原は声の主の方向に視線を向けた。大和新聞記者の素永武だった。

「気にするほどじゃないですよ。そんなに気難しい顔をしなくてもいいじゃないですか」

「ゼミを取材したいなんて言い出すから、また、何かネタの臭いを嗅《か》ぎつけたのかと思いましてね」

「まあ、堅い話は後にして、そろそろ良い頃合いだから、軽く一杯行きませんか？」

外を見ると、既に神保町の街は日が暮れていた。

「深酒は禁物ですが、おつき合いします」

大田原は苦笑いしながらテキストをまとめた。

3

「西麻布《あざぶ》の交差点近くに、面白い店があるんですよ。行ってみませんか？」

神保町交差点脇の中華料理屋であんかけチャーハンを頬張《ほおば》りながら、素永が切り出した。

「深酒はできないって言ったでしょう。それも、韓国のシルバースター電子の会長の講演会とパネルディスカッションの準備という大切な一件なんだから」

「大田原さんはもう日銀マンじゃない。何も深酒をしようってわけじゃないんです。後輩から教えてもらった隠れ家的なバーがありましてね、そこに綺麗《きれい》な女の子たちが揃《そろ》っているっていう寸法ですよ」

「私はちょっと苦手だな」

「ある大金持ちのレストランオーナーが趣味でやっている店なんです。大学教授も、これからは見聞を広めないと、魅力ある授業を展開できませんよ」

「では、一時間だけですよ」

いつも素永のこのペースに巻き込まれてしまう。素永の大きな背中を追い、大田原はタクシーに乗り込んだ。相手の顔色と感情を慎重に読みとりながら、一歩一歩、着実に間合いを詰めてくる。

今回も素永は、メディアとの接触を嫌うシルバースター電子、イ・スーフン会長に関する手掛かりを欲しているに違いない。直接的な情報を求めてくるわけではない。ただし、素永との会話を振り返ると、講義終了後に「シルバースター電子の幹部」と言っていた自分は、年代物の紹興酒《しょうこうしゅ》の酔いが回るうちに「シルバースター電子の会長」と明かしてしまった。

「シルバースター会長が人前で講演する。あまり前例がないですね」

タクシーが六本木通りの下り坂から、西麻布の交差点に差し掛かったころ、素永はさりげなく話を振ってきた。

「イ会長来日講演の件はまだオンになっていないのです」

「大丈夫、大田原さんにご迷惑をかけるつもりはありません。運転手さん、西麻布の交差点を越えたところで停《と》めてください」

素永の狙いはイ会長だ。シルバースター電子の会長が来日して、明信大学で講演する。この情報だけで、内外のハイテク担当アナリストの耳目を集めることができる。海外の著名企業トップのスピーチは、第一級の金融情報となる。

「領収証をくださいね」

午後九時半、人通りが増え始めた西麻布の交差点で素永と大田原はタクシーを降りた。ボロボロの革財布に領収証をねじ込みながら、素永は目的の店の方向に視線を向けていた。

「素永さん、イ会長の件ですが」

「来日原稿なんて書かないから、安心して。目をギラギラさせている駆け出しの記者じゃない。でも、本当の狙いをお話ししましょう」

しまったと大田原が思った時には、完全に素永のペースにはまっていた。

「シルバースター電子というのは、日本人が考えているよりも、はるかに進んだハイテク企業です。今、アナリスト連中の間で『シルバースターがとんでもない新製品を開発中だ』という噂《うわさ》で持ち切りなんですよ」

「例えば、薄型テレビで二〇〇インチの製品を発表するとか？」

「薄型テレビは、もうハイテクでも何でもない。製品価格が半年ごとに二、三割急落し続けている薄型テレビで無茶な価格競争に打って出るほど、シルバースターは馬鹿じゃない」

「とんでもない新製品とは？」

素永はツイードジャケットのポケットをまさぐると、薄型の携帯電話を取り出した。大田原が普段使っているタイプとは違った。

「携帯電話の端末ですよ。ちなみにこれは、あまり日本では普及していないシルバースター製の最新型端末です」

「携帯端末？　そんなに目新しい話はないでしょう。薄型テレビ以上に、携帯は行き着くところまで行ってしまったんじゃないですか？」

「そんなことはありません。まだ世界の主要メーカーが手をつけていない技術は、山ほどあります。シルバースターから何か出るぞ出るぞという噂だけが先行していますから、その感触をイ会長から直接探りたいんです。アナリスト根性かもしれませんがね」

そう言うと、素永は携帯端末からメモリーを呼び出し、これから向かう店に電話をかけ始めた。

4

「会場にお集まりの皆様、これより、シルバースター電子の新製品ラインナップのご紹介をさせていただきます！」

千葉市美浜《みはま》区幕張《まくはり》メッセ。日本最大の規模を誇る見本市会場、国際展示場の広大なスペースに、大物ミュージシャンのコンサートにも匹敵する規模の特設ステージが作られた。

ステージの中央には、シルバースター製の一五〇インチ型プラズマディスプレイが一〇台設置され、司会者席でイベントの司会進行係を務める女性タレントの顔を大きくクローズアップしていた。場違いだと感じながらも、大田原は周囲を子供のように見回した。

開会アナウンスと同時に客電《きゃくでん》が一斉に落とされ、スモークがステージの袖から噴き出した。

司会の女性タレントの声が会場に響き渡った直後、スモークの中から、一人の少女が携帯電話の端末を握り締めながら登場した。

ストレートのロングヘアをなびかせた少女にピンスポットが当たると同時に、ステージ中央の大型ディスプレイが灯《とも》り、彼女の顔と左手の携帯電話端末にズームインした。

「新型の携帯電話端末《スマートフォン》を持って登場したのは、皆様よくご存じの韓国のスーパースター、アジアの歌姫、SORAさんです！」

アナウンスに煽《あお》られるように、会場のあちこちからどよめきが上がった。

「皆様、いかがでしょうか。来月から発売となります新型携帯端末《スマートフォン》は、今、SORAさんが操作されましたように、このところ煩雑《はんざつ》になった操作機能を、『加速度センサー』という先端技術を盛り込むことで簡易化しました。そして、ハードディスクですが、世界最小の製品を使用しております」

会場の量販店スタッフ、特に携帯端末売り場の担当者と思われる一団から、さらに甲高《かんだか》い歓声が沸き起こった。

女性タレントはSORAの動きを見ながら、進行を続けた。再び客電が落ちると、SORAはステージの袖に消えた。

「では、今度は最新のプラズマテレビのご紹介です。画像の美しさをより鮮明に見ていただくために、シルバースター電子がプレゼンターに選んだのは、韓国、いや、アジア全域で涙のプリンセスと絶賛される女優のチェ……」

◇

「どうです、教授。弊社の新製品ラインナップに対する反応は上々でしょう?」

見本市会場の後方で、会長秘書のソン・ワンギュが大田原に得意げな笑顔を見せた。

「他社の製品とは明らかに違う。私のような機械オンチの人間にも十分理解できます」

「会長も、さぞ喜ぶでしょう」

ソン・ワンギュは微笑《ほほえ》んだあと、会場整理担当の職員に何事か早口で指示し始めた。大田原はリ・ドンホの横顔をうかがった。劉剛は熱心にメモを取りながら、イベントを見つめている。ドンホは、自分の古い型の携帯端末を見つめ、一向に動かない端末に首をかしげていた。

後方には、新製品のパンフレットを無造作に丸め、量販店関係者と他のメーカーの偵察部隊の様子を見比べている大和新聞の素永の姿があった。

「ソンさん、講演の詳細は、来週にでも東京で詰めることにしましょう」

大田原は劉剛や素永たちに手を上げ、会場を後にした。華やか過ぎるイベントはどうも居心地《いごこち》が悪い。会場の出口に近づいたとき、SPたちに両脇を挟まれた黒いワイシャツ姿の老人が大田原の視界に入った。大きな瞳を持ち、背筋がまっすぐな老人は、シルバースター電子の会長、イ・スーフンに間違いなかった。

◇

「さあ教授、お入りください」

東京・恵比寿《えびす》。ガーデンプレイスの端、ウェスティンホテル一七階のエグゼクティブ・スイートルームのドアをソン・ワンギュが開いた。イベント会場から神保町の明信大学大学院に戻った大田原は、夕刻に再びシルバースター電子のソンから呼び出された。

会長のイ・スーフンが大田原と会いたがっているのだという。スイートルームに入ると、スーフンが満面の笑顔で大田原に歩み寄ってきた。

「教授、こんなタイミングでしかお話をする機会がとれませんでした。ご容赦ください」

大田原の前で、スーフンは深々と頭を下げた。大田原も慌てて頭を下げた。スイートルームのリビングには、一〇人が同時に食事や打ち合わせができる大型のテーブルが置かれていた。

「立ち話では何ですので、一緒にお食事を」

ソンはすぐにホテルのスタッフにルームサービスの指示を出した。大田原は大型テーブルにスーフンと向かい合って座った。

「突然、私どもが冠講座の申し出などという手法を取りましたこと、戸惑われたかと存じます」

「なぜ私を選んでくださったのですか?」

大田原が尋ねた時、ワゴンに料理を載せたウエイターが二人、テーブルの脇に到着した。手早くテーブルにクロスをかけると、ウエイターたちはシャンパングラス、ワイングラス、そして銀製の食器を手際よく並べた。

「冠講座の実務的なことは、ソンから説明させていただいた通りです。教授のゼミにはアジアの優秀な学生が集まっている。彼らに投資するという意味合いがあります。そして、もう一つ」

「もう一つとは?」

スーフンはソンに視線を向け、小さく頷いていた。

「教授は北の問題の絡みで前の職場を追われた。そう聞いております。北のとんでもない行為に対し、個人としてご意見を述べられただけで。ソンから事情を聞き、微力ながらお手伝いをさせていただこうと考えた次第です」

大田原に視線を向けたスーフンは、もう一度口を開いた。

「今日は韓国の年寄りの昔話におつき合いいただこうと思いましてね」

「昔話ですか？」

スーフンは黙って頷き、モエ・エ・シャンドンを少し含んだ。大田原は、意図を摑《つか》み切れず、首をかしげた。

「五〇年以上前の冬のことでした。朝鮮戦争当時、私は故郷の村を一人で離れました。一五歳でした」

「お一人でですか？」

スーフンは目を閉じて頷いた。

「私の故郷は今の北にあります。北東部地方の寒村でした。故郷を離れたのは、共産党の圧政を逃れるためでした。一族の血脈を絶やさぬため、私は自由主義体制下の南に向かったのです。それ以降、私は一度も故郷の土を踏んでいません。村を離れる時、家の近くのバスの停留所まで泣きながら追いかけてきたのが、妹のヨンヒでした」

スーフンは、グラスの中の薄黄色の液から湧《わ》き上がる細かな気泡を見つめ続けていた。突然、世界有数の企業のトップから生い立ちの秘密を打ち明けられ、大田原は驚いた。

「村を離れる時、妹のヨンヒが渡してくれたのが、この古い時計です。一家の家宝でした」

「精工舎と書かれていますが、今のＳＥＩＫＯのことですか？」

「そうです。日本が我が国を植民地として支配していたころ、警察官を務めていた私の祖父が、永年勤続の褒美《ほうび》として賜《たまわ》ったものです。それを父が、越南する私に託したのです。私がシルバースターをここまでの規模にできたのも、この懐中時計のような後世に残る製品を作りたい、そういう思いがあったからなのです」

「しかし、文字盤を覆う蓋《ふた》が取れていますね」

「故郷を離れる時、父が蓋を外しました。いつか私が帰郷した時、時計の蓋と本体を合わせる、家族が再会できるようにという願いを込めたのでしょう。今、蓋がどこにあるかは知る由もありません。しかし、妹のヨンヒと私はヤクソクをしたのです」

「約束ですか？」

「そう、ヤクソク（약속）です。韓国語も日本語も同じ発音、私が常に胸に刻み付けている言葉です」

「日本語と同じ発音だったとは知りませんでした。不思議なものですね」

スーフンが時計をチョッキの中に戻した時、黒服のウエイターが、白アスパラガスのソテーのオードブルと牛肉のカルパッチョの皿を、スーフンの前に並べた。スーフンの後ろに控えていたソン・ワンギュが慌ててウエイターの腕を掴み、強い調子でたしなめた。

「会長に肉は出さないよう、あれだけお願いしていたはずです」

スーフンは一瞬、わずかに全身を硬直させたが、あとは目を閉じ、ウエイターがプレートを下げるのを待ち続けた。

「会長は健康に気を使っていらっしゃるのですね」

刺々《とげとげ》しくなった座の空気を和らげようと、大田原がフォローした瞬間、スーフンは閉じていた両目を大きく見開いた。

「違います。ある時以降、私は肉を食べられなくなってしまいました」

大田原の眼前で、冷静な巨大企業トップのこめかみがわずかに引きつっていた。

◇

「大変失礼いたしました。上着を脱いでもよろしいかな」

テーブルを離れたスーフンと大田原は、分厚いクッションが詰まったソファに移動した。

「私が肉を食べられなくなったのは、このせいなのです」

ジャケットをソンに手渡したスーフンは、おもむろに袖口のカフスボタンを外し、黒いワイシャツの左の袖を大きく捲《まく》り上げた。大田原は首を傾《かし》げた。スーフンの左腕、肘から上の二の腕の部分には、藍《あい》色の刺青《いれずみ》で刻まれたハングル文字と、その周りをナイフで滅多切りにした傷の跡があった。

スーフンの肉体に残されたすさまじい刻印を目の当たりにして、大田原は絶句した。

「この傷は？」

「『共産主義万歳、人民軍最高司令官将軍様万歳』。そう刻まれています」

「なぜ？　イ会長は、共産党の圧政から逃れるために南に行かれたのではないのですか？　それとも、北に残っていらっしゃる時に？」

スーフンの大きな目に、うっすらと涙が浮かんでいた。

「巨済島《コジェド》という島はご存じですか？」

「入り江が美しくて、海鮮料理がとびきりおいしいという島のことですか？　家内がテレビドラマのロケ地巡りツアーで訪れたことがありますが」

「私たちの世代、つまり朝鮮戦争を経験した人間にとって、あの島は全く別の意味で、特に思い入れの深い土地なのです」

大田原は息を呑《の》んだ。

「あの島には戦争当時、北の捕虜を収容するキャンプが設けられていました。もともとの住民が一〇万人程度の島に、最大で一七万人もの捕虜が詰め込まれていたのです。これから私がお話しすることは、少々刺激が強い内容になりますが、よろしいですか？」

スーフンは袖を捲り上げた左腕に一瞬目をやると、大きく息を吸い込んだ。

「故郷を離れ、ソウルにようやく徒歩で辿り着いた時、世情は混乱したままでした。共産勢力の打倒のため、私はすぐに軍隊に入りました。戦力がいくらでも欲しい時期でしたから、当時の韓国軍はすぐに一五歳の私を一七歳と偽って入隊させました。私は巨済島に派遣されました。当時、この島では、米軍と韓国軍が共同でＰＯＷ、プリズナー・オブ・ウォー、つまり戦争捕虜を管理していました」

スーフンは、グラスのミネラルウォーターを一気に飲み干した。

「捕虜収容所はひどいところでした。狭い建物にたくさんの人間が押し込められ、不衛生極まりない。もっとひどかったのが、思想の問題でした」

「思想といいますと？」

「北の捕虜と言っても、半分は共産軍に強引に徴用された一般の商人や農民です。

捕虜キャンプの中では、再教育と称して、共産党の手先どもが無知な一般の捕虜を洗脳しました。当然、これを拒否する者も出てきます。そうなった時、奴《やつ》らが取った手段は、容赦のない虐殺でした」

大田原は息を吞んだ。

「人民裁判と称して、洗脳を拒む者を他の捕虜たちの目の前で拷問し、容赦なく死刑判決を下しては、即座に執行しました。鉈《なた》で〝死刑囚〟を切り刻むのです。人間の体を切り刻んだあとは、トイレになった肥え桶《おけ》に放り込む。始末するのは、看守だった我々南の兵士と一部捕虜の役目でした。ある日私は、掃除のために桶を同僚の兵士と持ち上げた時、プカプカと浮かんでいた一個の目玉と視線が合ってしまった。思わず胃の中にあったものを吐き出してしまい、桶もひっくり返しました。その時から、私は肉を食べられなくなってしまったのです」

大田原は反射的に右手で口を覆った。

「同じ民族、しかも同じ捕虜なのに？」

「そこが共産党の恐ろしいところです。カンボジアでも、思想に取りつかれた者たちによって、同じ民族が数百万人も殺された。巨済島でも同じことが起こったのです」

「米軍や韓国軍の監視はあったはずでしょう」

「一九五二年のことでした。私は一七歳になっていました。戦況が膠着《こうちゃく》して、休戦協定を結ぼうというムードが起こったころでした。当時の捕虜キャンプには、共産党の手先どもの中でも、より強烈な思想教育を施された連中が送り込まれていました」

「送り込まれたと言いますと？」

「特別強く洗脳した連中を、わざと捕虜にさせてキャンプに送り込んでいたのです。中には、かつて北の故郷で我が家族を虐待し続けたロ・ジュヨンという村のヤクザ者も含まれていました。当時、キャンプは親共派と反共派に宿舎が分離されていましたが、二つの派の間では絶えず相手を殺す事件が起こっていました。この時、親共派のリーダーが待遇改善を求めて、キャンプの所長だった米軍の准将《じゅんしょう》に掛け合いました」

スーフンはここでもう一回、大きく息を吸い込んだ。大田原は胸の動悸《どうき》を感じつつ、スーフンの口が開くのを待った。

「所長である准将は、当初、金網越しに親共派のリーダーと話し合っていました。しかし、先ほどお話ししたロというヤクザ者がリーダーの背後に潜んでおり、隠し持っていた金切り鋏《ばさみ》で金網を密《ひそ》かに破ったのです。准将は親共派の連中に手足を押さえつけられて、捕虜の捕虜になったのです」

「その時、会長はどこに？」

スーフンは頭を大きく振ったあと、大田原の目に強い視線を送った。

「准将の護衛役として、そばに控えていました。私も口に捕らえられ、数日間、キャンプの中で繰り返し拷問を受けました。さすがに奴らはアメリカ人の准将には手を出さなかったが、同じ民族の私には、その分だけ過酷な拷問が行われました」

大田原はごくりと唾を飲み込んだ。

「その時、口に刺青を仕込まれてしまった。それがこの忌々《いまいま》しい文字です」

スーフンは左腕のハングルに視線を落とし、首を振った。

「後にご自分で刺青の文字を消そうとして、その傷がついてしまったというわけですか」

「これですか」

スーフンは顎で傷を指したあと、捲り上げていた袖を元に戻しながら答えた。

「休戦協定が締結され、ソウルに戻った時に、私はナイフを焼いてこの忌まわしい刺青を消そうと思ったのです。途中までは、痛みと熱さを我慢しましたが、途中で我に返って考えたのです。この刺青を残しておけば、圧政に苦しんでいる故郷を絶対に忘れない。この痕跡《こんせき》が私を突き動かしているエネルギーの源なのです」

「言葉もありません」

大田原は目元を拭った。

「教授、板門店にある『帰らざる橋』のことはご存じですか？」

「南北の兵士が衝突した水色のポールが四本立っているところですよね。映画で得た知識に過ぎませんが」

「休戦のあと、北の捕虜はあの橋を通って帰っていきました。しかし、南に残った人間も、苦しい生活を強いられました。当時は軍事政権下です。北のスパイとして残ったのではないかという疑いがかけられてもおかしくない状況でした。私にしても、こんな刺青を他人に見られたら、あらぬ誤解を招く恐れがありました。だから、突然の雨などでシャツが濡《ぬ》れても、刺青が透けて見えないよう、常に黒いシャツを着ているのです」

スーフンはこの時ようやく笑顔を浮かべ、大田原に優しげな視線を送った。

◇

スーフンの瞳の怒気が消え、柔らかな眼差《まなざ》しが戻った。大田原は、再び口を開いた。

「会長、このたびは私のゼミにスポンサーとして参加していただきまして、ありがとうございました。おかげさまで、来年度の希望者の問い合わせが急増しております」

「いや、教授のゼミがすばらしいことを評価したまでのことです」

食後のコーヒーを飲みながら、大田原は言葉を継いだ。

「会長ほどの影響力がある方ならば、様々なルートを使って北に行けるのではないですか？」

スーフンは目を見開き、強い視線を返してきた。

「今の私ならば、何らかの方法で故郷の土を踏むことは可能です。しかし、それでは意味がない。我が故郷、残された家族や親族は不当に支配されたままです。奴らの支配体制が崩れてから、正々堂々と故郷の墓に赴《おもむ》き、先祖の供養をしたいのです」

「そのために、私を利用したというわけですか？」

「利用というと語弊《ごへい》がありますが、このところ、日本では拉致問題で北への関心が高まっている。あなたはこの問題の解決に早くから尽力されてきた。そして、それが原因で出世の階段から下ろされてしまった。しかし、あなたの信念は折れていない」

スーフンの言葉を聞き終わると、大田原はコーヒーを一気に飲み干した。

「ゼミへのご支援については、大変感謝しております。学生が集まらなければ、二年後には予算がカットされてしまいますから。しかし、北による拉致の問題は別として、私はあなた方朝鮮民族に対し、拭いがたい不信感を持っています」

「お母様が旧満州から引き揚げる時に経験されたことですね」

「あの優しかった母が、引き上げの経験談、特に釜山《プサン》までの朝鮮半島の道中の話をするときは、般若《はんにゃ》のような顔つきに変わりました」

「日本が敗戦した直後、満州から逃れてきた日本人に対し、石を投げた我が同胞が多数いたのは事実です。お母様のご苦労には、心の底から同情申し上げます。しかし、その前の三十数年の間、我々のプライドを踏みにじり続けたのは、紛《まぎ》れもなくあなた方日本人だ」

「この辺りのことを、我々は絶対に理解し合えないんでしょうか。ゼミへのご支援は感謝しておりますし、現在のシルバースター電子の躍進には感服しております。しかし、母の顔、般若の表情を私は忘れることはできません」

「韓日の間に埋めがたい溝があるのは事実です。しかし、互いに言いたいことだけを言う時代はもう終わりだと私は考えております。いずれ北が解放された時、大田原教授には重要な任務が待っています。あなたは、我が同胞に必要な人です。お引き止めした上に、私の下らない昔話につき合わせてしまいましたね。今日はありがとうございました」

　スーフンはソファから立ち上がり、深々と頭を下げた。

「教授、ソウルと東京はわずか二時間の距離です。近いうちにぜひお越しください。弊社の工場など、ご覧いただきたい所がたくさんあります」

「まだ板門店に行ったことがありません。南北が分断されている現実を、この目に焼きつけておきたいのです」

「いいでしょう。手配は我々でやらせていただきます。教授のような方に、ありのままの半島を感じていただくまたとない機会です」

　スーフンが差し出した手を、大田原は力強く握り返し、スイートルームを後にした。

◇

　大田原がドアの向こうに消えた直後、スーフンの後ろに控えていたソン・ワンギュの携帯電話がけたたましく鳴り出した。ソンは慌てて部屋の隅に駆け寄り、何やら中国語で話し始めていた。

「会長、例の中国のエージェントからでして」

携帯端末の小さな通話口を手で押さえながら、ソンがかすれるような小さな声を発した。

「何か手掛かりでもあったのか」

「先方は大分苦労したと言っています。つまり、報酬のアップを要求してきておりまして」

「いつでも上げてやる。いいから要点を先に言え！」

「会長、いいですか、ヨンヒさんの居所が分かったそうです。開城《ケソン》地区労働党婦人部会副代表、これがヨンヒさんの現在の肩書です」

「ヨンヒが労働党の役職員になっていたのか？　信じられん」

スーフンは絶句した。

かつて自分と家族を苦しめ抜いた共産党だった。今は労働党と名称を変えたが、拷問と密告による恐怖で人民を支配する手法に変わりはない。

「驚かれるのも無理はありません。ヨンヒさんは相当なご苦労を経て、現在のポジションに就かれたようです」

ソンはファクスで届いたばかりの手元のメモに視線を落としながら、言葉を継いだ。

「ヨンヒさんは、開城の繊維工場に勤めていた二三歳の時、開城地域の共産党幹部と結婚なさったそうです。ご主人が亡くなったあと、その後任として党務を引き継がれました」

「ヨンヒが共産党幹部と……まさか」

スーフンは強く頭を振った。兄である自分を迫害し、そして両親や祖父母をも容赦なく痛めつけた共産党の幹部と、最愛の妹が結婚などするはずがない。

「ヨンヒさんのご主人は、結婚当時三八歳。繊維工場の一般女性工員と党の地区幹部という、階層の違う者同士が結婚するのは極めて珍しいケースです。私の想像ですが、ヨンヒさんは自らの身の安全を図るため、あえて年の離れた党幹部との結婚に踏み切られたのではないでしょうか」

「確かにヨンヒは聡明《そうめい》な人間だ。しかし……」

「言いにくいことですが、会長が越南なさったことで、ヨンヒさんの戸籍や経歴には大きなマイナス点が残ってしまったはずです。調べましたところ、開城の繊維工場には、体制への忠誠心が低い階層に分類された人間のみが勤務しておりました。ご主人が工場の監視責任者か何かで、ヨンヒさんはあえてその結婚相手となることで、ご自分の命の保障を求められたのではないでしょうか」

「そこまでやるだろうか」

スーフンの頭に、美しい娘に成長したヨンヒの姿が浮かんだ。大きな瞳は、工場労働者の中でも格段に美人の部類に属したはずだ。そんなヨンヒに、共産党の幹部が権力を笠《かさ》に近づいた。そうに違いない。が、賢いヨンヒが、自らの過酷な運命を変えるために、いや、それ以上に、兄である自分との再会を果たすために、感情を殺して共産党有力者の庇護《ひご》の下に走ったとしたらどうだろうか。ソンの分析は、あながち見当違いではないのかもしれなかった。

「事情は会った時に尋ねる。それで現在、ヨンヒは健康なのか？」

「残念ながら、気管支の病を患っておられるようです。北の経済状態は悪化の一途を辿っています。党の要職に就いておられても、我々のような食事を毎日摂《と》れているとは考えられません」

「何としても救いたい。よろしく頼む」

スーフンは部下のソンに深く頭を下げた。

一家の血脈を絶やさぬよう、父に請われた越南だった。朝鮮戦争の休戦後、がむしゃらに働き続けたスーフンは、戦後の混乱を駆け抜けて現在の地位を得た。しかし、軍事境界線の向こう側、ソウルからわずか一〇〇キロ足らずの開城で、最愛の妹が過酷な運命に翻弄《ほんろう》されている。スーフンは両手の拳《こぶし》を強く握った。

「シルバースター電子のイ・スーフン会長が、私の授業のあとに講演をしてくださる予定になっています」

5

教壇に上がった直後から、大田原は、普段とはやや異なった学生たちの視線を感じていた。同時に、階段教室の最上段に据えてあるハンディ・カメラが発する硬質な視線も感じていた。

「今日は日本橋テレビの取材クルーが、ゼミの新たな取り組みを取材してくださっています。母国のテレビニュースで紹介されることもあるかもしれませんから、普段以上に気を引き締めて授業に臨んでください」

大田原の軽口に、教室中に笑いが起こった。カメラマンは三脚に固定していたカメラを外して肩に担《かつ》ぎ上げると、階段を下りながら学生たちの横顔を舐《な》めるように映していった。

「では、先週お話ししたアジア金融危機後の新興企業の台頭について、今週は、今日のゲストでもあるイ会長のシルバースター電子の概要と最近の成長戦略を、分析してみましょう」

大田原の声とともに、学生たちは一斉に資料を取り出した。カメラマンの横で、小型マイクを手にした女性リポーターが原稿を読み始めたが、留学生たちは気を取られることなく、資料を読み続けた。

〈今回、我々がこの大田原ゼミにお邪魔したのは、研究の一環として、韓国の大企業、シルバースター電子が提供する講座が一ヵ月の予定で開講したからです。後ほど、学生さんたちにも話を聞いてみることにしましょう〉

◇

「大田原先生、おかげさまで狙い通りの画像を撮ることができました。引き続き、イ会長の講演もよろしくお願いいたします」

シルバースター電子に関するレクチャーが終了したと同時に、取材担当のリポーターが大田原に歩み寄った。差し出された名刺には、日本橋テレビ経済部記者という肩書の横に、「源《みなもと》佐栄子《さえこ》」と名前が記されていた。

「テレビ取材の機会なんてないもので、勝手が分かりません」

「あとで学生さんたちに個別でインタビューさせていただいてもよろしいですか？」

「構いませんよ」

二人が言葉を交わしている横に、劉剛が近づいてきた。

「先生、アジア通貨危機の後に日本のＯＤＡがどのように変質したか、今度じっくり教えていただけませんか」

「いいよ。財務省の担当者をゲストとしてゼミに招待しよう。その時にでも、じっくりと話を聞くといい。源さん、私はいったん、この辺で失礼します」

「こちらこそ、午後もよろしくお願いいたします」

大田原は源に会釈《えしゃく》すると、劉を伴って教室を後にした。廊下の隅に目を向けると、源やカメラクルーを避けるように小走りで先を急ぐリ・ドンホの後ろ姿が見えた。

6

一日の講義を終え、神保町の街に足を踏み出そうとした大田原の眼前に、笹《ささ》かまぼこの上に靴べらを載せたような形をしたメルセデス・ベンツが急停車した。

助手席の窓から、日本橋テレビの源佐栄子が顔を出した。運転席には、仕立てのいいスーツに身を包んだ中年の男がいた。男は、ハンドルを握りながら軽く頭を下げた。バックシートには太った男がいたが、ふてぶてしくシートに身を沈めたままだった。

「いきなり押しかけて申し訳ありません。よろしければ、夕食をご一緒にいかがですか？」

「源さんにはお連れの方がいらっしゃるようですが」

「二人とも友人です。彼らも教授とお話しする機会を持ちたがっていたものですから、いかがでしょうか？」

大田原はニコニコと笑う源の顔を見つめ、考えた。源の友人とは何者か。今夜、人に会う予定はない。帰宅しても冷えた夕食が待っているだけだ。講義収録後のテレビ局側の反応を聞いても、損にはならないだろう。

「私などでよろしければ、おつき合いさせていただきます」

「よかったぁ。さぁお乗りください」

源はわざと鼻にかかった声で言った。

◇

「ご挨拶が遅くなりました」

中央区日本橋蛎殻町《かきがらちょう》、東京穀物商品取引所裏の老舗《しにせ》天麩羅屋《てんぷらや》の奥座敷でメルセデスのステアリングを握っていた中年男が深々と頭を下げた。大田原は差し出された名刺に視線を落とした。「クレディ・バーゼル証券東京支店　投資戦略部マネージング・ディレクター　野添昌平《のぞえしょうへい》」とあった。

クレディ・バーゼルといえば、欧州系の老舗投資銀行だ。投資戦略部ということは、野添は会社の自己資金を使って企業再生や合併・買収（M&A）を仕掛ける投資銀行部門の人間であるようだ。

「こちらは有名なアナリストの若田さんです」

大田原の横に座った源が、鼻にかかった声で横の太った男を紹介した。

「若田です」

太った男は、ダブルのスーツから名刺入れを取り出すと、片手で名刺を大田原に差し出した。そこには「クレディ・バーゼル証券東京支店　投資調査部マネージング・ディレクター兼エグゼクティブ・アナリスト　若田信義」と記されていた。

「若田さんはここ三年間、日本実業新聞の人気アナリストランキングで総合三位以内をキープし続けている有名人なんですよ」

大田原は、目の前の無愛想な太った男の顔を見た。大田原は不意に思い出した。若田のリポートでシルバースター電子が投資対象として格下げされ、そのせいで日本の株価が急落、「シルバースター・ショック」が起こったのだった。

「突然で本当に申し訳ありませんでした」

源が口を開いた。

「野添さんはバンカーで、若田さんはアナリストということですね」

企業の資金調達やM&Aを扱う投資銀行部門のバンカーが、同僚の証券アナリストを使って担当企業寄りのリポートを書かせる事態が頻発《ひんぱつ》したのは、ほんの数年前のことだ。利益相反の典型例とも言える二人の組み合わせだった。

「ファイアー・ウォールならば、ご心配には及びません」

「私は一介の大学院教授でしかありません。野添さんや若田さんのような金融のプロの方々にお話しするようなことはありませんが」

「蠣殻町の奥座敷に金融庁の目は届きません」

野添は運び込まれたばかりのギンポウの天麩羅に抹茶塩を振りかけながら、明るい調子で言った。

「若田は、日系の大手電機や電子部品メーカーのほか、シルバースター電子も担当しておりましてね。私にしても、コーポレートファイナンスであの会社に食い込みたいと考えております。つまり、他社に先駆けてシルバースターの情報が欲しいのです」

「私にスパイをしろと？」

箸を置いた大田原は、野添を睨《にら》み返した。

「どうか誤解なさらずに」

音を立てて天麩羅を頬張っていた若田が、ようやく口を開いた。

「我々アナリストも、野添のような投資銀行マンも新鮮なネタを追いかけているんですよ。シルバースターは、もっとすごい隠し球を持っているはずなんです。何を開発しているのか、その手掛かり、端緒が分かるだけでいいんです」

若田は早口で捲《まく》し立てると、左手で丼《どんぶり》を取り上げた。シシトウを天つゆに浸したあと、そのまま丼の白米の上に載せ、直接丼からかき込みながら、視線を大田原に向けた。

大田原は腹が立つのを通り越して呆《あき》れ返った。

「先方とは機密保持に関する契約書を交わしておりますので、残念ながらご期待には添えません。エンロン事件を契機に、アナリストと投資銀行マンは、同じ会社であっても原則的に接触が禁止されたんじゃありませんか？」

大田原は、かつてアメリカ経済を会計不信スキャンダルに突き落とした大型疑獄事件の名を口にした。アナリストが株価を煽るような推奨リポートを乱発し、その背後では、投資銀行マンが株高を前提とした資金調達を繰り返した。

「先生のご指摘はもっともです。しかし、まあ、そこを何とかですね」

若田は頭一つ下げず、口調はますます横柄になった。

「そうそう言われましても」

「そうそう、先生もよくご存じの日銀の福地理事も、我々のサイドに立ってくださることをご快諾くださいました」

野添が話に割り込み、拝むような姿勢で大田原を見上げた。

「彼は日銀の理事ですよ。特定の企業と特定の意図でつながるのは許されない行為だ」

「もちろん、タダでお願いするつもりはありません。情報提供一件につき二〇万円、領収証不要な金をお支払いします。私が担当している日本のハイテク企業に、先生のゼミを売り込むことも可能です。どうです、割に合わない話ではないと思いますがね」

裏金、福地。大田原の嫌う要素が二つも重なった。大田原は反射的に腰を浮かせた。

「私は貧乏な大学院教授ですが、お金で動くような人間だと見くびってもらっては困ります」

大田原は箸を置いて立ち上がった。胸の内ポケットから財布を取り出すと、一万円札を一枚抜き取り、野添の前に突き出した。

「割り勘でお願いいたします」

「そんなぁ、ちょっとぉ、怒らないでくださいよ」

源が慌てて立ち上がり、大田原が突き出した一万円札を押し返した。しかし、大田原は野添のスーツ、ポケットチーフの上から札をねじ込んだ。かき揚げを運んできた仲居が怪訝《けげん》な表情を浮かべたが、大田原は構わず座敷を後にした。

7

「遠慮せずにたくさん食べてください、さあ、どうぞ」

フカヒレの姿煮、アワビの蒸し物、上海蟹《シャンハイがに》。

新宿二丁目、新宿通りに面した中華料理店、広東《カントン》語が飛び交う厨房《ちゅうぼう》の脇の個室に招かれたリ・ソンスは、円卓に所狭しと並べられた料理に目を見張った。隣には、クラスメートの劉剛が座っている。

新宿という繁華街は、毎日これだけの食材を供することが可能なのか。日本に来た直後、神保町のカレーショップの肉の量に驚いたソンスは、それとは比べ物にならない豪華な料理に驚愕《きょうがく》した。

「リさん、あなたのような体格の方はたくさん食べないと体力を維持できないでしよう。足りなければ追加を頼みます」

「ドンホ、いただきなよ。このお二人は僕の父の会社、東風電機集団の有力な取引証券会社の方々でね」

劉剛は屈託なく笑うと、宴席の招待主に向けてグラスを掲げた。何をやるにもスムーズに動く男だ。劉剛の横顔を見ながら、ソンスは思った。

「今日の集まりの狙いは、例のシルバースター絡みの探りですか？」

「そうズバリと切り込まれると、参りますね。お察しの通り、今、弊社とシルバースター電子との関係は冷え込んでおります」

「野添さんがおっしゃりたいのは、シルバースターの情報が父の会社、東風電機集団のためになるということですか」

「もちろんです。今、東風さんは中国での販路拡大を狙うシルバースター電子との間で、合弁企業の立ち上げプランを練っている。だから、シルバースターの設備投資の動向を事前に押さえておけば、東風電機さんも、合弁に向けた交渉の舵取り《かじと》りができる」

すらすらと言葉を継いだ野添を見た後、ソンスは劉剛に視線を向けた。野添と劉剛の会話の中身を理解するほど、情報を仕入れていない。ソンスはわざと戸惑いの目を劉剛に向けた。

「君は北京の工科大学の出身だから、電機関係の話に興味があると思ったんだけど」

空腹の貧乏留学生を装うため、ソンスはフカヒレの姿煮を小皿に載せ、がつがつと口に運んだ。一呼吸入れてから、ソンスは箸を止めた。

「私もいつか東風電機集団のような一流の会社に入りたいと思っていたので、ものすごく興味を惹《ひ》かれる話だよ」

ソンスは箸をレンゲに持ち替えると、小皿の脇に置かれていたスープ碗《わん》を引き寄せた。

「劉さん、若田アナリストには、いろいろな担当企業の内部に協力者がいますが、インサイダー情報に関する規制が強まっている中で、彼らからも以前のようには情報が漏れてこなくなりました。そこで、記者を動かしているんですよ」

「記者？」

「この前、大田原ゼミの取材を担当していた女性記者です。彼女を手なずけて、シルバースターに部品や部材を納入している日本のメーカーや、人材の引き抜きを受けた企業を当たらせています。もちろん、取材という形を通してですが、彼女には特殊なスキルがありますからね」

「へえ」

「色気という最強の武器ですよ。我々は、収益のためには違法な行為でなければ手段を選びません」

野添は温厚な表情で笑ったが、目は全く笑っていなかった。ソンスは顔をしかめた。

「では、このリ・ドンホ君とも協力して、シルバースターの情報を取るようにしましょう。御社と東風電機集団との関係強化についても、父に進言しておきます。まずは、次回の社債発行の際にはクレディ・バーゼルさんが主幹事にふさわしい、そう言っておけばよろしいですか」

劉剛はそう言うと、テーブル越しに野添、若田の順で握手を交わした。ソンスは三人のやりとりを黙って聞きながら、会話の中から情報の峻別《しゅんべつ》を行い、どのデータを本国に送るかを懸命に考えていた。

自分が直接、野添や若田の懐に飛び込むにはまだ知識が足りな過ぎる。劉剛のような抜け目のない人間も危険だ。源という女性記者はどうだろう。大田原ゼミに取材に来ていた肉感的な女の姿を、ソンスは思い出した。

8

「会長、本日の主なスケジュールは以上です」

　ソウル特別市カンナム。シルバースター電子本社会長室で、秘書のソン・ワンギュが言った。

「ご苦労。ところで、ヨンヒとはどうやって連絡を取り合うんだ?」

「我が社の最新携帯電話端末《スマートフォン》を使います。ちょうどヨンヒさんは来月、北の労働党と中国共産党の婦人部の合同会合に出席するため、北京に出向かれる予定です。中国のエージェント経由で、ヨンヒさんの手元には既に端末が届いています。中朝国境近くになれば、弱いながらも電波が届くので、北京でどうやって会長と対面していただくか、携帯を通じてやり取りする予定です」

「一気に距離が近くなった気がする」

「ただ、電源バッテリーがどの程度保《も》つか心配です。中朝国境近くになってから電源を入れるようにとお伝えしてあります。リチウムイオン電池は自然に放電して電力は低下していきます。彼女が北京に来られるまであと三週間、バッテリーはぎりぎりです」

ソンは一旦、口を閉じた。先を続けるよう、スーフンは目で促した。

「北京でヨンヒさんに隠密裏に行動していただくためには、電池が生きているうちに、詳細を詰めねばなりません。今、労働党は脱北者を出さぬよう、海外に出た使節団への監視態勢を強化しています」

「問題はやはり電池か。例の新型部材の開発は進んでいないのか？」

ソンは力なく頭を振った。

「ところで、中国での合弁会社設立に関する交渉だが、どうなっている？」

「東風電機集団ですが、なかなか交渉がうまいと言いますか、のらりくらりと条件を付けてきておりまして」

「上海郊外の工場用地は、既に手当てしてある。新たなパネル工場建設は後戻りできないプロジェクトだ」

「アドバイザーのシュルツ証券と、担当役員が綿密な打ち合わせを重ねております」

ソン・ワンギュの簡潔な報告を聞きながら、スーフンはデスクの上のスケジュール表に視線を向けた。来月には、五〇年以上引き離されたままだった妹ヨンヒとの対面が実現する。中国外務省の役人を買収してツテを作り、ようやく、開城郊外に住むヨンヒの消息を摑んだ。

しかし、その前にやっかいな交渉が待ち受けている。ＤＲＡＭと呼ばれる、読み書きが自由にできる半導体記憶素子の製造で最大手の米国メーカー、インモビルの背中がようやく見えてきた。その矢先、これまで国際的な技術開発競争でも価格戦略でもうまく行っていた薄型大画面テレビに、暗雲が垂れ込めてきた。

「最終的には私が乗り出すしかないか」

妹との再会という一大イベントの前に立ちはだかる難交渉を思い、スーフンは頭を振った。

9

スーフンが予想した通り、交渉の席には東風電機集団のアドバイザー、クレディ・バーゼル証券の投資銀行部門の人間が陪席《ばいせき》した。本来ならば、合弁会社の出資比率を決める会合だったが、案の定、東風側は、シルバースターの北朝鮮に対する強硬姿勢を和《やわ》らげることを求めてきた。

上海の中心部、南京西路の最高級ホテル、リッツ・カールトン上海。東風電機集団が用意した広い会議室の真ん中に設《しつら》えられた交渉テーブルで、東風のトップ、総経理（社長）の劉烈生《りゅうれっせい》が渋い表情でスーフンと対峙《たいじ》していた。派手なストライプのスーツ、ゴールドのロレックス。額がはげ上がった劉烈生は、クレディ・バーゼルの野添という男が差し出したメモを見ながら切り出した。

「会長、あなたの政治的信条に口を差し挟むつもりはありませんが、我々のビジネスに悪い影響が出てくるようなことは避けていただきたい」

「おっしゃる意味がよく分かりません。それにこの会議は、薄型テレビの製造ライン工場を作る合弁会社の出資比率を決める場であって、私個人の政治的信条をとやかく議論する場ではないはずです」

「イ会長、このニュースは当然ご存じでしょうな」

劉は、野添が差し出したファイルから、『フィナンシャル・タイムズ』のバックナンバーを取り出した。「シルバースター・ショック」との大見出しが見えた。

「中華人民共和国の人間です。北京政府に睨まれたくないのです」

「劉総経理は出資比率を内々に合意した五〇対五〇ではなく、東風五一、シルバースター四九にしろと」

劉の目が鈍く光った。

スーフンの横に控えていたシュルツ証券のアメリカ人投資銀行マン、スタン・ローゼンバーグが、慌ててメモを差し出した。

〈OEM契約の対象国、対象期限をそれぞれ広げてみるのはどうか〉

もともとは、薄型大画面テレビを上海郊外の工場で生産することで、製造コストを現状の三割から四割ほど下げ、インドや他のアジア諸国向けの主力商品にするというのがシルバースターの目論見《もくろみ》だった。

スーフンはメモを一瞥《いちべつ》すると、即座に破り捨てた。

「この交渉、ひとまず休止にしませんか？　私はついていけない」

スーフンはそう告げると、劉の反応を見ることなく会議室を後にした。

「会長、ここは一つ冷静に」

ソン・ワンギュがスーフンを追いかけてきた。

「強硬姿勢を見せなければ、相手の術中にはまる。大丈夫だ。それより、ヨンヒの件はどうなっている？」

「まもなく北京に移動していただきます。ホテルで会長と面会していただく手はずを整えております」

「その後は北京のタイ大使館に駆け込み、タイ経由で我が大韓民国に亡命という段取りだな」

「すべて順調に進んでおります」

「失敗は許されない」

スーフンはソンの肩を強く叩《たた》いたあと、自室に戻るエレベーターに向けて足早に歩を進めた。

再会に向けて、気持ちを切り替えるのみだ。そう思い直したスーフンは、両手で自らの頬を張った。

10

スーフンの眼前を、ベッドカバーや枕カバー、タオルを満載した大型手押しワゴンが通り過ぎた。

北京中心部に位置する最高級ホテル、南海大飯店のスイートルーム。リビングの中央に、無粋なワゴンが突然停まった。

スーフンの隣に控えていたソンが、ワゴンの上部に積み重ねられたバスタオルを乱暴に引きはがし始めた。大きめのタオルを一〇枚剝《は》ぎ取ると、トイレットペーパーの梱包《こんぽう》用段ボールが現れた。ソンは段ボールに向かって何か小さく話しかけると、蓋をはぐった。ソンとワゴンを運んできたボーイが、二人掛かりで、段ボールに入っている人間を抱き上げ、リビングの中心部に立たせた。

スーフンの視界に入ったのは、長い白髪を束ねた黒いジャケット姿の老婆だった。まだ老婆というほどの年齢には達していないはずだが、やせ細り、顔色の悪いこの女性の外見からは、否応《いやおう》なく老婆という言葉が連想される。大きな目が印象的だが、ひどくやつれた顔の中では、かえってその大きさが異様に際立っていた。

暗い段ボールから、突然スイートルームの日当たりの良いリビングに通され、目の焦点が合わないのか、老婆はしきりに目を押さえていた。やがて、虚《うつ》ろだった表情が、次第に緊張し始めた。そして、視界にスーフンをとらえた両目が、一段と大きく見開かれた。

互いに別れの言葉を告げてから、五五年が経過した。スーフンは、眼前の老婆に目を向けた。幻ではない。年齢を重ねてはいるが、故郷の泥道を懸命に駆けてきた妹、ヨンヒに違いなかった。スーフンが両腕を差し出した瞬間、ヨンヒが叫んだ。

「兄《オッパー》さん！」

スーフンは、うずくまった妹のもとに駆け寄り、肩を抱いた。

「ヨンヒ、すまなかった。兄を許してくれるか」

「許すだなんて……。よくご無事で、そしてご立派になって」

それ以上、ヨンヒは言葉が続かなかった。老いた兄と妹は、そのまま抱き合って号泣し続けた。

やがてスーフンは、チョッキのポケットから精工舎製の懐中時計を取り出すと、ヨンヒの前に差し出した。ヨンヒの肩の震えが一段と大きくなった。

「オッパー、持っていてくださったのですね」

「村に帰るのはかなわなかったが、ようやく、こうして妹のお前と顔を合わせることができた」

古びた時計を見つめながら、二人は再び泣き崩れた。

◇

「それで、父さん《オボジ》と母さん《オモニ》は共産党の奴らに連行されたんだな」

「オッパーが南に向かわずとも、私たちの一家は迫害される運命にあったのです。オボジとオモニが縄を打たれる直前、私はヨンナムの手を引き、お祖父さん《ハルボジ》と一緒に着の身着のままで村を抜け出したのです」

スーフンはリビングの中央に置かれた三人掛けのソファに腰を下ろし、ヨンヒの皺《しわ》だらけの手を握り締めた。自分が村を出たあとで両親が連行されたと聞き、スーフンは歯を食い縛った。連行された越南者の両親がその後どうなったか、考えなくても答えは明らかだった。

あの日、「南へ行け」という父の命令に逆らっていれば、両親の命が奪われることはなかったのではないか。越南から五〇年以上経過して、初めて耳にした両親の消息だった。よもや助かっているはずはない。

「オッパーが越南した直後、偽名で一回だけ手紙を寄越してくださったことがあったでしょ？　オボジとオモニは、とても喜んでいらっしゃいました。これで、いつ拷問されて殺されても我が家の血脈が絶えることはないと言って」

「皆に大変な重荷を課してしまったのに生き長らえてしまった」

スーフンはヨンヒに視線を投げた。

「共産党の地方幹部と結婚したそうだが」

「私は二〇歳の時、平壌《ピョンヤン》で臨時教員の採用試験を受けました。しかし、そのころ、オッパーが越南した事実が発覚し、私は開城《ケソン》の工場に強制的に移されました。そこは昼夜二交替制の過酷な職場でした」

「やはり私はもう一度、三八度線を越えて故郷の村に戻るべきだったのだ」

「たとえ戻っても、オッパーが越南者である事実に変わりはないのです。私は、あえて工場の思想教育担当だった共産党地方幹部の男と結婚しました。どうやって近づいたかは、お尋ねにならないでください」

一気にそう語ったヨンヒは、泣き崩れた。やはり想像していた通り、ヨンヒは自らの命を守るために、意思を殺して共産党という権力に身を委《ゆだ》ねたのだ。

「ハルボジとヨンナムはどうしたのだ」

「村を出て、私たちは親戚《しんせき》縁者の家を訪ね歩きました。実際のところ、ほとんど放浪としか言いようのない行程でした。軍用列車の荷台に隠れ、徒歩で険しい山々を越えたこともあります。村を出てから一ヵ月後、ハルボジは高熱にうなされ始めました。平壌でなければ、治療はできませんでした。私たちは苦しそうなハルボジを連れて列車を乗り継ぎ、何とか平壌の近くに差しかかりましたが、車内で亡くなりました」

「やはり老人には無理だったのだな。ところで、ヨンナムはどうしたのだ？　我が家のただ一人の北での跡取りではないか」

「オッパー、私が悪かったんです。私がちゃんとしていれば」

ヨンヒが再び大声で泣き叫び、頭を抱え込んだ。スーフンは、幼いころの弟ヨンナムの姿を思い浮かべた。小さな食卓を前に、大きな目をくるくると動かしていた弟。ヨンヒの嗚咽《おえつ》が何を意味するのかを薄々察しながらも、スーフンは尋ねた。

「どうしたのだ。ヨンナムに何があったんだ」

「ハルボジが亡くなってから、私たちは遠縁の親戚を頼りに、平壌にようやく辿り着きました。しかし、中国共産党軍が侵攻した直後で、かつて南に協力した人間を片っ端から捕まえていて、大変な混乱ぶりでした。人混みの中、ヨンナムとはぐれてしまったんです」

五〇年以上、胸に溜《た》め込んできた重しを吐き出そうと、ヨンヒは懸命に言葉を継いだ。

「お前は一〇歳、ヨンナムは五歳だ。まるで今のコッチェビじゃないか」

「私とはぐれたヨンナムは、二年間、荒廃した国土を放浪し続けました。でも、奇跡的に、また再会できたのです。ヨンナムは七歳の時、食べ物を乞いに訪れた農家の軒先で、その一家に助けられたそうです。偶然にも、その一家は日帝時代、ハルボジの同僚の警官だったそうです。きっと、不憫《ふびん》に思ったハルボジが、空の上からヨンナムを導いてくださったのでしょう。ヨンナムが保護されたと私が知ったのは、彼が八歳になった時でした」

「よかった……」

「後に、空白の二年間、ヨンナムが一人でさまよっていた時の話を聞こうとしましたが、彼は、何も覚えていないと言って首を振るだけでした」

小さな体を精一杯伸ばして食卓の上のジャガイモを取ろうとしていた弟が、幼くして苛烈《かれつ》な人生を強いられていたのだ。

「その後、ヨンナムはどうしたのだ？」

スーフンは身を乗り出して尋ねた。

「人民軍に入隊し、最終的には信川《シンチョン》復讐隊《ふくしゅうたい》という特殊部隊に入りました。たくさんの武勲を残しましたが、戦闘の最中に戦死しました」

「どこで死んだのだ」

「ヨンナムは結婚して家庭を築いていましたが、部隊の上層部に直訴して、極秘でベトナム戦争に参戦しました。米軍のナパーム弾とかいう爆弾に焼かれて、即死したとか。ヨンナムの死を受けて、最高司令官が、直々にヨンナムの一家に慰めの言葉をかけられたそうです」

「北が隠密裏にベトコンの軍事顧問を務めていたと聞いたことはあるが、まさかヨンナムがその任務に就いていたとは」

スーフンは絨緞《じゅうたん》に両手をつき、周囲をはばかることなく泣いた。

「我が家だけではないのです。いまだに一〇〇〇万人の同胞たちが引き裂かれたままなのです。幸い、私とオッパーは再会を果たしました。人並み以上に幸せなことだと思います」

「ヨンヒ、タイ大使館に行くぞ。もう脱北したも同然だ」

スーフンはヨンヒの肩を抱きながら声を上げた。

「脱北とはどういうことですか?」

「お前に渡していた携帯電話に、伝言を残しておいたはずだ」

「携帯電話は受け取りました。でも、私はオッパーと再会することだけしか知らされておりません。それに、急に動かなくなってしまいました」

「やはり、電池が保《も》たなかったんだな。それでもいい、急がねばならん」

スーフンはもう一度ヨンヒの肩を抱いた。しかし、ヨンヒは両手でスーフンを押し返した。

「よく聞いてください。党の開城地区の幹部だった私の夫は、既に他界しました。子供もおりません。このまま国を脱出してしまえば、私の余生は安泰なものになるでしょう」

「だから、脱北するのだ」

「私だけ特別扱いしてもらっては困るのです。考えてください。オッパーは南でも有数の実力者となった。そのオッパーが、権力を使って私を逃がしたとなれば、残っている他の同胞たちはどう思うでしょう？　それに、もう一つ心残りがあります」

一気にそう話し終えたあと、ヨンヒは小声で続けた。

「亡くなったヨンナムには息子がおります。オッパーや私にとっての甥《おい》です」

途切れがちなヨンヒの言葉に、スーフンは絶句した。

「ヨンナムの息子は反逆者の身内として間違いなく処刑されるでしょう」

スーフンは目の前が真っ暗になった。越南。脱北。言葉の違いこそあれ、六〇年前と事情は変わらない。北を脱出した者の身内には過酷な運命が待っている。依然として北の体制は、スーフンとスーフンの身内を縛り続けている。

「いずれ再会の場所を設定しよう。その時も、年老いた兄に会ってくれるな?」

スーフンの問いかけに、ヨンヒは素直に頷いた。

「私は開城に戻ります。どうかご無事で。ハルボジの形見ですが、甥が大切に保管している蓋を必ず持ってきます」

「家宝の時計を元通りにしよう。そして今度は、ヨンヒと私のまだ見ぬ甥が、大手を振ってソウルの街を歩けるようにする」

「大手を振って、ですか?」

「もう一つ、ヤクソクしよう。私は北を解放する。北の同胞たち、そして故郷を必ず解放してみせる」

11

野添の周辺を調査したソンスは、あっさりと源佐栄子記者との接触に成功した。佐栄子は週に一回の頻度で、神谷町《かみやちょう》のクレディ・バーゼル証券東京支店を訪れ、野添に報告を上げていた。行動パターンが分かれば、接触はたやすかった。

その後ソンスは一週間かけて佐栄子を尾行し、記者クラブやテレビ局の周辺に身を潜めて様子をうかがった。

八日目の午後、日本橋テレビの出口で佐栄子を待ち受け、大田原ゼミの学生だと名乗って話しかけた。自分は明信大学大学院で学ぶ留学生で、日本橋テレビで中国語関係のアルバイトをしているが、たまたま先日、大田原ゼミが日本橋テレビに取材され、その時に来ていた女性記者の方だと思い出して話しかけてみた——。こんな話を適当にでっち上げて、佐栄子の反応を見た。

今までの行動パターンで行けば、この日、佐栄子はヨガの教室に顔を出したあと、自宅に戻るか、友人を誘って食事に出向くはずだった。当初、佐栄子は大柄なソンスに話しかけられて警戒感を示したが、ソンスがわざとたどたどしい日本語を話し、額に汗を浮かべ、これからもテレビ局の仕事を本格的に学びたいと語ると、急にガードを下げた。丁寧な口調で食事に誘うと、佐栄子は吹き出した。

佐栄子は、自らの取材対象となるネタについてのガードは固かったが、アルバイトである野添の仕事についてはそうではなかった。ソンスは佐栄子の不満のはけ口となって聞き役に徹した。アルコールの効果も相まって、彼女はソンスが欲するデータを次々と口にした。

「野添さんも若田さんも優秀な外資の金融マンなのは確かだけど、何て言うのかな、聞きたいことだけ聞いたら、お金を払って『はい、さようなら』なのよねぇ。ねえ、リさんはどう思います？」

個人タクシーのリアシートで、佐栄子は足を組み替えながら尋ねてきた。スリットの入ったタイトスカートから、白い太腿がのぞいていた。

「よく分かりませんが、さすが経済先進国のビジネスマンですね。無駄がないのでしょうか」

佐栄子を見た瞬間、太腿《ふともも》のさらに奥が視界に入りそうになり、ソンスは慌てて前方に顔を向けるふりをした。

「だって、あの二人、今日も私からデータを取るだけ取って、お金を握らせてね。でも、肝心なデータはまだ渡してないんだ。まだまだお金を引っ張れそうだしね。ところで、リさんはこれからどうするの？」

「源さんをお送りしたあとは、アパートに帰って授業の予習をしようと考えています」

「今日はまだ誰かと話したい気分なの。もう少しだけつき合っていただけませんか？」

「お話の相手をすればいいのですか？　私のような日本語が上手でない留学生でもいいのですか？」

佐栄子は口元に笑みをたたえながら、ソンスの顔を見返した。

「もちろん、いいわよ」

急に馴《な》れ馴れしい口調に変わると同時に、彼女はソンスの左手を摑み、自らの太腿に導いた。

「それに、日本語の上手下手《へた》はあまり関係ないわ」

佐栄子はソンスの大きな掌《てのひら》を、自分の太腿の内側にスライドさせた。

◇

「すごい、もっと！　もっと突いて！」

ソンスに組み敷かれた佐栄子は、激しく下腹部を動かし、叫び続けた。佐栄子の求めに応じ、ソンスも鋭く腰を動かした。

女の快楽に歩調を合わせるふりをしながら、ソンスは冷静にベッドルームを見渡した。佐栄子が脱ぎ散らかした薄手のブラウスと黒いタイトスカートが、二人が抱き合っているキングサイズのベッドの下にある。サイドテーブルの脇には、読みかけのミステリーや会社四季報が乱雑に積み上げられていた。

「また私、また……」

佐栄子の口から激しい息遣いが漏れた。その直後、佐栄子は無意識のうちにソンスの腰に両足を巻きつけ、力を込めた。ソンスは佐栄子のウエストの下に両手を回して抱きかかえ、下から一段と強く突き上げた。その時、ソンスの体に巻きついていた佐栄子の肉づきのいい両足が激しく痙攣《けいれん》した。

「もう限界」

ソンスを見て佐栄子は鋭く叫んだ。そして、ソンスの両腕を摑むと、自らの首元に導いた。

「ねえ、絞めて」

佐栄子は再び腰を動かし始めた。ソンスは言われるままに、両手に少しだけ力を加えた。その直後、佐栄子は金切り声に似た叫びを発して昇り詰めた。佐栄子はなおもソンスを導こうと腰に力を込めたが、ソンスは頭を振って体を引き離した。

「ドンホは、まだなの？」

佐栄子はなおもソンスの真横に体を密着させ、分厚い胸板に顔を載せてつぶやいた。

「あまり経験がないから」

「経験が少ない人は、あんなすごいことをしないけどな。でも、ドンホはすごい体してるよね。空手とか柔道とか、何か武道をやっていたの？」

「大学に入る前、少しですがやっていました」

「それに、背中や腕に切り傷の痕《あと》がいくつもあるけど、もしかして、軍隊で特殊部隊の経験があったりして？」

「ごく普通の学生です。それより源さん、タクシーの中で、野添さんや若田さんに渡していないデータがあるっておっしゃっていましたが？」

「私ったら、何を話したかしら？」

「データを渡してお金を受け取った、そのあとのお話です」

「もしかしたら、ドンホはスパイだったりして」

ソンスはとっさに高笑いした。

「私は工科大学に在籍していたので、先進国の最新技術に非常に興味があるだけです」

「じゃ、特別に教えてあげようかな。でも条件があるわよ」

佐栄子は妖しく微笑むと、ソンスの脇腹に置いていた右手を、ぬめり気が残っている突起物に移動させた。

◇

佐栄子が小さな鼾《いびき》をかいているのを確認したあと、ソンスは静かにベッドを降り、リビングルームに向かった。部屋の中央に置かれたローテーブルには、佐栄子の大きめのブリーフケースが無造作に置いてあった。ソンスは音を立てぬように留め具を外すと、書類の束を取り出し、テーブルに並べた。

「有価証券報告書」と書かれた複数の企業の資料の束の中に、クリアファイルが二通あった。ソンスは片方のファイルから、「周波数／帯域」というタイトルがついた文書を取り出した。タイトルの下には、「東京エレクトロ商会技術開発本部向け資料　オクタゴンテクノロジー　部外秘」と印刷されていた。

ソンスは五枚綴《つづ》りの資料をめくった。表紙の次のページには「シルバースター電子向け特殊チップ　生産工程概要」との文字があった。敵国である南のハイテク企業、シルバースターの名を見たソンスは身構えた。

慎重にページを繰る。三ページ目には「マルチバンド化に向けて」というタイトルが記され、その下から次のページにかけてローマ数字で項目が並べられ、それぞれに「ＨＳＤＰＡ」「Ｗｉ-ＭＡＸ」「ＧＳＭ／ＰＤＣ」「Ｗ-ＣＤＭＡ」「３・９Ｇ」

「4G」といった記号が記されていた。

ソンスにはさっぱり理解できなかった。最後のページには、やはりローマ数字ごとに項目が並び、それぞれ三桁から四桁の数字が記されて、横に「MHz」の文字が書かれていた。

ソンスは足音を忍ばせ、リビングを離れた。

ベッドの上では、佐栄子が先ほどと同じように軽い鼾をかいて寝入っていた。しかし、鼾の間隔が短くなり始めている。ソンスは佐栄子の頭から五〇センチほど離れたサイドテーブルに慎重に近づくと、読みかけのミステリーを静かに持ち上げた。

その直後、佐栄子の鼾が止まった。いや、意図的に止めたようだ。背後に気配が迫った。ミステリーを持つソンスの左手首を、佐栄子の右手が力強く握った。

「何をコソコソしてるの？」

「本を見せてもらおうと思いまして」

佐栄子は半身を起こし、周りを見渡したあと、手に力を込めた。

「あんた一体、何者なの？」

佐栄子の眉間《みけん》に深い皺が刻まれた時、ソンスは持っていたミステリーで佐栄子の右手首を打ち据えた。

「何するの！」

佐栄子の瞳に怯《おび》えの色が現れた瞬間、ソンスは彼女の両手首を掴み、ベッドに組み敷いた。

「周波数、帯域、それからあの乱数表のようなアルファベットは何を示したものだ？　東京エレクトロ商会は、何を企《たくら》んでいる？」

「言うもんですか。あの資料を手に入れるために、あのはげ頭の爺《じじ》ィに胸を触らせたんだから」

ソンスは佐栄子の両手首から手を離し、今度は髪を鷲摑《わしづか》みにした。

「もう一度聞く。資料に書かれた周波数、帯域、アルファベットは何を示している？　東京エレクトロ商会やオクタゴンテクノロジーという会社は、シルバースターー向けに何を作ろうとしている？」

「知らないわ。ただ、あの資料を小出しにしていけば、記事にすることもできるし、クレディ・バーゼル証券が高く買い取ってくれる、それだけよ。ねえ、お願いだから乱暴にしないで。ただ、あの資料がシルバースターの次期新商品のコアになるものだということは確かみたい。あのデブの若田が必死になって探りを入れていたから」

「それで全部か？」

ソンスは佐栄子の髪から手を離した。佐栄子の表情が少し和らいだが、容赦なく、左手を彼女の喉元《のどもと》に押し当てた。

「本当に何も知らないの。お願いだから、これ以上は……」

「변태녀째 너취황의 마지막에해주자（変態女め。お前好みの最後にしてやろう）」

ソンスは朝鮮語で言うと、佐栄子に微笑んだ。

「今、何て言ったの？　それって中国語？　韓国語？　でもよかったぁ、分かってくれ……」

佐栄子が言い終わらぬうちに、ソンスは左手首に力を込めると、右方向に四五度捻《ひね》った。湿った角材が折れるように、ミシリと鈍い音がベッドルームに響いた。佐栄子は舌をだらりと垂らし、両目を見開いたまま絶命した。

ソンスはベッドの下に散らばったシャツとジーンズを身につけると、安物のジャケットを羽織った。そして左胸のポケットの上に手を置くと、目を閉じ、「祖国のため」と念じた。

12

午前の講義が終わり、大田原が教授室に戻ると、大和新聞朝刊とコーラのペットボトルを握り締めた素永がぽつんと立っていた。初老の女性事務員も、他の教授たちも不在だった。大田原は素永を簡易テーブルと椅子の並んだ談話スペースに導いた。

「源佐栄子という日本橋テレビの記者の件ですが、聞いておられますか？」

「首吊り自殺だなんて、本当に驚いています」

「公安が動いているらしい。彼女、何かヤバいネタでも追っかけていたのかもしれません」

「どういうことですか？」

素永は、誰もいない談話スペースを改めて見回すと、言葉を継いだ。

「コロシ、つまり殺人事件なんかが起きた時は、所轄署と警視庁捜査一課が動きます。これが表の帳場《ちょうば》、つまり捜査本部です。対して、コロシの背景に何か政治的な動きがあったり、国際的な思惑が働いていたり、表沙汰《おもてざた》にできないような事情があると、公安関係者が密《ひそ》かに帳場を仕切るのです」

「今ひとつピンと来ないですね」

大田原は首を傾げた。公安調査庁や警察庁の警備関連部局の中に、防諜《ぼうちょう》担当セクションがあるという話は聞いたことがある。しかし、大田原からシルバースター電子の内部情報を引き出そうと試みた源だったが、公安という得体の知れない組織がその死に関心を持つとは想像できなかった。

「ウチの担当記者によると、本当の死因は絞殺だったようです」

「絞殺も首吊りも、同じような痕跡《こんせき》が残るのではありませんか？」

「明確な違いがあります」

　素永は頭を振った。同時に、自らの両手を首に当て、親指を耳の下に向けた。ちょうど顎のラインと並行するように、素永の指が首に巻きついた。

「首吊りならば、この親指のラインと同じような軌跡で縄の痕がつきます。ところが……」

　素永は親指を耳元から離し、両肩と同じ角度に下げた。

「源記者の首には、今、私が示しているように、首を絞めた痕跡が肩と並行して残っていたそうです。おまけに、首吊りではあり得ない角度で骨折していた。つまり、首吊り自殺などではなく、絞殺だったということですよ」

「同僚の記者さんは、実際に遺体を確認したのですか？」

「担当記者は監察医に当たって確認を取ったんですよ。それによると、監察医は所見が引っくり返されたといってお冠《かんむり》だったようですね」

「彼女はなぜ首をへし折られなければならなかったんです？　容疑者は？」

「死因がねじ曲げられるなんてのは、日常茶飯事です。今回の場合、容疑者をうかつに捕まえると、外交問題になりそうだって話ですよ」

「公安が動いているとか外交問題とか……容疑者は外国人ですか。もしかして北朝鮮関係者とか？」

素永はげっぷをこらえながら頷いた。

「源さんの話に戻りますが、彼女、実は私に変なオファーを持ちかけてきたことがあるんです」

「それはどういう話です」

「シルバースターがついたことに関連して、彼女の友人とやらを二人紹介され、協力を求められたのです」

「友人？　どんな人間でしたか」

巨大な顔がさらに近づいてきた。大田原は気圧《けお》されるように、ジャケットの内ポケットから名刺入れを取り出した。

「これです」

大田原は、蠣殻町の天麩羅屋でもらった二枚の名刺を素永に見せた。

「こいつらと源記者がつながっていたのですか？」

「そうです。つながっていたというか」

「教授、何があったんです」

素永は二枚の名刺を人差し指ではじいた。

「若田については、インサイダー取引を平気でやるろくでもない男だって、お話ししましたよね。野添も、相当な曲者《くせもの》ですよ。このクレディ・バーゼル証券という会社は、金につながる話なら相当荒っぽいことをやるので、昔から有名なんですよ。投資銀行マンとアナリストがセットで動くなんて、今は厳禁ですが、連中にとっては朝飯前だ」

素永が吐き捨てるように言ったとき、大田原の脳裏に野添の言葉が蘇《よみがえ》った。

〈金融庁の目は届かない〉

極めて後味の悪かった天麩羅屋の一件を思い出し、大田原は無意識に眉根を寄せた。

「素永さん、ここだけの話にしていただきたいんですが……」

「どうしました?」

「その若田さんですけど、ある事柄を引き受けてほしいと私に頼んできました。きっぱりとお断りしましたけど」

「そうか、シルバースター電子だな」

「シルバースターのどんな些細《ささい》な情報でもいいから教えてくれ、一件当たり二〇万円で情報を買い取ると言われました」

素永はコーラのボトルをテーブルに置くと、腕組みをして考え始めた。

「大田原先生のゼミの劉っていう学生、中国の東風電機集団の御曹司《おんぞうし》ですよね。あ、そうか、思い出した。クレディ・バーゼルは東風の財務アドバイザーだ。殺された源佐栄子記者は、若田たちの意を受けてネタを探していた……。東風とシルバースターは、中国に合併会社を設立する件で交渉中だ。野添と若田は、東風のためにシルバースターの情報を探り出そうとしていたんですよ！」

素永は取材手帳を取り出すと、ページを開いた。

「教授、これから話すことはまだ確定情報じゃないし、私の推測も含んでいます。東京エレクトロ商会という半導体関連メーカーの人間が源さんと接触しているんですよ。昔、私がアナリストをやっていたころ、このメーカーのＩＲ担当だった人間が常務に昇格している。こいつ、かなりスケベなオヤジでしてね。ここに来る前、ちょっと電話してみたんですが、源さんの死に絡んで、どうやらサツの事情聴取を受けている節があるんですよ」

「事情聴取？」

「源記者は、お色気作戦で、東京エレクトロの子会社、オクタゴンテクノロジーが関与しているシルバースター電子絡みの機密情報を、常務から流してもらっていたらしいのです。この子会社というのが、半導体を製造するための最先端の機械を作っている超優良企業なんですよ」

「でも、果たして殺されるほどの重要情報だったんでしょうか？」

「公安と北が絡んだ気配が濃厚だ。いいですか、教授。今後は身辺に気をつけてくださいよ」

素永は残っていたコーラを一気に飲み干すと、大きなげっぷを残して足早に立ち去った。

13

「この資料を見てもらえるかな」

神保町交差点近くのスターバックスで、リ・ソンスはデイパックから数枚のコピーを取り出し、劉剛に差し出した。

「『ＨＳＤＰＡ』『ＷｉＭＡＸ』『ＧＳＭ／ＰＤＣ』『Ｗ‐ＣＤＭＡ』……資料を全部見ていないから分からないけど、これはたぶん携帯電話の規格のことだと思うよ」

「そうなのか」

「それより、その資料、全部見せてくれるんだろう？」

「ああ、そのつもりで持ってきた」

「これは製品の設計や生産工程をメモしたものだね。韓国のシルバースター電子向けに、日本の東京エレクトロ商会、正確に言うとその子会社のオクタゴンテクノロジーという企業が、特別に半導体の製造装置を作るという資料だ。シルバースターからの特注について、その規格をどうするか、社内向けに作った書類のようだ」

「アルファベットで書かれている携帯電話の規格や、半導体チップはどう関係するのかかな？」

「ドンホ、そもそもこの資料はどういう経路で君の手元に来たんだ？」

「日本に来てすぐ、あるパーティで同年代のエンジニアと知り合ってね。妙に意気投合して、友達づき合いをするようになった。そのエンジニアとこの前夕食を一緒に摂った時、メモをくれたんだ」

「ドンホ、君はうまく嘘《うそ》をついたつもりだろうが、僕には通じない。こんな第一級の企業秘密を、素性の分からない中国人留学生に軽々に見せるようなことは絶対にしない」

「僕は本当にもらったんだ」

「この資料の価値は、何兆元にも値するぞ」

「それは大げさ過ぎるだろう」

「そもそもドンホ、君は北京の工科大学で何を専攻していたんだ？」

「電気工学だ」

「北京の学校で何を教えているか、詳しくは承知していないが、工科大学で学んだ者がこのアルファベットを見たら、少なくとも携帯の類だと見当はつきそうなものだがな」

ソンスは氷で薄くなったアイスコーヒーを啜《すす》り、テーブルの下に視線を落とした。

「パソコンの実習が中心だったから、本当に知らないんだ」

「分かった。この話はもう止めよう。ところで、同郷の同級生が一人帰国するんだけど、クラスで記念に贈り物をしようと思っている。勝手だとは思ったが、帰国してからも使える置き時計を買ったんだ。カンパに加わってもらえるかな」

「もちろんだ」

「ドンホ、君は中国人じゃない。北京にいたというのも嘘だ。君は何者だ?」

「僕は吉林省の朝鮮自治区出身の田舎者《いなかもの》だが、れっきとした中国籍の人間だ。北京にも四年いた」

「ならば、人に『置き時計を贈る』と聞いた段階で断ったはずだ」

「すばらしい贈り物じゃないか」

「時計を贈る『送鐘《ソンゾン》』と、臨終を看取る『送終《ソンゾン》』は、発音が同じだ。だから置き時計は贈り物としては最低のもの、いや、絶対に避けなければならない」

劉剛はデイパックからカシオの電子辞書を取り出すと、すばやくキーボードを叩き、ソンスに差し出した。ソンスの眼前に、「送終」と映し出された小型のモニターが迫った。さらに、劉剛が畳みかけてきた。

「君は北朝鮮の人間だろう。しかし、中国籍の本物のパスポートを持っている。ということは、我が国の政府関係者と公式な関係のある立場にあるか、あるいはそういう組織に属している」

「………」

「ドンホ、君は工作員だろう?」

ソンスはすばやく椅子を引いて立ち上がり、腰の脇に低く拳を構えた。

「君を日本の公安関係者や韓国の情報機関に売りつけるつもりはない」

劉剛はニヤリと笑いながら小声で切り出した。

「このメモが何を示すものか、後日、僕が責任を持って君に結果を教えるよ。大方、韓国の大企業シルバースターが日本企業と何をするか、あるいは日本で何をやるのか、それを監視するのが君に課せられた任務の一つだろう。父の東風電機集団の優秀な技術者たちや、クレディ・バーゼルの若田アナリストが、このメモの中身と狙いを正確に分析してくれるはずだ。東風電機集団がこのメモを有効活用させていただくのはもちろんだが、貴国にもきちんと報告を入れる。そう、それから、君のことは今まで通り、吉林省出身の無骨者としてつき合わせてもらう。これで問題はないだろう？」

「そうだ、私は中国吉林省朝鮮自治区出身のリ・ドンホだ」

劉剛の目を睨み返したソンスは、ジーンズのポケットからタオル地のハンカチを取り出した。劉剛のマグカップにすばやくハンカチを巻きつけると、ぽつりとつぶやいた。

「私は中国吉林省朝鮮自治区出身のリ・ドンホ、北京工科大学出身、以上だ」

そう言うや否や、ソンスの掌に包まれていたマグカップが、小さな破裂音を発して砕け散った。

14

中野区上高田の自宅に戻った大田原は、書斎の液晶テレビのスイッチを入れ、深夜帯の経済ニュース番組にチャンネルを合わせた。

大和新聞系列の民放テレビ局が、その日に起こった経済ニュースを解説する番組だ。大田原は立ち上げたパソコンのメールチェックをしながら、テレビから響く音声を耳で追いかけた。

〈素永さん、今日の注目銘柄は何だったのでしょうか?〉

〈東京エレクトロ商会ですね。クレディ・バーゼル証券のアナリスト・リポートで、注目すべき材料が提示されました。詳細は分かりませんが、東京エレクトロ商会は、韓国のシルバースター電子向けに新型の特殊な半導体を開発するようです〉


毎週水曜日、アナリストやメディアの担当記者をゲストに、注目材料、あるいは近い将来に注目を集めるであろう新技術や新商品を紹介するマーケット解説のコーナーで、耳慣れた声が聞こえた。

大田原が画面に視線をやると、時代遅れの眼鏡《めがね》をかけ、髪をマッシュルームカットにした素永の顔がアップになった。その直後、画面には、急激な右肩上がりの曲線を描いた東京エレクトロ商会の日中足《にっちゅうあし》チャートが映し出された。

〈東京エレクトロ商会と言えば、赤坂テレビの技術開発専門の子会社として設立され、それ以降、半導体の輸出入を経て、自ら半導体の製造まで手がける企業に転身し、今や時価総額が一兆八〇〇〇億円に達する企業ですよね〉

〈その通りです。平均株価算出の採用銘柄として、内外の機関投資家の注目度も高い企業です。今回、私がクレディ・バーゼル証券のリポートに注目したのは、同社

が韓国を代表する大企業、シルバースター電子と独占供給契約を結ぶという半導体製造装置について触れていたからです〉

大田原は画面を見続けた。素永の説明を受けて、今度は女性アナウンサーがクレディ・バーゼル証券のリポートを読み始めた。

〈緊急リポート

クレディ・バーゼル証券は、このたび取材を通じて、東京エレクトロ商会に新たな材料が出てくる可能性を発見しました。投資判断の変更は現在のところ予定していませんが、東京エレクトロ商会側から正式な発表があり次第、少なくとも一段階から二段階は引き上げる予定です。

複数の関係者の証言と資料から、ほぼ確実な事実として、東京エレクトロ商会は近く、新型の半導体製造装置を韓国のシルバースター電子に納入する予定と見られます。以前から、同社がシルバースター電子向けに各種のレディオ・フリークエンシー（ＲＦ）チップの製造装置を手がけていたことは周知の事実でしたが、今回我々が把握した商品は、既成概念を大きく覆《くつがえ》すものであることはほぼ間違いありません……〉

◇

素永の解説コーナーが終わり、画面が東京外国為替市場と株式市場の値動きに切り替わると、大田原はすぐに携帯電話を取り上げた。

コール音が二回響いたあと、素永はすぐに電話に出た。

「オンエアを拝見しましたよ」

「収録直前に突然リポートがリリースされたので泡を食いましたが、何とかこなしましたよ」

「アナリストが新聞記者みたいな形で抜きネタをやることがあるんですね」

「あのずる賢い若田のことですから、既に真相を知っていると考えた方がよさそうです。例えばネタをクレディ・バーゼルの投資銀行部門を通じて客のメーカーなんかに流し、そこから客が新型の商品のコピーを作るとか。これはあくまでも想像ですがね、クレディ・バーゼルは今、中国の電機メーカーで一番勢いのある東風電機集団ってところとがっちり組んでいましてね」

「ところで、若田アナリストといえば、前回、シルバースター・ショックを引き起こした人物でしょう。その人があえて今回のようなスッパ抜き的なことをやるというのは」

「シルバースターとの間でもめ事でもあって、相当な恨みを持っているんでしょう。まあ、いずれにせよ、シルバースターは何か新しいことをやってくるはずです」

電話を切ったあと、大田原はブリーフケースからシルバースター電子関係の資料を取り出した。資料の先頭ページには、シルバースターのシンボルマークである『SS』のロゴ文字、そしてイ・スーフンの顔写真があった。

15

〈ソウル地検、現世鉄鋼会長の事情聴取に着手　不正蓄財容疑で近く逮捕へ〉

ソウル特別市カンナム、シルバースター電子会長室。イ・スーフンは、中央日報の一面記事を食い入るように読み続けた。韓国経済界の重鎮であり、製鉄、自動車、不動産、流通と有力企業を傘下に持つ現世グループのトップが、不正蓄財という降って湧いたような容疑で身柄を拘束されようとしていた。

見開き二ページ。捜査当局の事情聴取に臨もうとしている現世グループの幹部たちの姿が盗み撮りされ、「不正蓄財の温床」と題したフローチャートまでが添えられていた。地検のリーク情報だ。

スーフンは中央日報をデスクに放り投げると、手元の受話器を取り上げた。いつも政府当局の動きを詳細に把握している秘書のソン・ワンギュは東京に出張中だ。シルバースター電子という企業だけでなく、現政権と対立する構図を鮮明に打ち出している保守勢力全体が、猛烈な勢いでバッシングされる気配が濃厚になってきた。

「何か情報を摑んでいるか？」

〈アメリカのエージェントによれば、我が国の現政権は自らの延命のため、つまり統一地方選挙を何とか切り抜けるために、北と連携している気配が濃厚だそうです〉

「つまり、保守勢力を槍玉《やりだま》にあげ、世論の関心をそらすというやり口だな」

〈我がシルバースター電子も、いつ現世の二の舞になってもおかしくない情勢にあります。あと、大田原ゼミに北の工作員がまぎれこんでいます〉

「その工作員のこと、何か分かったか？」

〈旧知の日本の公安関係者から聞き出したところ、東京都新宿区の古い住宅地に住んでいます。現在、警視庁公安部外事課の捜査員が徹底マークしております。我が社の動向を探っているようです〉

「分かった。くれぐれも注意して。教授を守ってくれ」

スーフンは受話器を置くと、テレビのリモコンを手に取った。中央日報の記事だけでなく、テレビの報道も気になる。政府によって巧妙に作られた、現世グループのスキャンダルだ。

中央日報だけでなく、主要なテレビ局も隠し撮りした現世会長らの姿を流していた。

ザッピングを続けていたスーフンの指が止まった。現世グループのスキャンダルの第一報を終えたＫＢＳのニュースが、ＣＮＮ経由で、朝鮮中央テレビのＶＴＲを流していた。髪を七三に分け、ダークスーツに身を包んだ北の男性アナウンサーが、扇動的な調子で原稿を読み上げている。

「こいつらのやり口は、五〇年以上何も変わっていない」

スーフンはため息をついた。

〈我が国は、南で実施される地方選挙の行方を注視している！　万が一、我が国を異常に敵視する野党勢力が勝利を収めるようなことになれば、南北統一宣言は自動的に破棄され、民族統一に向けて鋭意建設を進めている平壌‐ソウル間の「統一道路」や、開城工業地区での合同経済活動も全面中断されるだろう！　そして、朝鮮半島全土は反動勢力の権化、南の野党勢力の暴挙により、戦争の炎に包まれるであろう！　勇敢、そして賢明なる南の同志たちは、野党勢力に票を投じる行為は自らの死を選ぶことに他ならないと、改めて認識すべきである！〉

スーフンはテレビの電源を切った。会社に危機が迫っている。また、ソンの発した言葉も気になった。大田原ゼミに北の人間がまぎれこんでいる。保守派に対する攻勢と、北の工作員の話が、自分を追い込んでいくような嫌な感覚があった。

16

〈東風電機集団、上海見本市で新型携帯端末を発表へ〉

毒々しいオレンジ色の見出しが付いた証券業界紙を指しながら、素永がにやりと笑った。

「素永さん、この記事は？」

明信大学の教授室で大田原は首を捻った。

「若田がネタをリークして書かせた公算が大ですね」

大田原は素永から新聞を受け取ると、食い入るように記事を読み始めた。

〈東風電機集団は、日本の投資家には馴染《なじ》みの薄い企業だが、中国では家電製造・販売のシェアを毎年二桁ずつ伸ばし続ける上海市場の有望銘柄。今、電機や電子部品担当のアナリストの間で、同社に対する注目度が急速に上がっている。今度の上海見本市では、中国のメーカーとして初めて本格的な携帯電話端末を出品する模様だ。日本製の家電をコピーし続ける中国メーカーとしては特段目新しい話ではないが、アナリストの間では、投資家や同業他社メーカーの度肝を抜く新製品が発表されるとの見方が着実に高まっている。当然、同社だけで携帯端末の全ての部品を内製できるはずはなく、日本の有力メーカーから部品を調達する。明日以降、東風電機関連銘柄として、新型携帯のメリットを享受するであろう銘柄をピックアップしていく……〉

コーラのボトルから口を離した素永は、シャツの袖で口元を拭った。

「たぶん明日のこの新聞には、『東京エレクトロ商会』の記事が五段ぶち抜きで出ますね」

「源さんが亡くなる寸前に常務と接触していた会社じゃないですか」

「そうです」

「なぜ明日の業界紙に？」

「まず、東京エレクトロ商会が作っている製品のことをお話ししなければなりません。業界用語でRFチップと呼ばれる、特殊な半導体があります。携帯電話の端末には欠かせないもので、携帯電話の全てをコントロールする働きがあります」

「RFとは何の略ですか？」

「レディオ・フリークエンシー、簡単に言うと、小さなチップの上でさまざまな機能を制御する能力を備えた特殊な半導体のことですよ。教授、今、携帯電話持っていますか？」

大田原は首を傾《かし》げながらも、ジャケットから古い型の携帯端末を取り出した。

「ここ数年で、携帯端末は格段に機能が増えましたよね。インターネットの閲覧はもちろん、メールや写真まで。この端末は、音楽配信を受信して音楽プレーヤーとして使うこともできる。一昔前だと超一級の軍事技術だったGPS機能まで付いている。これらの複雑な機能を一度に制御するのが、RFチップです」

「それと東京エレクトロ商会とどういう関係があるのですか？」

「もともと東京エレクトロ商会は、アメリカのアラバマ・エレクトリック・デバイスに次いで、半導体製造装置で世界第二位のシェアを持っています。携帯電話の端末は年々小さくなっている。しかし、機能は数倍のピッチで増えている。それを制御する小型の半導体チップ、つまりＲＦチップを製造するには、特殊な装置が必要です。アジア地域で半導体を作る特殊な装置を製造できるのは、東京エレクトロ商会だけということです。正確に言うと、子会社のオクタゴンテクノロジーがその最先端技術を持っています」

「今後のカギになる製品ですね」

「源さんに漏れた東京エレクトロ商会の企業機密が、さらに東風電機側に流れたのではないかと」

「産業スパイということですね」

「新商品のためならば、企業はあらゆる手段を講じます。スパイ映画もどきの活動なんて、日常茶飯事なんですよ。しかし不思議なのは、洗濯機や冷蔵庫などの白物家電が主力の東風電機が、なぜ新型携帯に手を出すのか」

「素永さんのルートで調べは？」

「源さんがあんな形で亡くなってしまったから、例のスケベ常務、ガードがすごく堅くなってしまったんですよ」

「私が劉剛君にそれとなく聞いてみましょうか？」

大田原がゼミの優等生の名前を口にした途端、素永は頭を振った。

「なぜダメなんですか？」

「命を狙われるとか、そういう類《たぐい》のことじゃない。ただ免疫の少ない教授は相当危ない」

素永はそう告げると、コーラを最後まで飲み干した。

17

〈金融制裁が一段と強化され、南の反動勢力が選挙に勝利した暁《あかつき》には、我が共和国を取り巻く環境は一段と悪化する。追い込まれる前に、敵の喉元をかき切る。同時に、日帝時代に回帰しつつある日本の首都を攪乱《かくらん》すべし。前回、東京駅で放ったような空砲ではなく、今度は実弾もあり得る。方法、時期は追って連絡する〉

大久保のインターネットカフェで指令を受け取ったリ・ソンスは、指令を口の中で反芻しながら、飲食店が詰まった新宿三丁目の雑居ビル群や新宿御苑《ぎょえん》脇の児童公園をすり抜けて、愛住町《あいずみちょう》のアパートに戻った。

老人が住む一階の部屋からは、干物の魚を燻《いぶ》す煙が漂っていた。路面よりやや高いアパートの敷地に入ろうと足を上げかけた時、入り口の脇に放置された学生の自転車の向きがわずかにずれているのに気づいた。集合ポストに視線を移すと、普段ならばピザ屋や中華料理屋のチラシがはみ出しているはずの自分のポストの蓋が、綺麗に閉じていた。

日本の公安当局なら、寸分たがわぬように元通りの乱雑な状態に戻しておくはずだ。ソンスは、侵入者がまだ近くに控えている気配を察知し、拳を握り締めながら階段をゆっくりと上がった。狭い階段を上り切ったところで、通路の奥に視線を向けたが、人影はなかった。さらに上のフロアに向かう階段を見上げようとした時、ソンスの額に赤外線の細い光が当たった。

「イ・ドンホ君だね。手荒なことはしたくない」

ソンスが階段の上部に視線を向けると、髪をオールバックにし、細身のスーツを身にまとった中年の男が、スミス&ウエッソンのPC356型拳銃を構えていた。銃口の数センチ上に設置されたセンサーからは赤外線が照射されていた。

「イ・ドンホ、私は決して君を殺すために現れたわけではない」

「発言は許されるのか」

「両手を頭の後ろに組んでくれ」

ソンスは言われた通り、両手を頭の後ろに組んだが、利き腕の右手を、わずかに首筋に向けてゆっくりとスライドさせ始めた。

「首筋に仕込んだ手裏剣を投げるのは止《や》めてほしい。こちらは文明の利器《りき》で君をロックオン済みだ。君があと二センチ手を動かしたら、引き金を引く」

ソンスは頷いた。形勢は明らかに不利だ。頭上から銃のセンサーをロックされては勝ち目はない。この男は何者か。ソンスは考えを巡らせた。

信川復讐隊時代に習った朝鮮半島各地域の訛《なまり》を思い出した。この男が発した言葉の端々には、釜山近郊のアクセントがあった。南の出身者であることはほぼ間違いない。しかも、現役情報員である自分を出し抜き、優位な位置関係から銃を構えている。アメリカのCIAを模して作られた南の反動的情報組織KCIAか、もしくは軍特殊部隊の出身者に違いない。ソンスが階段の上を睨み返した時、男はゆっくりと口を開いた。

「私はソン・ワンギュという者だ。君の第一印象通り、大韓民国のKCIA上がりの反動分子だ」

「ひと思いに殺せ」

「KCIAを辞めてからはまっとうな民間人だ。今はある人間に仕えている身でね。その上司の指示で君に接触している」

ソンと名乗った男は、ゆっくりと階段を下り始めた。握り締めたフルオートマチックの拳銃のセンサーは、ソンスの額をロックしたままだ。

「私の上司とは、君が今調べているシルバースター電子のイ・スーフン会長だ」

「リ・スーフンは、朝鮮戦争当時、越南した裏切り者ではないか。あのような人間がいるから、アメリカの帝国主義が我が故郷の半島の半分を、五〇年以上も不当に支配している」

　ゆっくりと間合いを詰めてくるソンを見上げながら、ソンスは言った。

「いろいろと調べさせてもらった。君は信川復讐隊出身のテロリストだ。君ほど優秀な人間ならば、日本で生活してみて、何か矛盾を感じないか？」

「ひと思いに撃ち殺せ。そうでなければ、信川復讐隊仕込みの潔《いさぎよ》い自害を見せつけるまでだ」

「京橋の骨董品ブローカー、そしてテレビ局の女性記者といい、いずれも見事なやり口だった」

　組んだ手をソンスがわずかに動かそうと構えると、ソンはレーザーの焦点をわざと鼻先にずらし、牽制《けんせい》した。

「話は最後まで聞くんだ、イ・ドンホ。なぜ明信大学大学院の大田原ゼミに潜り込んだ？　何が狙いだ」

「越南者の手下にとやかく言われる筋合いはない」

「目を覚ませよ、革命戦士。我々シルバースター電子の何を探ろうというのだ？」

「ひと思いに殺せよ。それに、俺の姓はイでなく、リだ。南風にイなどと呼ばないでほしい」

ソンスは苛立《いらだ》ちを隠さずに言った。ソンは銃を固定させたまま、一瞬だけ首を傾げた。

「これは失礼した、リ・ドンホ君。ところで、君は北の地方出身者の割には目が大きいようだ。先祖は中国系か？」

「お前にそんなことを話す必要はない」

「それもそうだな。とにかく君の行動の全ては、日本の公安だけでなく我々も監視している。それだけは肝に銘じておけ。万が一、我が国に亡命する気になったら、真っ先にここに連絡を入れてくれれば良い」

ソンは左手でポケットから名刺を取り出すと、足元に置いた。

「私の役目はここまでだ。無益な工作活動など、とっとと止めてしまうんだな」

ソンはそのまま階段を上ると、踊り場の手すりを乗り越えて、隣の墓地の塀に飛び移った。ソンスも階段を駆け上がったが、既にソンは墓地のはるか向こうに消えていた。

「俺が亡命だと？　馬鹿な奴だ。あり得ん！」

走り去るソンの背中に向け、ソンスは叫んだ。

18

〈ただ今入った情報です。統一地方選挙遊説中の大統領の車列に、何者かが運転する軍用ジープが激突し、大統領が軽い打撲を負ったようです。今日午前九時ごろ、仁川《インチョン》市内を遊説中の大統領の車列に……この事件の原因や実行した者の意図、あるいは政治的背景については不透明な部分が……〉

午前一〇時前、会長執務室で決裁資料に目を通していたイ・スーフンの耳に、付けっ放しにしていたKBS放送の臨時ニュースが飛び込んだ。同時に卓上の電話が鳴った。ソン・ワンギュだった。

「大統領は無事なのか？」

〈命に別状はないそうです。ただ、気になる話が警備関係者から入ってきました〉

「何だ？」

〈大統領の車列に突っ込んだ軍用ジープを運転していた人間なのですが……我が社の工員です〉

「何だと？」

〈詳細はまだ摑めておりません。ただ、現世グループと同じようなことにならなければと願っております〉

電話を切ったあと、スーフンは天を仰ぎ、無意識のうちにネクタイを緩めた。最悪のシナリオになるのか。検察官に両脇を抱えられ、公衆の面前に引き出された現世グループ会長の疲れ切った表情が、スーフンの脳裏を何度も行き交った。

◇

〈現在判明している事実を申し上げますと、軍用ジープを強奪し、大統領の車列に体当たりしたのは、弊社のテレビ工場に勤務していた二八歳の男性社員です。三ヵ月前に兵役を終えたばかりで、工場勤務に復帰してまだ間もないタイミングでした。動機については把握しておりませんが、軍隊勤務時代から、大統領の対北政策への不満を口にしていたそうです〉

〈御社のイ会長は、常に現政権に批判的な姿勢を打ち出してきました。それが、今回の一件と何らかの関連があるとお考えでしょうか？〉

〈我が社は、暴力行為を助長するような社員教育は一切いたしておりません。大統領閣下には誠に申し訳なく、重ねてお詫《わ》び申し上げます〉

シルバースター電子本社ビル二階、多目的ホールには、韓国の主要紙やテレビ局のほか、内外メディアの記者が一五〇人、カメラなどのクルーを含めると優に二〇〇人以上の報道陣が詰めかけた。

イ・スーフンは、会長室の大型画面テレビで会見の生中継に見入っていた。先ほどから労務担当の取締役が記者の質問にやり込められる場面が増えた。絶対に記者たちの前に姿を見せるなとソンに釘《くぎ》を刺されていたため、必死で多目的ホールに出向こうとする気持ちを抑えていた。

広報室長によれば、警察と軍当局が、事件発生直後からメディアに向けて詳細なブリーフィングを施しているという。

スーフンが再び画面に目を転じると、担当取締役が言葉を詰まらせ、記者から質問の一斉砲火を浴び始めていた。

「大統領側の主導した、〝自作自演劇〟だとしたら、これで済む話ではないな」

スーフンはチョッキから懐中時計を取り出すと、右手で強く握り締めた。

19

「北の同胞たちへの包容政策継続を！　イ会長は強硬手段の撤回を！」

「シルバースターは不正献金疑惑を説明せよ！」

ソウル特別市カンナム、午前七時半。BMWのリアシートに座っていたイ・スーフンは、本社ビルの地下駐車場に向かう入り口を見た途端、恐れていた事態が現実のものとなったことを悟った。

大統領の車列に、シルバースターの若い社員が軍用ジープで突っ込んだのが前日だった。スーフンは午前一時過ぎまで、臨時取締役会で対応を協議し、主要紙への謝罪広告の掲載、株主や取引先への説明など諸々《もろもろ》の対応策を決めた。しかし、事態はスーフンらの予想より速く進行した。

シルバースター電子の本社前には、鉢巻き姿の学生や、労働者風のジャンパーを羽織った三〇人ほどの一団がプラカードを掲げて気勢を上げていた。

スーフンはこめかみに指を当て、強く頭を振った。

執務室に入ったスーフンを待ち受けていたのは、ソン・ワンギュからのボイスメッセージだった。執務デスクの上に置かれたビジネスフォンのランプが、鋭く点滅し、スーフンを急《せ》き立てた。

〈会長、かつてのルートで調べたところ、やはり昨日の暴走事件は、現政権陣営の仕組んだ罠《わな》である疑いが極めて濃厚でした。取り調べに応じている弊社工員は、我が保守陣営の中枢から指示が出ていたという虚偽の証言を警察当局にしています〉

昨晩の臨時取締役会では俎上《そじょう》に載せられなかった警察情報を、ソンは独自のルートで調べ上げ、簡潔に報告してきた。スーフンが予想していた通り、北との融和路線を維持し、かつ自らの政権基盤を存続させたい大統領側の策謀の臭いが濃厚だった。

スーフンが深くため息をついた時、デスクの脇の事務机に置かれたファックス機が着信音を立てた。スーフンはすばやく立ち上がると、トレイに押し出された用紙を取り上げた。どぎつい見出しとともに、スーフンの顔写真が掲げられていた。週刊誌記事の早刷りで、しかも編集担当者による手書きの校正指示まで写し出されていた。

〈シルバースター・イ会長に重大疑惑　巨済島《コジェド》看守時代に北が懐柔

巨大企業グループ、「財閥＝罪罰」に対する我が国民の関心が近年になく高まる中で、現世グループに続き、シルバースター・グループに重大な疑念が浮上した。焦点は、シルバースター電子急成長の立役者、イ・スーフン会長その人だ。今でこそ、韓国財界のリーダー格として、そして政治的には保守勢力の重鎮として君臨するイ氏だが、北の出身ということ以外、その経歴は謎に包まれている。今回、取材班は、北関係者との接触に成功し、イ氏が朝鮮戦争時に巨済島の共産軍捕虜キャンプの看守を務めていた事実を摑んだ。イ氏は、我が国のれっきとした兵士だったにもかかわらず、捕虜の中の先鋭的な共産勢力と接触し、現在も不透明な関係を続けている可能性が高い。近年、現政権の融和政策に批判的な姿勢を貫いているイ氏とシルバースター・グループだが、その強硬姿勢の裏側には、北の意を受けたスパイ行為への疑念が……〉

コピー紙を持った手が激しく震え出した。同時に、執務デスクの電話が鳴った。スーフンはコピーを持ったままデスクに駆け寄ると、受話器を取った。

〈先ほど週刊誌記事のゲラをファックスでお送りしましたが、この内容は本当なのですか？　私としては、イ会長のご支援を受けている身ですので、このようなでたらめ、かつ誹謗《ひぼう》中傷的な記事を鵜呑《うの》みにする人間ではありませんが、今は統一地方選挙の真っ最中です。緊急に対応策を打ち出していただきたい〉

電話の主は、スーフンら財界保守派が次期大統領選で強く推《お》している現職のソウル市長だった。軍事政権下でスーフンとともに民主化運動に奔走《ほんそう》し、米国との外交のパイプを作り、北の独裁政権打倒によって抑圧され続けている同胞を解放しようと誓い合った四〇年来の友人だ。

「君に迷惑がかかっているのは承知しているが、この程度のことで動揺されては困る」

〈四〇年来の友人であるイ会長が巨済島の捕虜キャンプにいらっしゃったなんて話は聞いていません〉

「長年の友人でも、話したくないことの一つや二つはあるだろう。もしかして、君はこの週刊誌のでたらめを信じるというのか」

〈そうは言っておりません。ただ、我が保守陣営の中で足並みの乱れが出ているのは確かです。それに、京義線《キョンウィ》の予備運行についても、北はイ会長の存在を理由に中止を申し入れてきているようです〉

「京義線と私とは、何ら関係がないではないか！」

京義線とは、南北を分断する非武装地帯（ＤＭＺ）を貫く形で設置された鉄道路線だ。二〇〇〇年の南北融和ムードの中、両国は休戦協定成立から四十数年ぶりに、南北を縦断する形で横たわったままになっていた京義線の復活運行の準備を進めてきた。スーフン自身、かつて越南した時はこの線路づたいに三八度線を越えた経験があった。

〈統一省の事務次官から直接聞いた話ですから、間違いはありません〉

「奴らは北と共謀したに決まっている」

〈会長、どうか堪《こら》えていただきたい〉

旧友であり、保守勢力の象徴でもあるソウル市長は、一方的に言い分をまくしたてて電話を切った。

20

「日式の焼肉、特にこの店の肉は最高にうまい。今日は僕のおごりだ。ドンホ、たっぷり食べてくれよ」

「こんなに食べてもいいのか……」

港区西麻布、六本木ミッドタウン近くの星条旗通りに面した焼肉店の掘り炬燵《ごたつ》席で、劉剛は得意満面の笑みを浮かべていた。黒毛和牛が部位ごとに盛りつけられた大皿を前に、リ・ソンスは目を見張った。

「我が朝鮮民族のプルコギとはかなり違うものなんだな」

ソンスは、細かく脂肪が差し込んだ牛肉の盛り合わせを見つめた。

「朝鮮式のプルコギは、あらかじめ肉をタレに漬け込む、いわばマリネのスタイルだ。この店の牛肉は、最上級の格付けを取ったメス牛しか使わない。しかも肉本来の味を楽しむために、タレを使わず、塩のみの味つけになっている」

劉剛は、慣れた手つきでロース肉を金色の焼き皿に載せた。肉片の表面を一五秒ずつ炙《あぶ》ると、ソンスの小皿に載せた。

「しゃぶしゃぶ式の焼き肉とでも言ったらいいのかな。刺身でも食べられる肉だから、軽く炙るだけでいい」

劉剛に促されるままソンスはロースを口に運び、感嘆の声を上げた。

「これが肉なのか？」

「君の国ではそうだろうな。でも、これが本当の肉の味なんだ」

ソンスは盛りつけられたロースとハラミをそれぞれ焼き皿に載せ、劉剛の手本通りに、軽く炙っただけで口に運んだ。

「ドンホ、君のおかげで父の東風電機集団は莫大《ばくだい》な利益を上げることができそうだ。遠慮せずに食べてくれ。それに、ここのオーナーはワインにも詳しい。肉にマッチした逸品をいただくとしよう」

劉剛は店員を手招きすると、ワインの名を告げた。ソンスの耳には「シャトー」という音しか聞き取れなかった。

「ここの料理はいくらかかるんだ？」

「基本コースで四、五千円。さっき頼んだワインは三万円程度だけどね。そうだな、銀座や六本木の専門店でこの品質の肉を頼んだら、一人当たり三、四万円くらいかかるんじゃないかな」

ないのか？」

「四万円と言ったら、中国の一流企業でも、幹部社員クラスの月給かそれ以上では

「東風電機集団でも、大規模工場の工場長クラスの月給だろうな」

「では、一般工員は？」

「日本円に換算して数千円、この店の焼肉を食べる機会は一生ないだろう」

「劉剛、一つ聞いてもいいか？」

「何を聞きたい？」

「俺の乏しい知識でも、中国が市場型経済を導入しているのは理解できる。我が最高司令官同志も上海に出向かれ、中国の市場型経済を実地でご覧になった。しかし、そもそも共産主義というのは、皆に平等に物を分け与えるのが基本じゃないのか？」

「金を稼いだ人間がうまいものにありつく。当たり前の仕組みだと思うがな」

「しかし、共産主義の理念では……」

「理念なんて、中国人はとっくに捨てたのさ。鄧小平《とうしょうへい》のおかげだよ。一〇億人以上の国民を食べさせていくには、共産主義の理念では無理だってことだ。君の祖国は、きちんと国民に飯を食わせているのか？」

空になった丼を見つめながら、ソンスは俯《うつむ》いた。

「中国は依然として共産主義国家を名乗り、全国人民代表大会も開いている。経済は欧米と同じ仕組みに変えながら、政治は共産主義。これこそが矛盾ではないのか？」

「十数億人の人口、しかも多民族国家をまとめていくには、共産主義という恐怖政治のシステムが便利だからだよ。旧ソ連が崩壊したあと、周辺諸国はどうなった？　血で血を洗う民族紛争だ。一方で中国は、飯を食わせるシステムこそ変えたが、人間そのものを支配する共産主義という仕組みは残した。中国人らしい合理的な考え方だとは思わないか？」

「だが、朝鮮戦争の時は、共産主義を死守すると言って中国人民解放軍は我が国を支援したぞ」

「あの時はそういう事情があったのだろう。しかし、今は違う」

「では、なぜ中国はいまだに我が国を兄弟として扱うのだ。共産主義の理念を堅守するためではないのか？」

「アメリカの言いなりになりたくないからさ。共産主義という建て前を前面に掲げ、核武装しようとする危険な隣国を兄弟分として守れば、アメリカをコントロールすることができる。アメリカの本音は、十数億の中国人にコーラやハンバーガーや車をどんどん売りつけたくて仕方がないんだからな。祖国の革命達成を信じて疑わない君には悪いが、それが中南海の要人たちの本音だよ。君の国は、我が国の食い扶《ぶ》持《ち》を守るための駒《こま》の一つでしかない」

「やはり、君のおごりでこんな贅沢《ぜいたく》をするわけにはいかない。ここで贅沢をしている場合ではない」

ソンスは、劉剛にこの店に連れてこられる直前、「決行の日が近い」と上級情報員からの指令を受けたことを思い出した。指令を通して、本国の意志が揺るぎないこと、そして事態が切迫していることがひしひしと伝わってきた。その指令を下している最高司令官同志が、堕落した贅沢を容認するはずがない。

「誤解して欲しくないのだが、東京エレクトロ商会の極秘データという情報への対価として、この肉をご馳走《ちそう》しているんだ。これが市場経済だ。革命だの、人民のためだの、最高司令官のためだのと御託を並べるのは勝手だが、君は既に市場経済の仕組みに組み込まれた」

「絶対にそんなことはない」

「一回味わったこの肉の味を忘れることができるか？　君は今後、どのデータを僕に渡せばまたこの肉が食えるかを考えて行動するようになる。君自身も、そして君らが敬愛する最高司令官殿も、我々中国人がこうしてうまい肉を食べられるための盾になっている」

「革命の理念は変わらない。朝鮮民族を見くびらないでほしい」

「見くびってなんかいないさ。勇敢な君らがいなければ、ここ一〇年の我が国の急激な経済成長はあり得なかった。今後一〇年、いや二〇年間は、我々の盾になっていただきたいものだね」

「中国人は堕落している。我が国の人民は、たとえ飢えに直面しても、共産主義と主体思想の理念を捨てない」

「そのご立派な最高司令官殿は、贅沢の限りを尽くされているんだがなあ。去年、上海の東風電機集団を視察なさったあとの宴席は、日本円換算で二〇〇〇万円ほどかかったらしい」

「嘘だ！」

「最高司令官殿は、上海のウチの工場の奥に設えた特別病室で心臓病の検査を受け、三年前に埋め込んだドイツ製のペースメーカーの不具合を調整したあと、どんちゃん騒ぎに繰り出した」

「ペースメーカーとはどういうことだ？　健康な最高司令官同志が心臓の病を患ったなどという話は聞いていないぞ」

「そりゃ、君らは知らんだろう。でも、上海工場の奥に特別病室を作ったのは事実さ。何なら今度見学させてあげようか？　まあ、将軍様はまだいいよ。次期後継者殿の浪費癖に比べればね。彼は、始終日本の同胞たちに無心しているらしい。無心というには、年に数億円の金額は可愛《かわい》げがないけどね」

劉剛は意地悪く口元を歪ませた。心底敬愛する最高指導者の派手な宴席に心臓病、そして後継者候補の浪費。ソンスには寝耳に水の話ばかりだった。

「これでも私は情報員だ。そんな事実があれば、私の耳に届いている」

必死で抗弁を続けるソンスに、劉剛はフンと鼻を鳴らして応じてみせた。その後、劉剛はソンスと一度も視線を合わせることなく運び込まれたチゲを啜り続けた。

21

ソウル市北岳山《プガクサン》の麓《ふもと》には、身を切るような寒風が吹きつけていた。車寄せでBMWから降りたイ・スーフンは、青く光る瓦《かわら》を見つめた。

一九六八年、この山を越えて北のゲリラが大統領官邸を襲った。それが現在は、この官邸の主が北の擁護者となっている。スーフンは眉根を寄せて官邸の入り口に足を向けた。

軍用ジープの暴走事件から一週間後、スーフンは七年ぶりに青瓦台《チョンワデ》、韓国大統領官邸に足を踏み入れた。赤い絨緞が敷き詰められたホールを抜け、幅一〇メートルほどの階段をゆっくりと上った。二階フロアの突き当たりに歩を進めると、スーフンはドアの前に立つ兵士に一礼し、大統領執務室に入った。

「大統領閣下、シルバースター電子のイ・スーフンでございます」

「お忙しいところ、ようこそおいでくださいました」

スーフンよりも一五歳年下の大統領は、両手を広げてにこやかに微笑んだあと、執務机の脇の応接セットにスーフンを導いた。

「大統領、このたびは、弊社の社員が大変なことを仕出かしまして、誠に申し訳ありませんでした。この通り、お詫び申し上げます」

スーフンは大統領に向かって深く頭《こうべ》を垂れた。

「若く、血の気の多い輩がたまたま御社の工員だった。それだけのことです」

「こんなに早く直接お詫びする機会をいただき、大統領の格別のご配慮に感謝いたします」

「もう堅苦しいことは抜きにしましょう。お座りになってください」

紺色のスーツに身を包んだ大統領に勧められ、スーフンはようやく茶色の革張りソファに腰を下ろした。

「シルバースター電子グループの会長にお越しいただいたのに、そんなに恐縮されると、私の立場がありません」

白髪を黒く染め、整形手術でくっきりと仕立て直したばかりの二重瞼《ふたえまぶた》。大統領は、狸《たぬき》に似た顔を弛《ゆる》ませて笑った。

「わざわざおいでいただいたのには理由があります。単刀直入に申し上げましょう」

スーフンは、膝の上に置いていた左手の甲に右手をそっと重ねた。温和な表情とは裏腹に、大統領は、自らの目的を達成するために非情な手段を用いることを厭《いと》わない。秘書のソン・ワンギュは常々そう語っていた。

「今回の軍用ジープ暴走事件は、こうしてイ会長がお運びくださり、私のような若輩者に頭を下げてくださいました。私自身は、もう水に流せばいいと思っております。ただし……」

言葉を切って、大統領はスーフンの目を凝視した。依然、口元には笑みをたたえているが、今度は左の目尻がぴくぴくとかすかに引きつり始めている。

「私の支持基盤である与党の連中が、まだ怒りを露《あらわ》にしております」

大統領は独り言のように話したあと、音を立ててコーヒーを啜った。

「皆様のお怒りはごもっともです。私自身も含め、グループ企業の全役員の報酬カットを決めました。今後は社会奉仕活動への貢献、さらに福祉団体への寄付増額など、現在、グループとしての反省の姿勢をどのように社会に打ち出していくか、鋭意検討中のところであります」

「それはすばらしいお考えです。しかし……」

大統領は再び言葉を切り、間を置いた。

「しかし、そのような方法では、先に世間を騒がせた現世グループと対応策が同じではありませんか。韓国経済界のツートップが同じようなことをしていては、国民にうまく反省のメッセージが伝わらないのではないでしょうか」

大統領はカップのコーヒーを飲み干すと、立ち上がって執務机に向かった。五台並んだ電話機横の小さな書類棚から、数枚の紙片を取り出すと、足早にソファに戻った。

「これは、近く発表予定なのですが」

大統領は満面の笑みとともに、書類をスーフンの前に差し出した。スーフンは両手で受け取ると、胸のポケットから老眼鏡を取り出して読み始めた。カバーレターをめくり、要点が記されたページに視線を走らせるうちに、スーフンの手が小刻みに震え始めた。大統領の両方の目尻が、同時にぴくぴくと引きつり始めた。

「いかがでしょう、なかなかいいアイディアだとは思いませんか？」

22

『漫画版・バカでも分かる北朝鮮』『北の陰謀のすべて』『将軍様と喜び組の熱い夜』……。

新宿駅東口、大手書店の新刊書コーナーで、リ・ソンスは祖国に関する書籍の多さに目を奪われた。平積みになった書籍の前には、書店員が手書きしたらしい扇情的なポップ文字が躍っていた。

「韓国統一地方選で、対北強硬路線の野党が歴史的大勝!! どうする北の将軍様?」

「六ヵ国協議、崩壊! 日米の金融制裁強化で日朝関係メルトダウン……危機に備えよ!」

これまでは、書店で見かけてもこの手の本は無視していたが、この日はなぜかしげしげと眺めてしまった。案の定、書名も宣伝文句もでたらめと妄言《もうげん》ばかりで腹立たしいものだった。その何冊かを取り上げてページをめくったソンスは、さらに怒りを覚えた。眼鏡の最高司令官同志が、側近の軍服姿の老人をどやしつけているコミカルなカットがあった。もう一枚を繰ると、きわどい格好の美女数人をソファにはべらせている最高司令官同志の淫猥《いんわい》な絵図が載っていた。

平壌で保衛部員に見つかれば、所持しているだけで銃殺だと思った。

ソンスは新刊書を乱暴に平積みの山に戻すと、写真が豊富に使われているA4サイズの冊子を手に取った。カバーには『北の軍事拠点』というタイトルの下に、衛星から祖国の軍港を写したらしいカラー写真が載っていた。

ソンスは再び冊子を乱暴に書籍の山に放り投げた。書籍のぶつかる音を聞き、レジの奥から分厚い眼鏡をかけた女性店員が様子をうかがっていた。

「俺は腐り切った本を盗むほど堕落してはいない。お前たち猿どもが、我が祖国、我が最高司令官同志を愚弄《ぐろう》していられるのもあと数時間だ」

朝鮮語でつぶやいたソンスは、レジの前で会計を待っていた中年男の背中を肩で押しのけた。ソンスは急にこみ上げてきた怒りに奥歯を食いしばって耐え、鼻から息を吐いた。万引きを警戒していた女性店員もたちまち顔を背《そむ》け、レジスターに視線を落としている。どいつもこいつも腐っている。ソンスはレジの周囲を一瞥すると、新刊書売り場を後にした。

劉剛に焼肉をご馳走してもらう直前、ソンスは上級情報員からの緊急の呼び出しを受けた。韓国の統一地方選挙と、六ヵ国協議の不調にタイミングを合わせる形で、本国の最高司令官同志が何らかの重大決意を行うというメッセージを雑踏の中で受け取った。

興奮を押し殺し伝言を口にした上級情報員の顔は引きつっていた。

そして今日。ソンスが予想した通り、偉大なる指導者は最終決断を伝えてきた。ほんの二時間前、大久保のＰＣ工房で最終確認した本国発のメールには、「実行」という簡潔なメッセージが記されていた。この二文字を確認した時、ソンスの指は震えが止まらなくなった。

堕落した愚民どもを覚醒《かくせい》させる時が、ついに到来した。

もはや、行動で実力を示す時が来たのだ。我が国への不用意な敵視政策がどのような悲惨な結末に発展するのか、この国の愚民どもは思い知ることになる。

書店を後にしたソンスは、新宿駅に向けてゆっくりと大通りを歩き始めた。

日曜の夕方、歩行者天国となった新宿通りは、買い物客や観光客で溢《あふ》れていた。全身をパステルカラーのスーツで彩り、売春婦のように、道行く男たちに視線を向ける若い女のほかに、髪を金色に染め、だらしなくズボンの裾《すそ》を引きずって歩く男子高校生がいた。けばけばしいロゴマークが印字された買い物袋を両手に抱えた中国人団体客も多かった。

どぎつい電飾に彩られた電器店の看板の下を抜け、ソンスは新宿駅の地下に通じる階段を下りた。秋が深まり、冬を感じさせる乾いた風が吹く地上と違い、地下通路には埃《ほこり》と垢《あか》にまみれた浮浪者たちのすえた臭いが漂っていた。地面の小便の跡はアンモニア臭を発し、ソンスの鼻腔《びこう》を刺激した。

祖国にも、動揺階層の生活から転落した浮浪者はいるが、物が溢れる東京で、なぜこんなにたくさんの浮浪者がいるのか。

東京に来た当初に感じた疑問を、ソンスは改めて思い出した。

地下鉄丸ノ内《まるのうち》線との連絡通路には、段ボールを器用に組み合わせた生活スペースがいくつも出来上がっている。屑籠《くずかご》から集めた週刊誌で山を築き、寝転がって通行人に罵声《ばせい》を浴びせる老人やコンビニエンスストアの幕の内弁当を一心不乱にかき込む老婆がいた。

祖国の浮浪者とは違い、新宿駅近辺をねぐらにする路上生活者たちは、汚い服装をしているものの、やせ細ったり、今にも死んでしまいそうだったりする人間が一人もいなかった。

「浮浪者がなぜ豪華な弁当を食べているんだろう」

弁当を貪《むさぼ》る老婆の奇異な姿に目を奪われたソンスは、携帯電話をチェックする日本人の真似《まね》をしながら、薄汚れた壁に背を付けた。

「ニイハオ、それともアニョハセヨかな」

老婆を見続けていたソンスの肩を、突然誰かが後ろから叩いた。振り向くと、伸びた白髪を後頭部で束ねた老人が、ヤニで変色した歯を剝《む》きだして笑っていた。段ボールの囲いの中に週刊誌の山を作っていた浮浪者だ。

「俺たちのことがそんなに珍しいか」

「失礼しました」

ソンスは紙袋を抱え、慌てて老人に背を向けた。

「ちょっと話していけよ」

「いいのですか」

男は黙って頷き、自分の段ボールの生活スペースにソンスを導くと、新聞紙を敷いた床に座るよう目配《めくば》せした。

ソンスは素直に頷くと、ナイキのスニーカーを脱いだ。恐る恐る右足を踏み入れると、新聞紙の中で『赤旗』の文字がソンスの視界に入った。ソンスは一瞬硬直したが、赤旗の文字を避けながら男の領地に足を入れた。

「今、赤旗という字を見てぎょっとしただろ。ってことは、兄さん、中国人かい？

大丈夫、ここは日本だ。表向きだが、思想の自由は保障されている。政治家や役人の悪口を言っても捕まる心配はないよ」

ソンスは黙って男の顔を見ながら頷いた。

「俺はこの通り、ホームレスになっちまった。でも、昔は革命だって騒いでいた時期もあったんだぜ」

「革命？　あなたは共産主義を知っているのですか」

「東大闘争って知ってるか？　たぶん兄さんがまだ生まれていないころ、日本では多くの学生が共産主義にかぶれたんだ。俺はそのリーダー格だった。革命を成し遂げるんだと言って、一緒に戦った連中の中には、飛行機を乗っ取って北朝鮮に渡った奴までいるんだ」

「なぜ共産党機関紙を尻に敷くようなことを？」

「へへっ、これかい」

男は黄ばんだ歯をさらに剝き出しにすると、大声で笑い出した。

「理想ばっかり追いかけていたら、いつの間にか会社をクビになり、女房子供もいなくなっていた。しまいにゃ、こんなところで寝起きするようになっちまった。俺の人生は何だったのかって、ようやくこの歳《とし》になって考え始めたんだ」

「しかし、同志がたくさんいたのであれば、革命はいつか実現できるのではありませんか。それに、ずっと共産主義を貫いている国もあります」

「同志？　兄さん、懐かしい言葉を知ってるね。同志か」

男は煤《すす》けた地下通路の天井を見つめていた。

「俺の同志の大半は、ファッション、つまり流行《はや》りものを追っかける感覚で、学生運動という熱に冒されていたんだ。他に娯楽もなかったしな」

「思想とはそんなものではないはずです」

「思想はファッションだよ。はっきりしているのは、思想で飯は食えないってことさ。あんたは今、共産主義を貫いている国って言ったけど、もしかして北朝鮮のことか？　ありゃ違うぞ。単なる個人崇拝だ。体制を持続させるために、上辺だけ思想の皮を被《かぶ》っているのさ。でなけりゃ、とっくにあの国は韓国に飲み込まれちまっている」

「それはおかしい。あの国にはすばらしい指導者がいる」

「兄さんがどこの国の人かはあえて聞かないが、それは違うぞ。だったら、その父親は家族にきちんと飯を食わせているのか？　食い詰めた人間が命がけで国境を渡って中国に逃げ込んだり、親が行方不明になった大量の幼児が群れをなして放浪しているなんてのは、どう説明するんだ？」

「反動勢力が次々と革命の邪魔をしているからだ」

「あの仕組みが行き着く先は簡単だぜ。個人崇拝で持ち上げられた将軍様を守るため、数千万人の国民が犠牲になっているんだ。それを理屈で支えているのが、兄さんの言う思想ってやつさ。なあ、そろそろ目を覚ませよ。その行き着く先が、あんたの目の前にいるじゃないか。俺は安田《やすだ》講堂の主って呼ばれていたんだぜ。ヘッ、こんなこと言っても、兄さんには分かんねえか」

「安田講堂の主？」

「そうさ、『革命が成功して、全ての人間が幸せになれる』って運動を必死でしたなれの果てが、この俺さ」

「それは、あなたの革命に対する熱意がまだ……」

「熱意ねえ。俺もそんなことを言って仲間の顔を張っていたころがあったな。でもな、いくら仕組みがすばらしくても、金と人間の欲には勝てないってことさ」

ソンスは二つの紙袋を慎重に胸に抱えると、スニーカーを履き直し、地下街を新宿三丁目方向に向かって歩き出した。

ソン・ワンギュ、劉剛、そして今の浮浪者。それぞれつながりはない。しかしなぜ、全員が同じようなことを言うのか。

ソンスはぶつぶつとつぶやきながら、足早で左折し、事前に徹底検証していたサブナード地下街の方向へと歩いた。

23

新宿三丁目、家電量販店のビルと大手書店に挟まれた喫茶店だった。石畳の歩道を見下ろす窓際の席に陣取った大田原は、小型ノートパソコンに立ち上げた真っ白なワードの画面を見つめていた。

素永の紹介で週刊誌のコラム連載を引き受けたが、正直なところ、何を書けばよいのか分からなかった。

白い画面の中では、カーソルがせわしなく点滅を続けている。大田原はウエイトレスをつかまえると、ブレンドのお代わりを注文した。

ブリーフケースから『週刊マネー・トレンド』の先週号を取り出した大田原は、著名コンサルタントやアナリストが執筆したコラムに目を落とした。日銀時代から論文は書き慣れていたが、編集者から注文された軽いタッチのコラムなど書いたことがなかった。若者の購買トレンドについて軽妙な筆致で分析した記事を斜め読みすると、大田原はため息をつきながらページをめくった。

〈どうなる北朝鮮情勢　無知な投資家は再び大損する〉

扇情的な見出しを一瞥した大田原は、外為や株式市場の攪乱要因となっている北朝鮮情勢を特集した記事の冒頭部を読み始めた。

〈六ヵ国協議が決裂して以降、またぞろ北朝鮮の動向がキナ臭さを増してきた。対北朝鮮で強硬な姿勢こそ示したものの、肝心の情報が取れない永田町は文字通りのてんてこ舞い。金曜日の閣議後の記者会見では、官房長官と防衛相が相次いで「新型テポドン」が発射準備に入っていることを認めた一方、外相は正反対の見解を表明した。政府のドタバタぶりはいつものことだが、なぜ今、北朝鮮がミサイル発射を示唆するような行動に出たのだろうか。

北朝鮮情勢に詳しい早名《そうめい》大学の河田隆志《かわだたかし》教授はこう語る。「背景には、偽ドル紙幣問題で世界各国の北絡みの預金封鎖など、米国の金融制裁が激しさを増していることに対抗する狙いがある。将軍の後継者問題もあり、場合によっては、近隣諸国に対し、核実験やテロなど力を誇示するような暴挙に出る可能性もある」〉

熱いコーヒーを口に運びながら、大田原は顔をしかめた。シルバースター電子のイ・スーフンから北を巡る情勢の話を聞いたものの、東京というガードの下がり切った都市で生活を続けていると、この教授が指摘するような事態は予想しにくいものがある。

軽いタッチのコラムも、投資家の危機感を煽るようなエッセイも自分には書けない。大田原が記事から目を離してため息をついた時、階下からどたどたと大きな足音が聞こえ始めた。

「お待たせしました」

タオル地のハンカチをせわしなく顔に這《は》わせながら、素永が大田原のテーブルに駆け寄った。

「素永さん、やっぱり私には雑誌のコラム連載なんて無理ですよ」

パソコンをテーブルの脇に除《よ》けながら、大田原は苦笑いした。

「特集ページのアンカーライターをやるわけじゃない。先生、コツをつかめば十分できますよ。そのアドバイスのためにこうして出てきたんだから」

素永は向かいにどっかりと腰を下ろすと、にこりともせずに大田原のお冷やを一気に飲み干した。

◇

「この特集ページは、大和新聞政治部の官邸クラブのサブキャップが執筆しているんです。週刊誌向けに扇情的な見出しや表現を多用していますが、中身の信憑性《しんぴょうせい》は高いんですよ」

素永は大げさに周囲を見回したあと、声を潜めた。大田原もテーブルの中央に顔を近づけ、小声になった。大田原の連載コラムについてのブレイン・ストーミングは、政治部記者が書いたという特集記事の話をきっかけに、北朝鮮情勢を分析するミーティングに早変わりした。

「記事中の教授のコメントには、暴挙などと扇動的な言葉がありますが、昨日見たニュースでは、官房長官が『北朝鮮のミサイル発射はない』と強調していましたよ」

と大田原が言うと、素永はあっさり首を横に振った。

「北がミサイルを発射しようとしたら、日本政府が考えているよりも、ずっと迅速《じんそく》に準備は完了するんです」

素永は、ポストイットが大量に貼り付けられたノートをブリーフケースから取り出すと、最初のページを開いた。

「これを見てください。テポドンの資料です」

「素永さんの専門外なのに、どうしてこんな資料があるんですか？」

「ミサイルに使われるテクノロジーには、日本の電子部品メーカーや機械メーカーとのつながりもありますから」

淡々と語った素永は、今度は緑色のポストイットが貼られたページを開き、テポドンの写真が数点掲載された新聞記事のスクラップと手書きのメモを大田原に示した。

「発射基地にブツを移動してしまえば、二四時間で発射準備は完了するそうです。燃料の装塡《そうてん》に二時間半、どこに落とすかプログラムをセットするのに三〇分。今回問題になっているミサイルは、全長三五メートル、射程六〇〇〇キロ。咸鏡北道《ハムギョンブクト》の基地からハワイ、アラスカまで届く計算です」

言い淀《よど》むことなく説明した素永に感心すると同時に、大田原は北朝鮮情勢に疎《うと》い自分を恥じた。

「素永さん、日米と北朝鮮の関係が一段と緊張した時、韓国はどう動くのでしょうか？」

「現政権、つまり親北政権が長期化すれば、北への肩入れが続くでしょう。だから、

『日米』対『南北朝鮮と中国の連合』という変な構図が浮かび上がってくるはずです。前に、拉致被害者の家族の一行がソウルに行った時も、韓国政府の対応は極めて冷淡だったでしょ？　北を敵視する日本の拉致被害者家族を歓待して、北を刺激したくない、これが韓国政府のスタンスですよ」

「もし北朝鮮がミサイルを発射して、その後もテロ行為に走ったりしたら、アメリカは本当に怒りますかね」

「中東の情勢にもよりますが、北の軍事施設をピンポイントで空爆するくらいのことはやるでしょう。これは、ある軍事ソースから聞いた話ですが、過去に何度も沖縄の基地から米空軍のステルス爆撃機が飛び立ち、三八度線ギリギリの空域に達したことがあったようです」

「預金封鎖などの金融制裁が一段と強化され、北朝鮮が破れかぶれになったら……」

「東京が標的になるリスクは十分にあるということです。おそらく教授も、その辺りのことを言いたかったはずです」

大田原が唸《うな》った直後、眼前の素永の胸ポケットがブルブルと震え出した。

「日曜なんだから、呼び出すんじゃないよ。財界の大物でも死んだのか？」

素永は舌打ちしながら携帯を耳に押し当てた。もしもし、と言ったきり、素永の表情がみるみるうちに曇り、眉間に皺が刻まれた。

「どうかしましたか？　事故ですか？」

素永は携帯を左肩と耳で挟んだまま、ジャケットの内ポケットからボールペンとメモ帳を取り出し、大田原に見えるように走り書きを始めた。

〈新宿駅地下街で異臭騒ぎ、通行人五〇人以上倒れる。大阪、名古屋の地下街でも異臭騒ぎ。警察庁、消防庁が発表〉

「この近くじゃないか」

素永はまだ電話の声に相槌《あいづち》を打っていた。大田原は背筋に悪寒《おかん》を感じた。

24

「進めば地獄、断れば企業存続の危機に直面か……」

ソウル特別市カンナム、シルバースター電子本社ビルの会長室でイ・スーフンは、経理担当役員と中央研究所所長を呼び、大統領から切り出された難題を解決する糸口を探っていた。

「我々のような保守派企業を人質にして、北への支援を一層進めようという魂胆は許しがたい」

経理担当役員が顔を引きつらせて言った。スーフンは黙って頷いた。

「これを拒めば、我が中央研究所に地検の強制捜査を入れ、過去に軍事目的で開発した製品の実態を表に出す。そして、過去の政権との関係を暴露する。現大統領はそう示唆したのですね」

中央研究所の所長が尋ねた。

「断言こそしていないが、いずれそうなるであろうと大統領はほのめかした。つまり、我々にあの愚策に協力しろと言っているわけだ」

「地検の強制捜査が入るなんてことになれば、我が社の株はパニック的な売りを浴びてしまいます」

泣きそうな顔になった経理担当役員は、すがるような視線をスーフンに向けた。

スーフンは、大統領から渡された「対北緊急援助計画」の要旨部分のメモを、二人の幹部に示した。

〈対北緊急援助計画要項

北首脳との会談の結果、政府レベルだけではなく、民間レベルでの同胞支援策をとりまとめることで合意した。韓国株式市場上場の主要一〇グループは、速《すみ》やかに北の同胞を支援する独自の具体策を明らかにし、政府に報告を上げ、今後三ヵ月以内の実行に向けて邁進《まいしん》すべし〉

メモを見て、中央研究所所長が声を荒らげた。

「当社を狙い撃ちにしたも同然ですね。国民のほとんどが、大統領の北訪問計画を時期尚早《しょうそう》と見ていたのに、大統領は強行する。あげくに足元を見られて、さらなる支援の約束をさせられて帰ってくる。これでは子供の使い、いや、それ以下じゃないですか」

「確かに子供の使いだ。要するに、批判をかわすために、政府に批判的な現世グループや我が社に無理矢理協力させる。強引なやり口だが、既に現世は大統領にひざまずき、我が社は軍用ジープの暴走事件という形で足をすくわれた」

スーフンは腕を組んだ。

「軍用ジープ暴走事件だけであれば、役員報酬の返上や社員の社会貢献事業の増強で乗り切れると踏んでいたのだが、それで済ますのはけしからんと大統領に言われたよ」

「では、具体的に何をやれと？」

会社の懐に外部から手を入れられることを極端に嫌う経理担当役員が口を挟んだ。

「大統領は京義線のことをほのめかしていた」

「京義線？」

「そうだ」

「なぜ、大統領は京義線にこだわるのですか」

研究一筋で、世情にはやや疎い中央研究所所長が口を開いた。

「飛行機で平壌に飛べば、あっという間に着く。しかし京義線を使って北上すれば、道々、貨車に積んだ援助物資を降ろすことができる。つまり、一駅ごとに北の市民に施しを行うことができるわけだ。政治的なアピールという観点からすれば、抜群の効果が期待できる」

「貨車に乗せるものといっても、現世が乗用車やトラック、それに工具の類を供出したら、当社の支援物資の積載スペースは限りなく少なくなりますよ」

経理担当役員が、心細げにつぶやいた。

「そうだ。政府は我が社に、主力の電気製品を供出せよと暗に言っているのだ」

「電気製品と言っても、当社は冷蔵庫や洗濯機など白物家電製品からほとんど撤退しています。薄型大画面テレビでは、現世グループの鋼材などと同じように貨車のスペースを取ってしまいます」

頭を抱える役員二人を前に、スーフンが低い声で言った。

「我が社の供出物資で、かさばらずに数多く供出できるものと言ったら、携帯電話の端末になるだろう。基地局設置のための技術者も列車に乗せ、平壌《ピョンヤン》や開城《ケソン》、南浦《ナンポ》、元山《ウォンサン》などの都市に通信網を引けばいいと思っているのだが。どうだ、これは可能か？」

「タイやベトナム、カンボジアなど、東南アジア諸国向けに既に端末を輸出しておりますので、技術的には可能です。基地局の設置についても、既存の通信設備に追加的な作業を施すだけで、つまり電柱や電線の設備にルーターなどの装置を取り付けるだけで可能です」

システム手帳のページを繰りながら、中央研究所所長が即答した。

「携帯の端末自体はどうする？　供出できる在庫はあるのか？」

経理担当役員は手元のパソコンのデータベースから必要な情報を探し出していた。

「現在、当社に携帯端末の無駄な在庫はございません。ただしアジア新興国や欧州向けの出荷分から割り振れば、いくらかは支援に回すことが可能です。会長の決裁が下りたと仮定して、三〇万から四〇万台程度の数を確保できるかと存じます」

「簡素なパッケージにすれば十分に貨車に積み込むことが可能だな」

スーフンがぽつりと言った時、執務室のドアがノックもなしに開き、慌てた様子の広報本部長が飛び込んできた。

「会長、緊急ニュースです。今すぐテレビを」

「緊急の役員ミーティングを中止してでも見るべきニュースなのかね？」

広報本部長は丸顔に汗を浮かべながら、大きく頷いた。スーフンは自らテレビのリモコンを取って、ソファの左脇に置かれている六五インチの大画面の電源を入れた。

〈ＫＢＳから繰り返し臨時ニュースをお伝えしております。日本で同時テロが発生した模様です。東京、大阪、名古屋の主要ターミナル駅、および駅周辺の地下街で有毒ガスが発生し、多数の死傷者が出ています。今、日本のテレビ局からの映像に切り替えます。繰り返しお伝えします。東京、大阪、名古屋という日本の三大都市の主要駅、および地下街で有毒ガスが発生し、多数の死傷者が出ています。東京の映像、つながりますか？〉

男性アナウンサーの声の三秒後に画面が切り替わると、新宿駅東口のアルタというビルの前が映し出された。おびただしい数の救急車や消防庁のレスキュー隊特殊車両が並び、銀色や黄色の防護服と防毒マスクに身を固めた危険物処理班の隊員たちが慌ただしく動き回っていた。

スーフンは胸のポケットから小型の携帯端末を取り出すと、東京のソン・ワンギュを呼び出した。

「ソン、無事か？」

〈私は大丈夫です。東京の新宿、大阪の梅田《うめだ》、名古屋の各駅が狙われました。それぞれ、地下に広大な商店街が広がっています。また、最近の再開発のあとで密閉性が高いため、被害も拡大しています。公式な発表はまだありませんが、どうやらマスタードガス、あるいはVXに似た成分のガスが検出されたようです〉

「北の犯行か？」

〈北の犯行と見て間違いないそうです。公安の監視対象者が複数、同時に行動した模様で……〉

「例の大田原ゼミの学生が関与している可能性もあるわけだな」

〈その公算は高いと思われます〉

スーフンは乱暴に携帯電話を切ると、二人の幹部に顔を向けた。

「アメリカは北への金融制裁を強化する。下手をすれば、軍事攻撃を仕掛けるかもしれん。日本も態度を硬化させ、金融制裁のフェーズをより厳しく引き上げるだろう。が、我が国の政府は、当然北を庇《かば》う方向に動く……」

「当社の舵取りも一層難しくなる。そういうことですね」

システム手帳を閉じた中央研究所所長が言った。

「万が一、北が米軍によって空爆されるような事態になれば、あの将軍様とやらは平気で人民を盾に使うだろう。罪もない北の同胞たちを救うにはどうすればいいのだ？」

中央研究所所長が再びシステム手帳を開き、すばやくページを繰り始めた。手帳の中ほど、青いポストイットが貼り付けられた箇所で、所長の手が止まった。

「会長、面白い手があります」

「何だ？　アメリカの空爆を回避させつつ、罪もない同胞たち、私の妹や君らの親戚を助け出す方策があるというのか」

「新型の携帯端末《スマートフォン》を使うのです」

所長は手帳から目を上げて言った。

「実用化までまだ一年以上かかると報告を受けているぞ」

スーフンの言葉に、所長は首を振った。

「援助物資の二〇万台程度、それに追加支援のタイミングでさらに数十万台、計五〇万台程度の数が揃えば、何とかやれるかもしれません。アジアや欧米の市場に数千万台規模で新製品を投入するとなれば、様々なテストを行い、耐久性を考慮した試作機をいくつか作る必要がありますが、五〇万、いや、七〇万台程度であれば、ギリギリやれると思います。開発陣の総力を挙げます」

「具体的にはどうするのか？」

所長は手帳から白紙のページを乱暴に引きちぎると、応接テーブルの上に置いた。胸のポケットから万年筆を取り出し、「ＭＨｚ」という文字を何個も記すと、いくつかのイラストを描き始めた。スーフンと経理担当役員は、所長の説明を聞くために小さなテーブルに額を寄せた。しかし、所長の言葉に、スーフンも経理担当役員も首を傾げた。スーフンが口を開けかけた時、所長はもう一枚の資料を取り出した。

「会長、日本の印刷会社との間で、この技術に関して独占契約を結ぶ交渉が進んでおります」

スーフンは差し出された紙を見つめ、顔を上げた。

「日本の印刷会社との独占契約？　プリント配線板に関するものか？」

「そうです。この技術は絶対に使えるはずです」

所長はシステム手帳からマトリックスを描いたメモを取り出した。

「この配線板を用いることで、新型携帯電話の機能は大きく向上します。従来の配線板で実装できる部品の数を一〇〇とすると、この新しい配線板を用いれば、一気に二〇〇にまで向上します。つまり、現在の携帯電話の大きさと容量を変更せずに、二〇倍の機能を持たせることが可能になるわけです」

「契約金はいくらだ？」

「日本円で約二〇億円になります。少々割高かと思われるでしょうが、独占的な契約、つまり向こう二年間はこの技術を他のメーカーに供与しないという文言を盛り込んだ契約にすれば、先方の言い値でさらに一〇億円分の上乗せとなります」

「今回は致し方あるまい」

所長は安堵《あんど》の表情を浮かべた。

新型の配線基板技術を用いれば、所長が持ち出したアイディアは絵空事ではなくなる。スーフンの頭の中で、ぼんやりとしたイメージが次第に明確な形を持ち始め、所長が記した目の前のメモと重なった。

大統領に強要された北への支援を新型の携帯電話端末で行い、その端末に、所長が考えたカラクリを忍ばせることが可能ならば、罪もない同胞たちが解放される起爆剤となる。政府の圧力を逆手にとって北の独裁政権を揺さぶる……カラクリの精度を向上させれば、決して実現不可能ではない。

「何としてでもこのシステムを完成させろ」

スーフンは強い視線で幹部二人の顔を見た。中央研究所所長は開発の時間を一秒でも惜しむかのように、白衣の裾をなびかせて会長室を後にした。

25

「まさか、現場に行こうなんて言わないですよね？」

突然立ち上がった素永を見上げ、大田原が口を開いた。

「素永さんは経済部の記者だ。一五名の部下がいるし、そして何よりも、奥さんと三人のお子さんを持つ一家の長だ」

大田原は声を荒らげた。

階下の路地や靖国《やすくに》通りに多数の緊急車両が集まっているのを見て、喫茶店の中でも客たちが動揺し始めていた。

「記者という職業は病気なんです。危険だと分かっていても、ネタがそこに転がっていれば駆けつける」

素永はブリーフケースから「報道」と書かれた腕章を取り出した。

「それに、私は中途入社で経済部ばかりだ。事件や事故の現場らしい現場を踏んだことがない。こんな機会を逃したら一生後悔します」

大田原に視線を合わせることなく、素永は小型のデジタルカメラと携帯電話を取り出し、バッテリーのチェックを始めた。

「いつ何が起こってもいいように、取材の七つ道具は常にバッグに入れています」

素永の視線の先、靖国通りと新宿区役所の方向には、消防庁のハイパーレスキューの大型車両が到着していた。大田原が素永の腕を懸命に揺さぶっても、素永は応じるそぶりを見せなかった。

「お願いだ。落ち着くまでしばらくここで待機しましょう」

「隣のテーブルにアメリカの大統領が座っているとします。彼が突然心不全で倒れ込んだ現場に居合わせたら、『経済部だから関係ない』なんてことを言う記者は世界中どこを探しても絶対にいない。今、我々の足下で同じことが起こっている」

「プロ根性は認めます。しかし、防毒マスクも何もないのに行くのは無茶ですよ。せめて安全が確認されてから足を向ければ」

「他人よりも早く現場に行くのが仕事なんですよ！」

普段軽口を叩き、あるいは冷静沈着にネタを探っている素永の顔はなかった。素永の紅潮した頬を見つめながら、大田原は頭を振った。

「せめてこれだけは約束してください。危険を察知したら、即座に引き返すこと。いいですか、あなたは記者である以前に父親であり、夫だ」

「私だって命は惜しい。やり残したこともある。絶対に先生の前に帰ってきますよ」

素永はそう言った直後、大田原の手をふりほどき、一目散に階下を目指した。

「素永さん！　やっぱりダメだよ、戻ってくれ！」

強い不安に襲われた大田原は、階下に向かって大声を出したが、返答はなかった。

大田原は悪寒を感じ、身をよじった。窓の外に視線を向けると、ぽつりぽつりと雨が降り始めていた。背中の悪寒は寒冷前線のせいだろうか。絶対に寒冷前線のせいだ。大田原は懸命に自分に言い聞かせた。

26

「USフェンダー・テレキャスター特価」「ギブソン・レスポール、虎目の最終在庫」

ショーケースに所狭しとギターが陳列された楽器店の前で、リ・ソンスは靖国通りを挟んだ対角線上の紳士服量販店に視線を向けた。

量販店の店先には、五分ほど前から次々と救急車が到着し、路上に横たわる被害者たちを収容し始めていた。二分前には、陸上自衛隊の化学防護隊を乗せた装甲車両が到着した。迷彩服に防護マスク姿の一団が、小走りで都営新宿線の新宿三丁目駅の入り口を目指していた。

異常事態発生から、さいたま市に駐屯《ちゅうとん》する防護隊が現場に到着するまでの時間は、本国から伝えられた想定とほぼ一致していた。ゲリラ対策に編成された自衛隊の中央即応集団・特殊武器防護隊が朝霞《あさか》駐屯地から駆けつけるのも時間の問題だろう。しかし、もはや手遅れだ。ソンスは左胸のポケットに入っている真鍮片に手を当てると、「祖国のため」とつぶやき、目を閉じた。

ＪＲ新宿駅と西武新宿駅をつなぐ地下街「サブナード」。三五〇ミリリットルのアルミ製飲料ボトル六本に詰めた液体状ＶＸガスだった。三五分前に仕掛けは施した。それぞれの缶の底には、ダルマ型の画鋲《がびょう》をあてがい、放置する直前にソンスが踏みつけて小さな穴を空けるという単純な仕掛けだった。缶から漏れ出した激烈なガスが外気と本格的な化学反応を起こすまでの時間は、二〇秒から三〇秒しかなかった。この間、すばやく現場から立ち去れば、危険を十分に回避できる。机上の単純計算では、仕掛けた六本分のガスで五〇万人の人間が即死する分量だった。公安捜査員の尾行は、サブナード近くの商業ビル、トイレと非常階段で完全に振り切っていた。

霧状のガスが呼吸器や皮膚から体内に入った瞬間から、酵素コリンエステラーゼがすさまじい速度で破壊され始める。研修中のソンスは酵素の仕組みを完全に理解したわけではなかったが、イラン・イラク戦争中にガスを吸った兵士たちの死体写真を見て、そのすさまじい威力をよく知っていた。

どの写真も凄絶《せいぜつ》の一語に尽きた。急激に筋肉が収縮し、背骨を反り返らせて息絶えた者。痛む喉に当てた手が収縮し、自ら首を絞める形で呼吸困難に陥って死んだ者。顔面の筋肉が引きつり、人間の顔の体《てい》を成さないほど表情が崩れた者など、人工的に作られた毒物は、人間が考え得るどんな悲惨な死体よりもむごたらしい屍《しかばね》を作り出していた。

ソンスが仕掛けたガスは強力だった。本国の研究施設が、通常のVXガスの二倍の濃度に調合し直したものだった。一九四九年にイギリスで開発され、人工的に組成された毒物としては人類史上最強のシロモノだ。缶の中では琥珀《こはく》色の油となっているが、外気と触れた瞬間から無味無臭のガスに変質し、無差別に周囲の生き物を襲う。そして、万物の霊長である人間も、酷《ひど》く収縮した肉の塊に変質させてしまう。

ソンスは一つ目のボトルを、西武新宿駅との連絡通路にほど近い呉服店の脇に置いた。「目玉商品」と記した看板の脚の近くに放置した缶が、通行人に蹴られ、転がれば、画鋲の穴から漏れ出した液体が勝手に拡散する仕組みだ。西武新宿駅から降り立った乗客の多くが、新宿の中心街に向かうためにこの地点を通ることを事前に調査したソンスは、一個目の設置場所にこの呉服店の脇を選んだ。

二つ目は、地上に通じる階段の脇、西武新宿駅から靖国通りを渡った地点の真下だった。アクセサリーショップのすぐ隣、清涼飲料水の自動販売機の下に置いた。自動販売機の前に置かれたボトルに不信感を抱く人間は少ないだろう。一つ目の缶と同じく、誰かに蹴られてしまえば、吹き込んでくる外気と化学反応を起こした劇薬が、あっという間に広がる。

三つ目は、商店街のほぼ中央部、女性用下着専門店の前だ。低価格商品が主体のこの店には、若い女性客がひっきりなしに出入りする。ソンスは店頭の、立て看板の後ろにセットした。この店の付近は緩く傾斜しており、ボトルを置いた場所が地下街で一番高い地点となる。西武新宿駅方向と新宿三丁目駅方向のどちらに缶が転がり落ちても、被害は甚大となる。

四個目と五個目は、いずれも人通りの一番多い地点、サブナード地下街の「4丁目」を選んだ。地下鉄やJRの利用者だけでなく、地上の喧噪《けんそう》を避けた買い物客が頻繁《ひんぱん》に行き来する場所でもある。エスカレーターの横、大型エアコンの吹き出し口の前にソンスは二個の缶を放置した。

時間の流れでは、西武新宿駅方面から異変が生じ、逃げる人波が「4丁目」地点に押し寄せるころに、最後の缶がそれぞれ化学反応を本格化させるだろう。パニックに陥った人間と、異変を感じ取った人間が、商店街の中でぶつかり合う。無色、無臭の化学化合物、正体の見えない殺人兵器の拡散に、帝国主義に冒された豚どもは逃げ惑い、苦しみながら死に至るはずだ。

「思想はファッションだ」――つい先ほど、ソンスを諭《さと》した浮浪者の老人の顔がふと思い浮かんだが、ソンスは残像を追い出すように頭を振り、缶を踏みつけた。そして、地下駐車場に通じるドアを押し開け、駆け足で階段を下った。異変を逃れようとする人波が、駐車場にも殺到するだろう。パニックに陥った集団の心理を先読みしたソンスは、階段を下り切った地点に缶を置き、軽く踏みつけた。周囲を見渡し、自分を注視している人間がいないことを確認すると、駐車場を横切り、新宿区役所に向かう地下通路を通って地上に逃れた。

本国の想定によれば、即死状態に追い込まれる人間の数が五〇〇人から一〇〇〇人に上る。重度の後遺症が残る人間は二〇〇〇人程度、パニック状態に伴う混乱で、少なく見積もっても五〇〇人前後の重症者が出るはずだ。そして、大阪と名古屋でも、同志たちが同時に行動を起こしている。

日本の三大都市それぞれの繁華街で、数千人規模の人間が一瞬にして倒れる。日本政府のテロ対策が批判を浴びるのは必至だ。世論の行方次第では、政権が崩壊する。世情が混乱したのを見計らって、追加的なテロで揺さぶりをかければ、帝国主義のぬるま湯に浸《つ》かり切った日本の体制は音を立てて崩壊する。ソンスは、本国の指示の行き着く先を想像した。

◇

今、向かいの量販店の前では、レスキュー隊と機動隊がひっきりなしに動き続けていた。ソンスが見たところ、収容しきれていない人数は現状、数百人規模で存在するはずだ。

化学防護隊の車両が到着したあと、消防庁のレスキュー隊の車両と、小型バスほどの大きさがある特殊な救急車が到着した。ソンスはゆっくりと新宿二丁目の仲通りに歩を進めた。テレビの緊急放送を見た野次馬たちが仲通りに集まり始め、異変の起きた地下街に向けて恐る恐る間合いを詰めていた。

ソンスは野次馬の一団に紛れ、都営新宿線新宿三丁目駅の出口を目指した。死人や怪我《けが》人がたくさん運び出されてくるはずだ。革命の第一歩の成果を自らの目で確かめようと、ソンスはゆっくりと歩を進めた。

「ACTUS」の文字を掲げた家具専門店の入り口付近には、テレビの取材陣が詰めかけ、それぞれに機材を並べ、現場リポートを始めていた。ソンスはジーンズの尻のポケットからヤンキースのキャップを取り出すと、目線を隠すように深く被《かぶ》った。腕に「報道」の腕章をつけ、カメラに向かって早口でまくし立てる男性リポーターの声がソンスの耳に届いた。

〈おかけになった電話は、電源が入っていないか、現在電波の届かないところに……〉

27

大田原は新宿通りを四谷《よつや》方向に歩きながら、乱暴に携帯電話の通話ボタンを切った。素永の回線は、一向につながらなかった。

素永が「現場」に向かってから一時間経過した。二人が話していた喫茶店の周囲は、素永が出ていってから五分後、消防庁のレスキュー隊に封鎖された。

大田原は他の客たちと店から追い立てられ、新宿三丁目のブロックから出るように指示された。新宿駅が地上、地下ともに封鎖されたため、レスキュー隊員は人々に向かい、ひとまず新宿御苑に向かうよう大声を張り上げていた。

大田原は、都営新宿線の新宿三丁目駅の出口近くに押し流されてきた。再び携帯端末を取り出したが、素永の電話はまたも機械的なメッセージを繰り返すのみで、応えてくれなかった。

大田原は舌打ちしたあと、周囲の人波に目を向けた。すぐ近くで数百人規模の死者を出す大惨事が起こった。その事実を野次馬たちは全員知っているはずだが、ドラマのロケを見物するのと同じ感覚で、ぼんやりと地下鉄の入り口を眺め続けていた。

藍色の制服を身にまとった消防隊員が大田原の傍らで叫び声を上げた。

「現在、被害者の身元確認を行っております！　お心当たりのある方は申し出てください！」

大田原の背筋が、「身元確認」という言葉でびくりと震えた。

「怪我人はどこですか？」

隊員は人差し指で、地下鉄の駅の出口のそばの高級家具店の入り口を示した。大田原はすぐに「ＡＣＴＵＳ」という看板が掲げられた店に向かった。

「水をくれ……」

店の中に入ろうとテラスのタイルに足を載せた直後、大田原は、入り口の脇に横たわっていたホームレス風の男に、突然足首を摑まれた。

「頼むから水、くれよ」

白髪頭のホームレスは充血した目を見開き、渾身《こんしん》の力で大田原の足首を揺さぶり続けた。

「誰か水を持ってきて！」

大田原は腰を下ろし、男の顔を見た。深く皺が刻まれた顔に、脂汗《あぶらあせ》が浮かんでいた。喉元をかきむしった首周りには、多数のミミズ腫《ば》れが浮かび上がり、あちこちに血が滲《にじ》んでいた。大田原の肩越しに消防庁の救急隊員が、ミネラルウォーターのボトルを差し出した。大田原はキャップを捻ると、男の上体を起こし、ボトルを口に近づけてやった。

「誰か怪しい奴を見なかったかい？」

大田原は男の汚い背中をさすりながら尋ねた。水を一口飲み込んだ男は、咳《せ》き込んだあと、煙草のヤニで変色した前歯を見せて早口で答えた。

「たぶんあの北朝鮮の男だろう。背が高くて、胸板の分厚い奴だった。元全共闘闘士の俺様に革命の意義を説いていたぜ」

男が言い終えた時、レスキュー隊員が大田原の肩を叩いた。

「店の中に入って確認してください。遺体も交じっていますが、動揺されないように」

レスキュー隊員はそう言った直後、再び新宿三丁目駅の入り口に向けて走り出した。

「遺体？」

大田原はまた背筋に悪寒を感じた。ベッドやソファを多く揃えている家具店が、臨時の収容所となっていた。イタリアや北欧の小綺麗な家具が、血や吐瀉《としゃ》物で汚れていた。その間を縫って、大田原は歩を進めた。店の一階フロアの中ほど、モダンデザインの衝立《ついたて》の奥から、叫び声が上がった。

「どなたか、大和新聞の方はいませんか？」

「大和新聞」という名前に、大田原は鋭く反応した。衝立の横を駆け抜けると、ヘルメット姿の救急隊員が声高に叫んでいた。

「大和新聞がどうかしましたか」

ローテーブルやカーペットの売り場をすり抜けた大田原は、様々なサイズのベッドが並べられた一角に辿り着いた。上体を強く後方に折り曲げた遺体が五、六体、キングサイズのベッドに無造作に並べられていた。隣のベッドには、大量の吐血で胸と腹を赤く染めた女性の遺体。その隣のベッドには、見覚えのあるマッシュルームカットの頭がのぞいていた。

しかし、見慣れていたはずのマッシュルームカットは、不自然な位置にあった。見開いた両目は、分厚いレンズ越しに店の天井を睨みつけていた。後頭部と接しているのは、尻だ。へそを支点に、素永の大きな体が、背中を内側にして真っ二つに折れ曲がっていた。傍らには小型のデジタルカメラがあった。

「素永さん！」

ベッド売り場の周囲にいた救急隊員全員が、大田原を振り返った。

「起きろよ！　危ないって分かったら、引き返す約束だったじゃないか。寝てる場合じゃないよ、起きろよ！」

素永は、口と鼻から血を流し、変わり果てた姿で絶命していた。強く握り締めた右の拳から、紙片が飛び出していた。いつも素永が持ち歩いていた、三人の子供たちとキャンプに行った時の写真だった。命が絶えるまでのわずかの間に、素永は子供たちと会っていた。

『報道』の腕章があったので、身元はすぐに分かりました。不幸中の幸いでした」

遺体の番をしていた中年のレスキュー隊員が声を落とした。

「どこで彼を発見したのですか」

「サブナード商店街の下、地下駐車場の階段通路の脇に倒れていました。猛毒ガスを噴射したアルミ缶がすぐそばにあったので、直撃を受けたのでしょう。皮膚が直接猛毒ガスを浴び、おそらく一、二分で窒息死されたと思われます」

レスキュー隊員は一気に説明すると、気分が悪そうに咳き込んだ。

「こちらのご遺体、大和新聞の素永さんに間違いないですか？」

救急隊員の横で遺体の確認作業をしていた制服警官が、無表情のまま大田原に尋ねた。大田原は大きく頷くと、素永に近づこうと足を踏み出した。しかし、警官が体を割り込ませて制止した。

「彼は大切な友人なんだ」

大田原は、ベッドサイドにひざまずき、両手で何度も素永の胸板を叩いた。

「何が取材だよ！　死んじゃったら、記事なんか書けないじゃないか。記者失格だぞ。あんたの子供たちに何て説明すればいいんだよ！　起きろよ！」

第4章　解放

1

無差別テロから二日後、大田原は、大手町《おおてまち》の日本経団連会館裏にある大和新聞本社を訪れた。本社ホールには、プロ野球選手や政治家を撮った報道写真が飾られていた。受付嬢の背後には巨大モニターが設置され、民放テレビの二四時間ニュース番組を放映している。

〈全世界の皆さん、そして民主主義と自由を愛し、尊重している皆さん。私は今日、皆さんに重大な決意をお伝えしようと思います。我がアメリカの良き友邦、日本で痛ましい事件が起こりました。この悲劇に関与していると思われる北朝鮮が謝罪し、無条件で核開発を全面的に放棄しない限り、我が国の英知を結集し、悪の枢軸《すうじく》の支

配者を排除して、抑圧され続けてきた人民を解放します〉

この二日間、メディアというメディアが、北朝鮮によるものと推定される今回の無差別テロの惨状と、国際世論の沸騰ぶりを流し続けた。大田原が無意識に視線を向けた大型モニターには、どこか猿を思わせる容貌《ようぼう》のアメリカ大統領が、顔面を紅潮させている姿が映っていた。大和新聞社の社内も、テロのせいで普段より慌ただしくなっていた。受付の周辺には、カメラマンや記者がしきりと出入りしていた。

大田原は受付嬢に、素永のかつての同僚を訪ねてきた旨を告げたあと、ニュースモニターをぼんやりと眺めた。今度は、狸《たぬき》顔の韓国大統領が興奮した面持ちで会見を始めた。

〈ウォーケン米大統領が北への軍事力行使の可能性を示唆したことに、大韓民国大統領として強く異を唱えます。金融制裁を強化するのみで、北の立場を一つも汲《く》まなかったアメリカと日本の政府当局者の姿勢こそが強く非難されるべきだと考えております〉

自分の間近で起きたテロが、着実に波紋を広げている。大型モニターを通して、米韓の大統領がいがみ合っていた。女性アナウンサーの眉間（みけん）の皺（しわ）が一段と深まった時、経済部のデスクがロビーに現れた。

「大田原先生、わざわざありがとうございました。では、六階の写真部にご案内します」

素永とかつて机を並べていたことがあると語った経済部のデスクは、エレベーターの中で一言礼を言っただけで、押し黙った。素永が実際に記者クラブでどのような仕事ぶりだったかは分からないが、下唇を嚙《か》み締め、涙を必死に堪《こら》えているデスクの表情を見ただけで、同僚に愛されていたことがよく分かった。

「こちらです」

エレベーターを先に降りたデスクが、俯《うつむ》きがちに大田原を先導した。エレベーターホールを抜け、曇りガラスの大型ドアの前で認識票をパネルに押し当て、写真部の大部屋の扉を開けた。

「思ったより、綺麗《きれい》な場所なんですね。新聞社の写真部というと、あちこちにネガがぶら下がっているイメージがありました」

白い壁、整然と並べられた四〇台ほどのデスク、それぞれの上には、マッキントッシュの大型ディスプレイが設置され、ベスト姿のカメラマンや、Tシャツとジーンズ姿の編集部員が画像のチェックを行っていた。

「カメラマンがデジタル一眼レフを使うようになってからは、機材が減りましたから、大部屋もずいぶんと様変わりしましたよ」

経済部のデスクは顔見知りのカメラマンに声をかけると、大田原を紹介して大部屋を後にした。

「カメラマンの堀川《ほりかわ》と申します。モトちゃんの遺品、素材はどれですか？」

無精髭《ぶしょうひげ》、デニムのボタンダウンシャツを着た体格のいい男が、大田原に頭を下げた。

「使える映像があるかどうか分かりませんが」

大田原はブリーフケースから、素永の遺品である小型デジカメと携帯電話を取り出し、堀川カメラマンに渡した。堀川はデジカメの側面の小さな蓋《ふた》を開け、メモリーカードを取り出し、マッキントッシュのデータ読み込み口に差し込んだ。

「モトちゃんはもともと戦場カメラマンになりたかったんです。同郷青森の先輩で、世界的なカメラマンである沢田教一《さわだきょういち》に憧れていました」

「彼は写真好きだったんですか」

「彼のインタビュー取材に同行すると、決まって沢田教一の話に花が咲きましたよ。それに、イラク戦争の時も、モトちゃんは従軍取材の希望を出したんです。当然、却下されました。それがこんな形で、現場写真を残すなんて……」

大型モニターに視線を釘《くぎ》づけにしたまま、堀川カメラマンはにわかに声を震わせた。大田原は、堀川の肩越しにモニターを見た。写真再生ソフトが起動し、モニターには素永が最後に撮った写真が数十個の名刺大のコマとなって並んでいた。

「よくもこんな画《え》を撮ったもんだ」

堀川はそうつぶやくと、小さなコマをクリックして画像を拡大した。二〇インチのモニターに映し出されたのは、素永の遺体と同様に、体を奇妙な角度に反《そ》り返らせ、絶命した若い女の姿だった。

◇

堀川カメラマンは、隣のデスクのマッキントッシュに、素永のもう一つの遺品である携帯電話端末をつないだ。

〈これから、惨劇の現場に突入します〉

素永の声だった。写真だけでなく、携帯で動画を撮っていた。素永の声を聞いて、大田原は胸が一杯になった。

「最近の携帯は、動画も撮れますからね。それにしても、モトちゃん、アングルがダサいなあ……」

堀川は洟《はな》を啜《すす》りながらマウスを動かした。素永のダミ声に合わせてモニターに映し出される画像を、大田原と堀川は見続けた。右回りの狭い螺旋《らせん》階段を素永がゆっくりと下っていく。地下駐車場の鉄扉を開けると、素永は左方向にカメラをパンさせ、西武新宿駅方向を映した。

〈現在、地下駐車場の中に異変は感じられません〉

コメントしてから、素永は駐車場をゆっくりと歩き始めた。モニターには、黄色と黒に彩られた車止めのバーが鎌首《かまくび》を持ち上げるシーンが映った。

〈特段、異臭のようなものは感じられません。これから、駐車場全体を回ります〉

素永の落ち着いた声が、小型のモニタースピーカーから流れた。車高が極端に落とされたメルセデスや、フェラーリF40が映った。歩き続ける素永は、冷静に携帯電話のカメラを回し続けていた。

〈現在、私は靖国通りの真下、おそらく回転寿司《ずし》やラーメン屋が軒を連ねる一角の真下にいるものと思われます。今のところ、現場に異常は見られません〉

映像は、地下駐車場に並ぶ高級外車の列を丁寧にとらえていた。ベントレーのコンチネンタルGTの脇に映像が差しかかった時、素永は唐突に歩みを止めた。

〈高級クーペの横に、人影が見えます〉

素永の言葉の直後、クーペの前輪近くに仰向《あおむ》けに倒れている若い女の顔が映った。

〈この女性は目を見開いたまま、胸も腹部も動いていません。亡くなっているのかもしれません〉

カメラは倒れている女性から前方へと切り替わり、素永は再び歩き始めた。やがて、「プリンスホテル方面出口」と書かれた看板が映った。

直後、画面の左側から二、三人の人影がフレーム内に入ってきた。そのうちの一人、太った中年女性が、よろよろと何かにすがるように進んでくると、突然、素永の足元に倒れ込んだ。

〈大丈夫ですか！　しっかりしてください！　この女性はどういう方でしょうか？　被害者でしょうか？〉

画面がブレ出した。その直後、画面の下部に映った中年女性が激しく嘔吐《おうと》を始めた。

〈どうやら被害者のようです……今、激しく嘔吐を始めています。猛毒ガスの影響でしょうか〉

中年女性をとらえていたフレームが、さらに激しく揺れ始めた。

〈私は急いで駐車場を抜け出し、地上から救援隊を誘導しようと思います〉

素永の声がわずかにかすれた。画面がさらに揺れた。素永は走り出したようだ。

〈今、出口ゲートの付近まで来ました。このまま駐車場を離れて商店街を抜け、地

上の救援を仰ぎます〉
モニターに駐車場職員の詰め所が映った。しかし、ブース内に人影はない。その次の映像には、「サブナード入り口階段」というプレートが貼《は》られたドアが映り込んだ。素永がドアノブを摑《つか》んだ直後、カランと小さな音が響いた。カメラも音がした方向を向き、素永の革靴を映した。その横には、アルカリイオン飲料のボトルが転がっていた。
〈ちゃんと捨てろよ〉
素永が反射的にボトルの方向にカメラを向けた直後、映像が再び激しく揺れ始めた。映ったドアが九〇度回転して真横になると同時に、素永が咳《せ》き込む声が響いた。やがてその声も止《や》み、二〇インチのモニターには、真横になったドアの画像が映り続けた。

◇

「この画像は、大和新聞として公開するのですか？」

ハンカチを口元に押し当てながら、大田原がうめくように尋ねた。堀川カメラマンはモニターを凝視したまま、低い声で答えた。

「モトちゃんが文字通り命と引き換えに収めた第一級の素材です。これを公開しなかったら、我々はモトちゃんに顔向けできません」

「必ず帰ってくると約束して、彼は飛び出していきました。悔しくてたまりません」

「先生、そのお気持ちがおありなら、先生が何らかの形でモトちゃんの敵討《かたきう》ちをすべきでしょう」

堀川はマウスを握ったまま、大田原の目を正面から見て言った。敵討ちといっても、大田原に武器があるわけではない。しかし、何らかの手段で、テロに倒れた素永の遺志を継ぐ機会と方策があるはずだ。震える手でマウスを動かす堀川の横顔を見つめながら、大田原は頷《うなず》いた。

突然、大田原の頭上でサイレンの音が響いた。

「何か突発的なニュースが入ったようです」

堀川がそう説明した直後、野太い男の声が大部屋に響き渡った。

〈社内緊急連絡。政府首脳は今日、北朝鮮、朝鮮民主主義人民共和国に対する経済制裁措置をさらに強化する方針を固めました。近く閣議に諮《はか》り、正式決定する見通しです。制裁措置の内訳については、北朝鮮への送金業務の全面禁止、不定期貨客船、万景峰《マンギョンボン》号の運航禁止、全ての商行為の禁止、外交官以外の渡航禁止などの措置だけでなく、在日米軍との連携も盛り込まれる見通しです。連携の中身については、米軍への燃料補給支援だけでなく、陸上自衛隊の一部テロ対策部隊を実戦配備につかせるとの情報も含まれています。

政府は、対北朝鮮政策で強硬姿勢を打ち出したアメリカとの連携を強めることに主眼を置いていると見られます。政治、経済、社会、写真の関係部署は直ちに臨戦態勢に入り……〉

「実質的な戦争状態に突入だな……」

ぽつりと漏らした堀川の言葉に、大田原も大きく頷いた。写真部のあちこちでテレビがつけられ、臨時ニュースを伝え始めた。

画面では、北朝鮮に対する強硬論で有名な大学教授と、超タカ派思想を隠そうともしない与党の政調会長が顔を紅潮させながら対談していた。大田原は、再び寒気を感じた。

うに〉

〈日本の公安が君の身柄の捕捉《ほそく》に動く公算はほぼゼロに近い。安心して帰国するよ

2

宅配便の運転手になりすました連絡員が愛住町のアパートで告げた時から、ソンスはわざと堂々と振る舞うよう心がけてきた。

当然、いつもの警視庁公安部の担当者が監視を厳しくしてくることは予想していた。しかし、ソンスとの間で一定の距離を保ちながら追尾するのみで、身柄を拘束してくるような気配は一向になかった。「米韓の板挟みになっている日本政府が主導的に動く確率はほぼゼロ」という連絡員の言葉は正しかった。数千人規模の自国民が死傷したというのに、この国はどこまでも緩い。ソンスはスポーツバッグに荷物を詰めると、新宿を後にした。

成田《なりた》空港、第2旅客ターミナル。北京便のチェックインを済ませたソンスは、出国審査の列に並んだ。出国管理官はソンスのパスポートと顔を交互に見比べ、しばらく待つように言った。管理官はパソコンのキーをせわしなく叩《たた》き、ディスプレイを凝視していたが、それはほんの一分間だった。目で行けと指示されたソンスは、

搭乗までの待合いスペースに向けて堂々と歩を進めた。トイレの脇で、ダークスーツと茶髪の二人組が苦々しい表情を浮かべながら刺すような視線を送ってくるが、依然として拘束に動く気配はなかった。

搭乗ゲートに続く通路では、「北京・わがままグルメ旅」という小旗を掲げた添乗員が、老人ばかりの団体客を誘導していた。ソンスは列の最後尾について進んだ。

「リ・ドンホことリ・ソンス、大した度胸だよ」

ソンスは後方から故国の言葉で話しかけられ、振り返った。ダークスーツに身を包み、ブリーフケースを抱えた男が、ソンスを見つめていた。

「ソン・ワンギュさんでしたね。この国はどこまでも緩い。公安がずっとついてきているが、上層部の決定が下りず、まだ私を拘束しないでいる。おそらく、このまま私は出国できるだろう」

「君のような殺人マシーンに何を言っても無駄かもしれんが、良心の呵責《かしゃく》はないのか？　私もKCIAにいた人間だ。もちろん人を殺《あや》めたことはある。しかし、何の罪もない人間を、あれだけ大量に死に至らしめたことはなかった」

以前、愛住町のアパートでフルオートマチック拳銃の銃口を向けてきた時とは逆に、ソンの目に緊張感はなく、憐《あわ》れみの色さえ浮かんでいた。

「良心の呵責？　私は最高司令官同志の命令を着実に実行したまでだ。任務に私心を差し挟む余地などない。あんたもこういう仕事の経験者ならば分かるはずだ」

「君の言う通り、私心を挟む余地はない。ただ、命令が、大きく間違っていた時、さらに、その命令によって人間として間違った行為をしてしまったと分かった時、君はどうする？」

「私に対する命令に、矛盾や間違いなどはない！」

「今はそう信じているだけだ。いつか必ず後悔する」

「帝国主義に毒された人間は、最後の最後までそういう手段を講じて籠絡《ろうらく》しようとするのか。私は死の瞬間まで、偉大なる最高司令官同志に忠誠を尽くす。それだけだ」

ソンの目を見ながら、ソシスは姿勢を正した。そして右手を伸ばし、「忠誠！」と一段と大きな声を張り上げると、ソンに背中を見せて搭乗ゲートに向かった。

3

「好きなだけ料理を楽しむようにとのお言葉だった。特別に作らせたマッコリも心おきなく飲み干してほしい。一週間の特別休暇も取得可能だ」

平壌《ピョンヤン》郊外、小高い丘の上に建てられた党幹部専用の保養所には大型のテーブルが並べられていた。特別食堂で、リ・ソンスと他の二人の情報員は、労働党幹部主催の宴席に招かれた。緊張のあまり、ソンスも、大阪、名古屋で作戦を遂行した二人の情報員も、ずっと肩に力を入れたまま、禿頭《とくとう》で顔のエラが張った党幹部の言葉を聞いた。

「君たちは優秀な情報員だ。それに加えて、運もいい。たまたま近くの歩兵部隊を視察されていた最高司令官閣下が、君たちに直接ねぎらいの言葉をかけてくださったのだからな。これ以上光栄なことはあるまい。間違いなく、英雄的行為に対して最高の賞賛が寄せられ、君たちは三階級特進となる」

「最高司令官同志、そして祖国の革命に栄光あれ、万歳《マンセー》！」

大阪・梅田の地下街を死の町に変えたペ（裵）という二十二、三歳の情報員が突然立ち上がり、両手を天井に向けて突き上げた。名古屋の地下街を血反吐《ちへど》の海に変えたオ（呉）という三〇歳くらいの女性工作員も、ペに倣《なら》って声高に叫んだ。やや遅れてソンスも立ち上がり、二人と同じように両手を天井に向けて突き上げた。

「最高司令官同志にお言葉をいただくのは、我が一族では初めてのことです」

ペは声を震わせ、両目から大粒の涙を流し始めた。ソンスは堅い木製の椅子《いす》に腰を下ろし、テーブルに並んだ食事に息を呑《の》んだ。

伊勢《いせ》エビの姿焼きや、アワビの刺身が盛りつけられた海鮮の大皿があった。そして、食卓の人数分だけ設置された卓上コンロの上には、金メッキが施された焼肉鍋、その傍《かたわ》らには、カルビやロースが山盛りにされた皿が並んだ。ソンスは、肉類の多さ、そしてその新鮮さに目を見張った。

かつてソンスが所属していた信川《シンチョン》復讐《ふくしゅう》隊は、国内最高のエリート部隊として、飢饉《ききん》の時にも確実に食事が支給された。ただし肉類は、干した豚肉が中心で、今、眼前に並んでいるような牛肉、しかも赤身の中に脂肪が万遍なく差し込んでいるような肉にはお目にかかったことがなかった。劉剛《りゅうごう》に西麻布の焼肉屋に連れていかれなければ、生涯目にすることのなかった類《たぐい》の肉だ。ソンスの視線の先をとらえたオが、ソンスの耳元でささやいた。

「大阪や東京の同胞からの献上品よ。党の幹部、そして最高司令官同志は、いつもこんなに贅沢《ぜいたく》な食事を召し上がっている」

オはいたずらっぽく笑うと、極上のカルビを金色の鍋の上に並べ始めた。

「このような豪華な料理を見たのは、国内では初めてだ」

「若いペ情報員はすっかり感激しているようだけど、リ情報員、あなたはどう？」

オ情報員の目は冷たい光を放っていた。大きな瞳と卵形の輪郭。典型的な朝鮮美人のオ情報員の口元が、わずかに歪《ゆが》んでいた。

忠誠心を試されているのか。弛《たる》み切った日本から帰国したばかりのソンスは、祖国の密告制度が国中のありとあらゆるところに張り巡らされていることを思い出し、身構えた。党幹部主催の宴席に招かれ、しかも最高司令官同志が突然現れて誉《ほ》めてくれた直後ではあるにせよ、忠誠心を疑われるようなことがあってはならない。

「密告なんかしないわ。我が国の集音マイクの性能は、大したことはない。肉を焼く音で、私たちの会話は遮断される。あなたの本音はどうなの？」

オはテーブルの中央に置かれたマイク仕込みの花瓶を一瞥《いちべつ》したあと、銀色の箸《はし》でカルビを裏返し、ソンスの耳元にささやきかけた。

「本音っていわれても、最高司令官同志に直接ねぎらいのお言葉をいただいたのだから、そりゃ、とても感激したよ」

「それにしては、ペ情報員のような素直な反応はしなかったわね」

ソンスはオの表情を凝視した。密告に向けた誘導尋問なのか。

「東京滞在時、革命の意義に異を唱える輩《やから》に出くわしたのは事実だ。しかし、私は自分の任務を果たすことだけを考え、最高司令官同志のために作戦を遂行したまでだ」

「模範解答ね。いいわ、私の本音を言うわね。『あれだけの数の人間を殺したのに、たったこれだけ？』って感じ」

薄いカルビを口に放り込みながら、オは吐き捨てるように言った。

「滅多なことを言うものじゃない。我々は三階級特進の栄誉にあずかるんだ」

「私たちはいいように使われただけだって思ったの。最高司令官同志も党の幹部連中も、いつもこんなに贅沢をして、自分たちの保身のために私たちを作戦に駆り出した。三階級特進と言っても、この国にいる限り、もう二度とこんなご馳走《ちそう》にはお目にかかれないわ。この国を脱出しても、各国の情報機関にマークされているから、亡命する前に殺される」

「いい加減にしないか。名古屋で帝国主義に毒されてしまったのではないのか？」

「そうかもね。でも、オモニとオボジがこの国にいる限り、私は任務を遂行するしかなかったのよ。もう二度とあんなことをするのはごめんだわ。あなたも親族がいるんでしょ？　綺麗事は聞きたくない」

「君はきっと疲れている。決して誰にも言わないことだ」

「でも、もうできない」

オは大きな瞳にうっすらと涙を浮かべた。

「やはり疲れているんだ。食事が終わったら、ゆっくり休養するといい」

「あなたもいつか私と同じ気持ちになるわ。気づくのが遅くなるほど、反動が大きくなる。私が言っていた意味が分かる時が来るわよ」

ソンスに向けて冷たい光を放っていたオの目から、力がなくなった。

劉剛、ソン・ワンギュ、そして新宿の地下街で出会った老人も、オと同じようなことを言った。

だがソンスは頭を振り、雑念を追い払った。その直後、オの背後の、ペ情報員と党幹部が座っているテーブルの辺りから、突然若い女の声が響き始めた。

「何の音だ？」

立ち上がったソンスは、党幹部の席に目をやった。党幹部は手でソンスを制した。

「最高司令官閣下の忘れ物だ」

党幹部はマッコリで赤くなった頭頂部を光らせながら、隣の椅子の上から携帯電話の端末を取り上げた。

「この若い女の声は、着信メロディとかいう機能だそうだ。声の主は南の人気歌手、たしか、ＳＯＲＡとかいう歌い手だ」

幹部は端末を見つめながら、だらしなく笑った。

「最高司令官閣下は昨年上海を訪問なさった時、この携帯電話という物に興味を示されたのだ。中国共産党幹部のご厚意により、中国から技術者を招き、平壌市内に試験的にアンテナを設置し、携帯電話の使用範囲を日々拡大させておる。党や軍の幹部の間でも、先月から支給が始まった」

ＳＯＲＡの歌声が突然途切れた。直後、端末の小さなスピーカーから留守番電話機能のメッセージが流れ、伝言が漏れ聞こえた。

「今晩は私のところにおいでくださるんですよね？　もう一週間もご尊顔を拝しておりませんので、ぜひ私のところに。お待ちしております〉

党幹部は苦笑いしながら空いた手で端末を覆《おお》った。オはソンスに顔を向けてささやいた。

「言ったでしょ？　私たちが大量の人間を手にかけてまで守ったのは、こういう人なのよ」

ソンスは力なく椅子に腰を下ろし、天井を仰いだ。新宿でのテロを実行する前、書店で怒りに任せて放り投げた新刊書を思い出した。コミカルに、そして淫猥《いんわい》に描かれた最高司令官同志のイラストが、ソンスの頭の中を何回も駆け巡った。

4

「イ会長、前回の会合では失礼いたしました。本日は仕切り直し、まず私から非礼のお詫《わ》びをさせていただきます」

ソウル市、市庁舎近くのロッテホテルの会議室で東風電機集団のトップ、劉烈生《りゅうれっせい》が深々と頭を下げた。イ・スーフンは両手で制し、席に着くよう促した。

「劉総経理《そうけいり》、交渉事は戦いの場でもあります。私にも非礼があったかと思います。本日は、前回の続き、つまり薄型大画面テレビの製造ラインについて、合弁会社設立に向けた詳細を詰めることにしましょう」

プライドの高い中国人が、わざわざ冒頭から頭を下げてきた。劉の傍らには、野添というクレディ・バーゼルの投資銀行マンが今回もぴったりと寄り添っている。非礼を詫びて主導権を早々に獲得したいという意思がありありと浮かんでいる。

「イ会長、パネル製造ラインの合弁会社につきましては、こちらの非礼ということもありましたし、当初の計画通り、出資比率五〇対五〇という線でご契約いただけませんでしょうか？」

案の定、テーブルについた直後から劉烈生は譲歩の姿勢を見せてきた。

「ご英断くださったわけですね。では、早々に契約書を作り直し、サインをしてしまいましょう。本日は早めに会議を切り上げ、ディナータイムに切り替えましょうか」

スーフンは傍らのローゼンバーグに向かい、契約書を作り直すよう短く指示した。

「イ会長、その前に、一つ新たな提案をさせていただきたいのです」

劉烈生は、野添から手渡された書類をちらりと眺めて切り出した。

「会長、我々東風電機集団も、御社が進めていらっしゃる新たな携帯電話端末《スマートフォン》の製造に関わらせていただけませんか？」

スーフンは手元のファイルから顔を上げ、劉の顔を見つめた。

「新型の端末については、まだ公式な発表をしていませんし、部品を供給していただいている電子部品メーカーの方々にも堅く口止めをお願いしてあります。どこでその情報を入手されたのですか？」

スーフンは首をかしげた。劉烈生が笑みを消した。

「蛇《じゃ》の道は蛇《へび》と申します。私どもも生き残りに必死です。単価の安い白物家電を卒業して、グローバルな企業への転身を図りたい。そのための第一歩として、御社の次世代携帯端末の開発にぜひ参画させていただきたい」

「しかし、劉総経理。携帯端末は一朝一夕に製造できるものではない」

スーフンは無意識のうちに両手の拳を握り締めた。劉は野添に指示して、後方から小さな段ボールの包みを取り出させた。

野添は梱包《こんぽう》を解くと、中からビニールに包まれた携帯端末を三つ取り出し、スーフン、ソン、ローゼンバーグの三人に手渡した。劉烈生が目を光らせ、切り出した。

「電源を入れてください。ソウルの周波数帯に合わせる時間がなかったので、通話は無理ですが、様々な機能を盛り込むことに成功しました。弊社の技術力を、とくとご覧ください。我々と組めば、御社としても製造単価が一段と下がり、国際的な競争力が飛躍的に向上しますよ」

　スーフンは端末を覆っていたビニールの包装を乱暴に剝《は》ぎ取ると、「ＯＮ」と記された小さなボタンを押した。たちどころに電源が入り、縦六センチ、横四センチのモニターには、東風の英文ロゴ「ＥａｓｔＷｉｎｄ」の頭文字である「ＥＷ」が浮かび上がった。

　ロゴ文字が三秒点滅して姿を消すと、今度は東風の商品キャラクター、オーバーオールを身にまとったパンダの子供が画面上を走り回った。

　パンダが残した足跡に数字が浮かび上がり、その脇に、携帯端末の機能を記した記号が現れた。
　①の脇には「☎」で通話機能、②の脇には封筒をかたどったイラストでメール機能が表示された。③は「♬」のイラスト。カーソルを合わせてファンクションキーを押すと、既にダウンロードが済んでライブラリに収納されている一万曲の中から楽曲を選ぶことができる。④は八〇〇万画素のカメラ、⑤はＧＰＳによる位置情報だ。
「劉総経理、失礼ながら、この端末の開発に要した期間はどの程度ですか？」

「四ヵ月で基本的なコンポーネンツを作りました。小型のレディオ・フリークエンシーチップを搭載しています」

どうだと言わんばかりの表情を浮かべた劉列生は、椅子に背中を押しつけた。

「新商品を四ヵ月で完成されたのは、賞賛に値する出来事です。しかし劉総経理、この程度の端末であれば、既に日本や我が韓国だけでなく、欧米の端末メーカーが開発済みの技術ですが」

スーフンは端末をテーブルに置くと、劉を見つめた。

「イ会長、⑧番のファンクションを実行していただけませんか？　そのあとで、この端末へのご評価を伺えればと存じます」

スーフンは指示通りにファンクションキーを操作し、⑧番の項目を選んだ。パンダの子供が⑧の数字を踏んでから、スーフンに向かって振り返り、笑顔を振りまいた。その直後、八つの表示が画面に現れ、いずれかを選べという指示が出された。

八つの表示を見た瞬間、スーフンは絶句した。ソンも口を大きく開けていた。ローゼンバーグは、無意識のうちに下品な四文字単語を口にした。

「どうです？　弊社の技術レベルを確認していただけましたか？　まあ、本日は薄型テレビの新工場建設に関する契約の場です。とりあえず、契約書を交わしてしまいましょう。その後の夕食会で、弊社の端末のプレゼンテーションをさせていただければと思うのですが、いかがでしょうか？」

スーフンは、端末を握り締めたまま呆然《ぼうぜん》と頷いた。

5

上海新工場建設に関する契約書を交わしたスーフンと劉烈生は、新羅ホテルの中華レストランで夕食を共にした。食事を終えて店を出ると、クレディ・バーゼル証券のソウル駐在スタッフが調達したナイトクラブのホステス四人が一行を迎えに来ていた。美女四人に導かれるままに、カンナムの歓楽街にある新興のクラブに辿《たど》り着いた。店名は「恨《ハン》」だった。

赤を基調にした現代絵画が壁面全体を包み、入り口ホールの床一面が強化ガラスで覆われている。ガラスの下には一〇〇台を超える液晶ディスプレイが埋め込まれ、ロックコンサートやサッカーの試合の映像を繰り返し映していた。

一行が案内された個室は、三〇畳ほどの薄暗い部屋だった。壁紙と同じ赤いソファに銀色のローテーブルがあり、部屋の四隅の天井からは、ＪＢＬの巨大モニタースピーカーが吊《つ》り下げられ、腹の底に響くような重低音でヒップホップが流れ続けていた。

劉烈生は一番奥のソファの真ん中に陣取り、ホステスに勧められるまま、ウイスキーのロックをビールで割った〝バクダン〟を立て続けに飲み始めた。クラブ付きのコメディアン三人組が個室を訪れ、下ネタ連発のコントを演じると、劉のテンションはさらに上がった。

◇

「会長、大統領からお電話です。いかがされますか？」

座が猥雑《わいざつ》なムードを醸《かも》し出してきたころ、ソン・ワンギュが携帯電話の通話口を押さえて言った。

スーフンはソファ席の一行を見渡した。劉烈生は既に三〇分ほど、テレサ・テンのヒット曲を立て続けに歌い、ご満悦の様子だった。随行してきたクレディ・バーゼル証券の野添やソウル事務所のスタッフが、劉の機嫌を取るように延々と手拍子を続けている。

「この様子だと、五、六分抜けても大丈夫だな」

スーフンは、ソンの隣に控えていたホステスに一万ウォン紙幣を五枚握らせると、目配《めくば》せした。ホステスは無言で頷くと、赤ら顔でマイクを握り続ける劉に大声で話しかけた。

「劉総経理、今度は韓国の演歌に挑戦しませんか？　私、劉総経理の隣でデュエットします。一緒に歌いましょう！」

ホステスは勢いよく立ち上がると、劉に駆け寄って左腕につかまった。

ソンに促されてスーフンは分厚い防音ドアを開け、隣の部屋に入って電話に出た。

「会長、今のうちに」

「大統領、お待たせして申し訳ありませんでした。御用があれば、私の方から出向きますが」

〈いや、特に急ぎというわけではないのです。例の……〉

大統領はいつものようにわざと間を空けた。スーフンは、大統領が再び話し始めるのを辛抱強く待った。

〈例の北への支援物資の件ですが、現世やSLグループからは援助の細目が到着したものの、御社からのリストが未着だと事務局から連絡を受けました〉

「大変失礼いたしました。他のグループと援助物資が重なってはいけないと考えまして、独自色を打ち出すために、ない知恵を絞っておりました」

〈会長、これは誤解していただきたくないのですが……〉

大統領は再び、思わせぶりな間を取った。

〈前回の統一地方選挙を経て、我が与党、そして私自身の支持率が急低下しております。北への支援は、以前から考えていたことでしたが、実行を急ぎたいのです。

あと一週間で支援方針に関する会見を開きます。最悪でもその二日前、つまりあと五日以内にリストを事務局に提出していただきたいのです〉

「了解いたしました」

〈そうですか、私の趣旨を理解していただけましたか〉

大統領は言いたいことだけを伝えると、電話を切った。スーフンは眉間に皺を寄せ、携帯の端末をソンに乱暴に突き返しながら言った。

「支援の細目リストと見本を五日以内に青瓦台に提出しろ、ということだ」

「たったの五日ですか？」

「宴会を切り上げて、緊急に幹部会を開く」

「了解しました。それから、劉総経理には何とお伝えしておきましょうか？」

「携帯の合弁などやらん。中座する件については、このあと私から丁寧に詫びておくので気にしなくてもいい」

ソンは深く頭を下げると、店を出てシルバースター電子の本社ビルに戻った。スーフンは一行が酒とカラオケに興じている個室に戻ると、ホステスを膝の上に乗せてフルーツを頬張《ほおば》っていた劉烈生に中座する旨を詫び、すぐにその場を立ち去った。

◇

「東風が作った端末は、全ての機能がちゃんと使えるのか？」

シルバースター電子本社に戻ったスーフンは、会長室のドアを開けるなり、中央研究所所長に尋ねた。所長は渋い表情で答えた。

「全ての機能が作動します。⑧番のファンクションにつきましても、先ほどテスターにかけましたが、驚くべきことに全ての帯域《たいいき》、周波数で正常に、かつ極めて正確に作動します」

「テストの結果をかいつまんで報告してくれ」

スーフンはジャケットを脱ぎ、執務デスクの脇のソファに座り込んだ、所長は、スーフン、ソン、経理担当役員の順にメモを配ると、東風製の携帯端末を手に取って解説を始めた。

「本日、東風から提示されたこの新型端末ですが、次世代規格の製品です。音楽やネットの閲覧はもちろんのこと……」

「肝心の⑧番の機能のみを説明してくれ」

「分かりました。では、⑧番の機能についてご説明します。これは世界的にも全く新しい技術、つまり、マルチバンド対応の機能です。W-CDMA、GSM、無線LAN、WiMAXなど、世界各国でバラバラになっている携帯電話の通話方式を一括して受信できるようにするものです。組み込まれたRFチップによって、この携帯端末は世界中のどの国に行っても、現地の事情や使用する電波帯域、周波数に対応できます」

「つまり、この東風製の端末一つで全世界の市場をカバーできる、そういうわけだな」

「はい」

「これは、我が社が次世代製品の目玉として準備を進めてきた、新型端末の機能と同じと考えていいのか」

「はい」

所長は怯《おび》えたような表情を浮かべながら答えた。

「それぞれの帯域、周波数に対応するため、チップ自体は替えずに対応するソフトウェアをアップデートすれば、この端末をずっと、世界中どこにいても使い続けることができる。そうなのだな」

所長は小さく頷いた。経理担当役員が小声で話し始めた。

「東風は来月の上海総合電機見本市でこの新型機を発表することになっています。

そうなれば、上海の株式市場で同社の株価は暴騰、いえ、それ以前に関連部品メーカーの株の値が吊り上がって、市場では新型機の話題が広がっていくでしょう。反対に、弊社の株価は、新型機の開発で後塵《こうじん》を拝したというイメージが広がって……」

「もうよい。先々の株価動向をいちいち気にしていたら、この商売はできん。他に報告することはないのか」

「様々なソースを通じて調査した結果、今回、東風が当社を出し抜く形でマルチバンド端末の開発を進められた発端は、東京エレクトロ商会の常務から情報が漏れたことだと思われます。詳細は割愛いたしますが、東風の総合金融アドバイザーとなっているクレディ・バーゼル証券が、様々な手段で情報収集に動いていたことが確認されています。通常、産業スパイに関しては、当社は比較的寛容な態度で臨んでおりますが、今回のケースでは、残念なことに東京で死者まで出ております。意図的ではなかったにせよ、情報を漏洩《ろうえい》させた大元、東京エレクトロ商会には厳正な処置を取るべきでしょう」

ソンは一同を見渡し、結論を求めるべく、調査結果を記した書類をスーフンに差し出した。

「本来ならば訴訟を起こすべきだろうが、残念ながら、現在、我が社が開発中のレディオ・フリークエンシーチップを製造するためには、東京エレクトロ商会の技術と、その子会社オクタゴンテクノロジーの製造設備が必要不可欠だ。ただし、納期を三ヵ月前倒しにするよう、有無を言わさず指示してくれ」

スーフンの言葉に、中央研究所所長は我が意を得たりといった表情で頷いた。スーフンはソンの方を向いて尋ねた。

「東京エレクトロ商会からの情報漏洩にからんで日本で死人が出たと言っていたが、その犠牲者のことを教えてもらえないか」

「はい。源佐栄子、三一歳。日本橋テレビの記者を務めていた女性です」

「死因は？」

「公式発表では、首吊り自殺ということになっております」

「回りくどい説明はいらん」

ソンは咳払いして切り出した。

「日本の公安関係者によりますと、北の工作員が源記者の頸骨《けいこつ》、つまり首の骨を横に折り曲げて一瞬のうちに殺してしまったようです。彼女は東京エレクトロ商会の常務に接近し、そこから当社が開発中の新製品にからむ機密情報を入手。これが何らかのルートを辿って、東風のアドバイザーであるクレディ・バーゼルに渡り、最終的に東風に伝わった模様です。北の工作員がなぜ彼女を殺害したかは不明です」

「北の工作員か。もうよい」

スーフンは目を見開いて続けた。

「近いうちに北の同胞がさらなる苦難に直面するのは間違いない。いいか、我々も着実に新製品を作り上げ、それをミッションの最重要ツールとして北の同胞に行き渡らせるのだ」

6

〈謹呈　朝鮮民主主義人民共和国・特殊部隊　李東鎬《ドンホ》殿〉

歩兵部隊宿舎の周囲を二時間かけてランニングしたリ・ソンスを待ち受けていたのは、小振りな小包だった。当番兵から包みを受け取ったソンスは、裏側を見て苦笑した。

「劉剛だったか。それにしても『特殊部隊・李東鎬』だけで荷物が届くのも考えものだ」

当番兵の詰め所を出たソンスは、個室に向かう階段の途中で包みを揺すった。コトコトと小さな音が聞こえた。

個室に戻ったソンスは、包みを解いた。中から現れたのは、緩衝用の発泡スチロールで守られた東風電機製の携帯電話端末だった。「ＥａｓｔＷｉｎｄ」と東風のロゴが描かれ、その横にはパンダの子供のイラストがついていた。スライド式の箱を開けると、封が切られた手紙が一通添えてあった。

〈拝啓　祖国の空気はいかがでしょうか？　私は東京にて学生を続けておりますが、最近は祖国との間を行き来する機会が増えて多少疲れが出ております。さて、同梱《どうこん》したのは、父の会社、東風電機集団が近く発売する予定の新型携帯電話です。貴国でも平壌で使用が始まっている携帯電話サービスです。先に、貴国の最高司令官殿は東風の上海工場への訪問をきっかけに、平壌など主要都市に携帯電話アンテナを敷設することを決め、東風にその工事を一括注文してくださいました。今後、貴国でも携帯電話が普及するでしょう。まず友人である貴君に見本を進呈いたします……〉

ソンスは箱からオレンジ色の端末を取り出した。まず電源を入れ、「☎」マークのボタンを押してみた。ツーという通話音が聞こえた。劉剛の言う通り、平壌で試験的に通信用のアンテナ設備が敷設されたのは知っていたが、実際に通話が可能な状態になっていた。

その時、掌《てのひら》の上の携帯端末から、いきなり最新のヒップホップのメロディが流れ出した。モニター画面には「劉剛」の文字が浮かび上がった。ソンスは通話ボタンを押し、端末を耳に押し当てた。

〈アニョハセヨ！　びっくりさせてしまったかな？〉

劉剛だった。以前と同じように、明るい声が耳に響いた。

「久しぶりだな。ちょうど今、送ってくれた梱包を解いたところだった。ありがとう。しかし、こんな高価なものをいただいてもよいのだろうか？」

〈構わないよ。それに君に携帯端末を送ることは、そちらの労働党のしかるべき筋に話を通してあるから、安心してほしい〉

「今、どこからかけているんだ？」

〈北京だ。君のおかげでこういう国際電話がかけられるようになったんだ〉

「私のおかげ？　どういうことだ」

〈以前、君が東京エレクトロ商会のデータを持ってきてくれただろう。あれのおかげなんだよ〉

劉剛は、東京エレクトロ商会のデータが、様々な電波の帯域や周波数を制御する特殊な半導体を製造する装置に関するものだったこと、そして、それをもとに東風電機が新型携帯端末の開発を急いだことをかいつまんで話した。

「詳しいことはよく分からないが、私がお役に立てたのであれば、非常に喜ばしいことだ。しかも、それが我が祖国のためになるのであれば、なおさらだ」

〈今後、東風は君の国に向けて数十万台の端末を納入することになるようだ。ただし、価格自体はほとんどタダみたいなものだがね〉

「それはどういう意味だ」

〈これを足がかりに、君の国で売り込みを図るってことさ。基地局の設置など簡易な通信網の整備や、通話料の相当部分などを、東風と中国政府で「投資」として負担させてもらうことになった〉

「そういうカラクリがあったのか。中国人は商売上手ということだな」

〈そりゃそうさ。でも、君の国の上層部が東風の端末に相当な魅力を感じていたのも事実だ。あとで試してほしいのだが、⑤番の機能、そちらの労働党の幹部たちがえらくお気に召したようでね〉

「⑤番とは？」

〈GPSだよ。今は端末の数自体が少ないが、今後普及が進めば、ゆくゆくは国民のほとんどをGPSで監視できる。それが党幹部の目論見《もくろみ》だよ〉

「私も、既にGPSで党から監視されているのだな」

〈そういうことになるな。僕の携帯電話の番号は既に記憶させてあるから、いつでも連絡してほしい〉

劉剛は早口でまくしたてたあと、一方的に電話を切った。ソンスは、狭い個室の机の上にマニュアルを開き、いろいろな機能が盛り込まれた端末の操作に没頭した。

7

「会長、映像の用意ができました」

イ・スーフンの執務室で、大画面モニター下のＤＶＤプレーヤーにディスクをセットしたソンが顔を上げた。スーフンは執務デスクから応接セットのソファに移動し、モニターを見据えた。

〈平壌にもＩＴ化の波〉

日本の民放テレビ局が制作したニュース番組の一コーナーがモニターに映し出されると、スーフンは身を乗り出した。

〈情報統制が厳しい北朝鮮、朝鮮民主主義人民共和国の首都平壌、将軍様のお膝元にも、世界的なＩＴ化の波が押し寄せているようです。北朝鮮は、安い人件費を武器に、単純なゲームソフトの一大開発拠点となっていることが知られていますが、最近、ついに携帯電話が普及し始めました。昨晩放送された同国国営放送のニュース番組の中では、友好国である中国の大手メーカーから最先端の携帯電話端末が寄贈されたという情報が繰り返し紹介されました。

韓国への対抗心から、北朝鮮のニュース番組ではしばしば〝最先端技術〟が紹介されますが、その大半は、ほとんど先進国の製品の一〇年落ち程度の古い代物でした。しかし、今回は違います。最新型です。平壌で携帯電話の通信基地局がいつ設置されたかは不明ですが、国営放送では、労働党幹部や勲章を何個も着けた上級軍人がさかんに携帯電話を使用している姿が紹介されており……〉

スーフンはさらに画面に見入った。日本人のアナウンサーが言う通り、レストランらしき場所で、恰幅《かっぷく》の良いエラの張った禿頭の老人が得意気に携帯電話で話していた。画面が切り替わった。平壌のバス乗り場では、胸にたくさんの勲章をぶら下げた軍人が携帯を操作している。

スーフンは、ジャケットから自分の携帯端末を取り出し、画面と見比べた。モニターに映る端末は、シルバースター電子製の最新型に似た薄型だ。色は鮮やかなオレンジ、先に見せつけられた東風電機集団の製品であることは明らかだった。スーフンが再び画面に顔を向けたとき、控えていたソンが口を開いた。

「朝鮮中央放送のニュース番組に映し出された携帯の端末は、先日、東風の劉烈生総経理が持参された見本と同一規格の製品であることが確認されました」

「分かった。ところで、平壌にはいつから携帯の通信基地局が設置されたのだ？どの程度の台数が普及しているんだ？」

スーフンはディスプレイの映像を見つめたまま、ソンに問い返した。

「調査しましたところ、東風電機が三ヵ月前から四〇人の技師を派遣し、平壌市内に一〇〇ヵ所の中継局とコアになる基地局を設置したようです。端末の数はおよそ三〇〇〇。通信にかかる経費は、今のところ、東風と中国政府の予算から拠出されているようです」

「我が社の最新端末の機密が漏洩し、それを悪用した東風の製品が北の最高指導部に渡ったのか。皮肉なものだな」

ディスプレイから目を離したスーフンが腕組みをすると同時に、ソンとソンの後方に控えていた中央研究所所長が深く頭を下げた。

「漏れてしまったものは仕方がない。我が社の新型端末の開発状況はどうなっている？」

スーフンの問いに、白衣の襟《えり》を正しながら中央研究所所長が答えた。

「例の⑧番、いえ、失礼いたしました。マルチバンドの切り替え動作を司《つかさど》る回線の設計がうまく行っておりません。東風は、ＲＦチップの製造に際してアラバマ・エレクトリック・デバイスの製造装置を使用しているようでして。弊社としては、東京エレクトロ商会に早急にラインの見直しを図るよう、強く求めているところであります」

「これまで携帯端末を作ったことのない東風の製品が、君が考えた技術をもとに世に出ている。しかも平壌でだ。実質的にはまだテスト運用段階だとしても、君は悔しいと思わんのか？　アジア、いや、世界でも最高レベルの技術者を集め、毎年、経常利益の一割、八兆ウォンを技術開発の予算に投じられている中央研究所として、恥ずかしいとは思わないのか？」

中央研究所所長は、顔を紅潮させて俯いた。

「北の同胞たちに、我が社の端末をくまなく行き渡らせる。それも早急にだ。開発に一時間遅れを取るごとに、救えるはずの同胞の命が一つなくなると思え！」

スーフンは声を荒らげた。

8

東京・青山《あおやま》一丁目交差点脇の老舗《しにせ》中華レストラン。中国山西省《さんせい》の名物料理、刀削《とうしょう》麺《めん》のコースが並んだテーブルの前に、福地日銀理事がくせ毛の頭を掻《か》き始めた。この癖が出ると、すぐに酔いが回り、目つきが怪しくなる。大田原が警戒心を強めた瞬間、福地の甲高《かんだか》い声が個室の中に響いた。

「ＦＲＢ（米連邦準備制度理事会）の新しい主は、名指揮者《マエストロ》と呼ばれた前任者のようなカリスマ性は持ち合わせていない。もういい加減、対米偏重の金融政策を見直す時期だ。昔みたいに、ドル買いの介入をやる時に、いちいちＦＲＢの国際局長の許可を得るなんて馬鹿なことはやめるべきなんだよ。今後は、かつてのアジア通貨圏構想、アジア共同経済圏の創成を考える時期に来ている。ＡＰＥＣやＥＭＥＡＰの席でも、俺はこの主張を貫くぞ。何より、これからは中国の時代だ。中国抜きでの国際金融はあり得ない」

日銀の同期一〇人が集まった福地の理事昇格祝いの小宴だった。主賓である新任理事は、日ごろから頭を押さえられているアメリカの中央銀行を真っ先に否定したあと、かつて鞄持《かばんも》ちとして出張を繰り返していた、アジア各国の中央銀行幹部による内輪の会合の名を口にした。

「福地、君はAPECというよりも、ずいぶん中国にご執心らしいじゃないか。あの国の特定の新興企業をバックアップしているって噂《うわさ》もあちこちで出ているぞ」

年代物の紹興酒《しょうこうしゅ》が全身に回り始めていた大田原は、同期の出世頭に向かい不意にストレートパンチを繰り出した。数年前に日銀を退行し、アメリカのコンサルタント会社に再就職した白髪頭の同期が慌てて大田原のジャケットの袖《そで》を引っ張った。

「やめとけよ。福地の目つきが変わっちゃったら、もう止められないよ」

福地は紹興酒の入った小さなグラスをテーブルに置くと、大田原に嚙みつき返してきた。

「おい大田原、俺がバックアップしている中国の特定企業というのは、東風電機のことを指しているのか？ 静《しず》ちゃんから何か言われてきたのか？」

大田原は腰を浮かしかけた。白髪頭の同期が大田原の腕を強く摑んだ。

「理事になって、いや、日銀マンとして、特定企業と密接になり過ぎるのは問題があるんじゃないのか？」

福地はグラスの紹興酒を一気に呷《あお》ると、白目がちな瞳を鈍く光らせた。

「いいか大田原、これからは中国経済が世界経済の基軸になるんだ。東風はそのコアになる企業だよ。別に日銀理事の業務規程に反するようなことにはならない」

「立派なご託宣《たくせん》だな。ところで、昔は着るものに無頓着《むとんちゃく》だったお前が、いつからそんな高級スーツを着こなすようになったんだ？　お前は経済週刊誌の類で、まるで東風の社債のセールスマンみたいな存在になっている。コラムやらインタビューやらで宣伝しまくっているじゃないか。それが日銀マンの仕事なのか？」

「大田原、局長まで勤め上げればどこかの地銀のトップ、あるいは都銀の副頭取クラスが保証されていた時代は、とうの昔に終わったんだ。目端を利かせて再就職先を確保する。議員になるもよし、一般企業に行くもよしだ。不器用な日銀マンなんて、お前が最後になるんだよ」

「もう一回言ってみろ」

同期たちが一斉に二人の腕を押さえ、席に着かせた。

「お前ら、昔から反りが合わなかったが、ここまでとはなあ」

白髪頭の同期が首を振った。大田原は、感情を露《あらわ》にしたことを一同に詫びると、再び福地に向き直った。

「福地、とにかく東風はまずいぞ。共産党政権の内部でごたごたが起こったら、あるいは北朝鮮がらみでアジアの政治バランスが変わったら、東風の社債を買っていた一般投資家はどうなる？　そんなものを、日銀理事が事実上保証して宣伝するなんて……。いつか足をすくわれるぞ」

「北朝鮮がらみで足をすくわれる、ねえ……。早々にすくわれた人に言われると、説得力がありますな」

「何を！」

大田原と福地は、再び回転盆を挟んで睨《にら》み合った。

9

暖房がほとんど効いていない陸軍歩兵部隊の士官食堂で、リ・ソンスは、出汁《だし》の薄いチゲに雑穀米、キムチという粗末な昼食を摂《と》っていた。今年も秋口に大洪水が発生し、田畑を呑み込んだ。日を追うごとに、丼《どんぶり》の米に混ざる雑穀の割合が増していた。背後から歩兵部隊中隊長の声が響いた。

「リ同志、お願いがあります」

「何だ？」

雑穀米をかき込みながらソンスが返答すると、中隊長は一歩進み出て、チゲの入ったスープ皿の脇に置かれたオレンジ色の携帯端末を指した。

「党本部事務局勤務の友人に電話をかけてもよろしいでしょうか？　私はまだ携帯電話というものに触れたことがありません。ぜひ、一回使ってみたいのです」

「ああ、構わん」

ソンスは箸を置くと、端末の「●」マークを押して言われた番号をダイヤルし、戸惑う中隊長に差し出した。先方が電話に出たらしく、中隊長は興奮した面持ちで二言三言会話を続けたが、すぐにソンスに端末を返し、礼を言った。

「もう少し話をしていても構わないぞ」

「いえ、とんでもない。久しぶりに友人の声を聞くことができました。それだけで満足です。しかし、この携帯電話とはずいぶん便利なものですね」

「そうだな。しかし、私が東京で任務についていた時に感じたのは、携帯電話は便利すぎるのが難点だってことだな」

「便利すぎる？」

中隊長は首を傾《かし》げた。ソンスは端末を掌に載せて語り始めた。

「初めて使った人間には分かりづらいかもしれないが、日本人のほとんどがこれを持っていて、電車の中でも、街角でも、ほぼ全員が携帯電話の画面ばかり見ていた。この端末を使って、通話だけでなく、電子メールをやり取りするのも可能だ。音楽を聴くことも、地図で道を調べることもできる」

ソンスは端末のファンクションを表示して、中隊長に見せた。中隊長は興味津々《しんしん》といった面持ちで覗《のぞ》き込んだ。

「このパンダは何ですか？」

「端末の機能を切り替えるときに、案内役になってくれる」

ソンスは→キーを器用に操りながら、パンダを音楽プレーヤーのソフトに移動させた。ライブラリのトップにインストールされているＳＯＲＡの曲名の上でもう一回キーを押すと、ＳＯＲＡの甲高い声が小さなスピーカーから流れ出した。

「南の歌手の楽曲でありますか？」

大きく目を見開いた中隊長は、周囲を見回しながら声を潜めた。

「安心しろ。確かにこれは南の歌い手だ。だがな、ここだけの話、この歌い手は最高司令官同志の大のお気に入りなのだ。最高司令官同志の端末にも、今流れた曲が入っている。その端末は、通話電波を受信すると、曲が流れ出すように設定されているのだ」

「最高司令官同志の端末にでありますか？　忠誠！」

中隊長は右手を高く揚げ、声高に叫んだ。その直後、ＳＯＲＡの歌声が突然途切れた。中隊長は掲げていた手を下ろし、不思議そうに目をぱちぱちさせた。

「別に壊れたわけではない。ここ一週間で四回目だ。内蔵の電池が切れたのだ。便利さというのは、副作用を伴うものなんだ」

ソンスは端末を胸のポケットにしまった。

「リ同志、本当に壊れたわけではないのですね？」

「大丈夫だ。今は補充用の電池も底をついてしまったから、後で党本部に出向いた時にでも充電してくる。それだけのことだ」

立ち尽くす中隊長を安心させようと、ソンスは笑顔で説明した。

10

「青瓦台に潜り込ませた連絡員に聞きましたが、大統領は当社の提出した支援物資リストに満足しているそうです。また、情報院の後輩によりますと、どうやら大統領は、当社の支援物資が携帯端末に決まったと、ホットラインを通じて北の将軍様に伝えたようです」

朝一番の業務連絡を終えたソン・ワンギュが、イ・スーフンのデスクの上に散らばったいくつかの韓国主要紙と『フィナンシャル・タイムズ』を丁寧に畳みながら報告した。

「東風が北に携帯端末の供給を実施したあとで、うちが支援物資に携帯電話を入れると決めたのは、何とも皮肉だ。ソン、そんなにはしゃぐとは、君らしくないな」

「しかし会長、このところ当社には逆風ばかりが吹きつけておりました。たとえ東風の後塵を拝しているとしても、逆にその結果、物事がうまく回っている部分もありますので」

「確かに東風のおかげで、北に携帯の基地局を敷設する手間は省けた。しかし、肝心の我が社の新型端末がまだ出来上がっていない」

「ご指摘の通りです」

ソンが頭を下げると同時に、会長室のドアが開き、中央研究所所長が飛び込んできた。

「会長、報告があります」

所長は一枚の書類をスーフンに差し出した。

「良い知らせか？　それとも悪い知らせなのか？」

息を整えた所長は、胸を張って答えた。

「東風の端末には大きな欠点があります」

「相手に欠点があれば、結果的に我が社に有利な状況になり得る。そう言えるな」

「東風は極めて重大な、いえ、致命的と言えるミスを犯しております」

「ミスとは何だ？」

「会長、先ほどお渡ししました紙をご覧ください」

スーフンは所長から受け取った書類を眺めた。

「東風の新型携帯端末の機能一覧ではないか。この前、君が説明した内容だ」

「会長、それぞれの項目の横にある数値にご注目ください」

「回りくどいことは言わず、はっきり説明せよ」

「いいえ、会長ご自身の目で、我が研究員たちが弾《はじ》き出した結果を確認していただきたいのです」

「よほどの自信があるのだな。通話機能、そしてネット閲覧……動画再生機能とGPS……マルチバンドの切り替え……。そうか、そういうことか。でかした、よくやったぞ！」

書類に目を落としてから二分後、スーフンはこの日初めて笑った。

「我が社の対応はどうなっておるのだ？」

所長は白衣の下、ジャケットの内ポケットから別の書類を取り出した。

「善は急げと申します。本来ならば、経理担当役員の決裁を経てから会長にお願いにあがるべきところですが、直接ご許可をいただきたく」

所長は恭《うやうや》しく一礼すると、両手で書類を差し出した。

「『米アメージング・エナジー社買収について』か。この会社を買収すれば、巻き返しが図れるのだな」

「その通りです。新型携帯端末には様々な機能を盛り込みます。その中でも、特にマルチバンドや動画再生といった機能をシームレスに動かすためには、この会社の技術が不可欠です。当社でも開発を進めておりましたが、やはり実用化にはあと一年程度の時間が必要です。この局面では、買収が一番の近道かと思います」

スーフンはもう一度書類に視線を落とした。アメージング・エナジー社の概要やこれまでの業績動向、資金繰りに至るまで詳細なデータが書かれていた。

「肝心の買収金額が記されておらんが、いくらだ」

「五〇億ドルになります」

「直ちに買収の手続きを取れ。この案件はとにかくスピードを要する。東風はもとより、他社にこの情報が漏れないよう、細心の注意を払うのだ」

スーフンは万年筆を取り出すと、書類の一番下のスペースに署名した。

「ソン、急いでシュルツ証券のローゼンバーグ氏と連絡を取ってくれ。買収の仲介役をいつものようにやってもらう。買収に要する期間は一週間。新型端末にこの会社の技術を取り入れるんだ。いや、取り入れなければならない。とにかく急ぐんだ」

スーフンは所長にサイン済みの書類を手渡し、ソンに対しては、早口でM&Aに関する指示を飛ばした。

11

「大田原先生、どこで手に入れられたのですか？　それにしてもすごい技術だ」

「ウチのゼミの支援者経由でね」

大田原は、神保町の明信大学大学院校舎から少し離れた駿河台校舎、工学部の薄暗い教室を訪れていた。大学の事務局から紹介されたのは、工学部で電子工学を教えている四〇代の須坂《すざか》という准教授だった。大田原は、ソウルのソン・ワンギュから送られてきた東風電機集団製のオレンジ色の新型端末と簡単なマニュアルを、昨日から須坂准教授に預けていた。驚きを隠さない須坂に、この端末が北朝鮮国内に提供されたこと、また、死んだ素永記者が周辺を取材していたことなどを簡単に説明した。

◇

「まず、電源を入れてみてください」

大田原は電源ボタンを押した。スクリーンには、パンダのキャラクターが現れ、ファンクションの案内を行った。

「目新しい機能は何番ですか？」

「⑧番です。パンダの足跡を追っていくと表示が出てきます。そこで実行ボタンを押すのです」

大田原は須坂に指示された通り、⑧番に辿り着き、ボタンを押した。そこには、中国語とハングルの表示が六つ。それぞれの文字の横には、「ＭＨｚ」の表示があった。

「私は中国語もハングルも読めません。どの表示を選べばいいのですか？」

「上から三つ目です。そこを押してみてください」

大田原は言われた通り、三つ目の表示にカーソルを合わせた。するとスクリーンの表示が変わって「☎」マークが浮き上がり、大田原の耳にツーンという音が響いてきた。

「これで通話可能になっているということですよね」

須坂は無言で頷《うなず》いた。

「⑧番の機能、これは画期的なものです。ちょっと端末を貸してください」

須坂は大田原の手から端末を取り上げると、いったん通話状態を切り、六つの「ＭＨｚ」が表示された画面に表示を戻した。

「いいですか、先ほど選んだ上から三つ目の表示は、日本国内の帯域用という意味なのです。MHzと書かれた他の表示は、中国の帯域用、それから韓国用、アメリカ用……一番下は、今後ヨーロッパで使用が始まる新しい帯域用になっています」

「何がすごいことなのか、私にはよく分からないのですが……」

「大田原先生の携帯端末を海外旅行に持っていったら、使えますか？」

大田原は頭を振った。

「そうです。使えません。日本の通信会社が提供しているものでは、一部の高価な端末だけが海外での使用が可能です。大雑把《おおざっぱ》に言うと、国や地域、あるいは通信会社の規格によって、携帯端末の仕様が分かれているからです。例えば、大田原先生が韓国に出張に行くとしたら、国際ローミングサービス、つまり日本の通信会社が契約している韓国の通信会社の規格に合った端末をレンタルする必要が出てきます」

「成田空港に行くと、海外旅行者向けに端末を貸し出す業者のブースがたくさんありますよね。すると、もしかしてこの端末は……」

「そうです。この東風電機製の端末は、どの国、どの地域、どの帯域、そしてどの周波数にも対応できる機能を備えているのです」

「つまり、私がこの端末を買えば、海外出張に出向くときも、空港でレンタル端末をピックアップする必要がなくなるのですね」

「そういうことです。利用者の利便性が格段に上がるのは当然としても、これは、メーカーにとっても途轍《とてつ》もない戦略商品になり得るものなのです」

「と言いますと？」

「まず、各国の規格ごとに製品を作り分けていた手間がいらなくなる。バラバラだった規格を統一できれば、生産コストが下がる。次に、販売価格の引き下げが可能になる。最終的に、他社と比較して価格優位性が生まれ、販売増につながるわけです。まして、これに内蔵されたチップによって、ソフトをダウンロードすれば、ずっと最新型の機能を保つことが可能になります。数年に一回、端末の買い替えを強いられていた消費者にとっても、これはとんでもないメリットとなります」

須坂は、ジャケットの内ポケットから折り畳んだ書類を取り出し、大田原の眼前で広げた。

「友人のエンジニアに調べてもらったところ、この端末に埋め込まれた⑧番の機能は、『マルチバンド』といって、各国の主要メーカーが開発にしのぎを削っていたもの、最新技術の粋《すい》を集めた夢のデバイスだそうです」

「夢のデバイス？」

「もともと、従来の携帯端末、例えば大田原先生がお使いの端末でも、ネットやメールの閲覧ができ、音楽プレーヤーやＧＰＳも付いています」

「えぇ、私自身はろくに使いこなせていませんが」

大田原はポケットから自分の端末を取り出し、未使用のファンクションキーを眺めた。

「最近、携帯の端末には様々な機能が盛り込まれて、便利になりました。ところが、端末全体を制御する半導体の能力が限界に達していたんです。ちょうど、全く受験勉強をしてこなかった生徒が、入学試験までのわずか一週間で全教科の準備をしているようなものです」

「はぁ……」

「簡単に言えば、現在の端末は頭がパンパンだったのです。そこにマルチバンド、つまり世界中の通信規格を制御できる機能をさらに盛り込むなんて、これまではエンジニアの夢物語だったのです」

「その夢物語を、東風電機が実現させてしまった？」

「半導体チップについては、韓国のシルバースター電子が実用化に向けて開発の最終段階に到達しているというのが、エンジニアたちの間では通説でした。しかし、あと一歩のところで、チップを製造する装置を自前で作るまでには至っていなかった」

「その夢を叶《かな》えたのが……」

「そうです。この分野で世界有数の技術を有する東京エレクトロ商会の子会社、オクタゴンテクノロジーだったというわけです」

東京エレクトロ商会の新製品を巡って、日本橋テレビの源佐栄子記者が不審な死を遂げた背景には、最先端技術に関するどす黒い思惑があった。須坂の解説を聞きながら、大田原の頭の中でパズルのピースが少しずつつながってきた。

「東京エレクトロ商会は、この新型の携帯端末のために、その夢の半導体の製造装置を東風電機に出荷したのでしょうか？」

須坂は強く頭を振った。

「エンジニアの調べでは、東風の新型端末に搭載された半導体チップ、その製造装置を作ったのは世界最大手のメーカー、アラバマ・エレクトリック・デバイスだそうです」

須坂の説明を聞いた大田原は、腕組みした。源記者は東京エレクトロ商会の常務に近づき、このマルチバンド対応に向けた製造装置の情報を得た。しかし、これが何らかの経路を辿って東風側に流れた。東風は、東京エレクトロ商会が何のためにオクタゴンテクノロジーに製造装置を作らせたかを、遡《さかのぼ》って調べたのだ。最終的に行き着いた結論が「マルチバンドの新型携帯端末のため」だったというわけだ。

しかし、大田原にとって、依然として畑違いの半導体チップの話は実感が伴わない。准教授の掌にある端末を前に、もう一度首を傾げた。

「大田原先生、半導体チップの実物をご覧になったことはありますか？」

「いえ、ありません」

須坂は口元に笑みをたたえながらポケットに手を入れ、十円玉ほどの大きさの黒く薄い板状の物体を取り出し、大田原の掌に載せた。大田原は目を凝《こ》らした。

「十円玉程度に収まる面積で、硬貨よりも薄いのか。小さな点や線もついてますね」

「それがレディオ・フリークエンシーチップの従来品です。点や線は、携帯電話のいろいろな機能を制御する集積回路です。通常であれば、この倍か三倍の厚さにしなければ、マルチバンド向けのチップなんて作ることは不可能だったのです、しかし、東京エレクトロ商会とオクタゴンテクノロジーは、この大きさのままでやってのけたのです」

大田原はもう一度、チップを見つめた。

「北朝鮮の人たちは、この端末をうまく使いこなすことができるのでしょうか？」

「ニュース映像でも出ていましたが、物珍しさも手伝って、軍や労働党の幹部らしき連中は嬉々《きき》として使っていたようです。案外うまく使うんじゃないですか。あと、

GPSの機能が付いているから、国民を監視するのにも使える。ただ、一つ、気になる機能があるのです」

「気になる機能？」

須坂准教授は端末を手に取ると、⑦番のファンクションボタンを押した。端末の基本設定が済んでいないため、画像は現れなかった。須坂は、この機能は動画の再生に用いられるものだと説明した。

「テレビなどの電波映像や、端末に付属しているカメラで撮影された動画、あるいは動画付きのメールを見ることも可能な、総合的な動画再生ファンクションです」

「⑦番、ファンクション7《セブン》か……。面白そうですが、私にはあまり縁のない機能ですね」

「誰かが意図的にこのファンクション7を利用すれば、北朝鮮の御用放送なんか誰も信じなくなるはずだ」

そう言ったきり、須坂は真っ黒な映像受信用のファンクション画面をじっと見つめ続けた。

12

「これは国際法違反だ！　米軍は不法駐留のイラクから即時撤退せよ！」

「アメリカの暴挙！　イランへの無用な圧力を止めよ！」

東京・赤坂。アメリカ大使館の前には、市民団体のプラカードが並び、バンダナで頭を覆った男が拡声器でアメリカの覇権主義を批判し続けていた。時折、イヤホンを左耳に差し込んだダークスーツ姿の男が、シュプレヒコールを上げる一団の人数を数えに来た。ＦＲＢと有名大学が共催する国際会議に出席する日が迫り、大田原はアメリカのビザを取得するため、大使館前の列に並んでいた。

午前九時の開門を前に、ゲートには一〇人程度の列ができていた。若いＯＬ三人組が先頭で、その後ろには幼児を抱えた母親と、サラリーマン風の男が四人いた。

「皆さん、お待たせしました。順序を守って受付のカウンターまで進んでください」

民間のガードマンが鉄製のゲートを開けた。若いＯＬがはしゃぎ声を上げてゲートをくぐった直後、大田原の二人前にいたスーツ姿の中年男が、突然、大使館の入り口へと走り出した。

「ちょっと、お待ちください！　順番を守って！」

ガードマンの制止を無視して、中年男は走り続けた。ガードマンの叫び声を聞いたMP二人が大使館の中から走り出て、両手を広げて男を阻止しようとした。中年男はそれを見て、入り口を前に方向を変え、大使館の左側、車寄せに向かって走った。ガードマンとMPが男の後を追った。

にわかに始まった捕り物劇を大田原が見た瞬間だった。

「マンセー！」

中庭全体に甲高い声が響き、爆発音と閃光《せんこう》が広がった。大田原は、悲鳴を上げたOLたちとともに、大使館と外部を隔てる鉄製のフェンスにしたたか背中を打ちつけた。大田原は痛みをこらえながら、左側にうずくまった女に声をかけた。

「大丈夫ですか？　怪我は？」

「ええ、大丈夫です」

小さいが、しっかりした声で返事があった。パニックには陥っていないものの、女の顔は、爆風で中庭に広がった大量の埃《ほこり》と煤《すす》によって赤黒く変色していた。大田原の耳の中には、爆発音のせいで錐《きり》を刺し込まれたような鋭い痛みが残っている。

白い煙が立ち上る車寄せの方向に視線を向けた。大使館から大慌てで出てきたのだろう、一〇人ほどのMPが、煙の中心を取り囲むように輪を作っていた。

「何が起こったんだ？」

大田原はフェンスから背中を離しながら、右手を自分の額と頬に這《は》わせた。痛みはない。しかし、左の掌にねっとりとした感触があった。こわごわと左手を見た大田原は、次の瞬間、その場に座り込んだ。指には引きちぎられた頭皮と髪の毛がからみ、半分潰《つぶ》れた人間の目玉が、掌の上から大田原を睨んでいた。

13

「車を側道に寄せて停《と》めてくれ。これから臨時ニュースが入るそうだ」

韓国財界首脳との朝食会を終えたイ・スーフンは、社用車のBMWのバックシートから運転手に命じた。車は静かにソウル市郊外の高速道路の脇に停車した。銀縁眼鏡《めがね》の男性アナウンサーがモニターから消えると、ウォーケン米大統領が興奮した面持ちでカメラに視線を向けた。

〈全世界の皆さん、昨日、東京のアメリカ合衆国大使館に対して行われた卑劣な自爆テロは、我が国への明確な挑戦です。同時に、自由を愛する世界の全ての人間への挑戦でもあります。私は先ほど、北朝鮮との全ての交渉を打ち切る決定を下しました。北朝鮮の独裁者よ、君は我々に正面切って喧嘩《けんか》を売ったことを後悔するだろう。無条件で核開発を中止し、放棄せよ。そして権力の座から退くのだ。最終期限はちょうど一ヵ月後。期限内に態度を明確にしない場合、君はこの世界から直ちに姿を消すことになるだろう〉

「事実上の宣戦布告じゃないか」

スーフンは吐き捨てると、助手席のソン・ワンギュに顔を向けた。

「アメリカ政府に同調する形で、青瓦台は表向き、テロに対する非難声明を大統領名で発表しました。が、北との融和路線を堅持する方針は変わっていません。今日の会議で、関係閣僚が集まってその方針を再確認したそうです。支援物資を輸送する計画にも変更はありません」

ソンは申し訳なさそうに手帳を閉じた。

ソウル旧市街の渋滞を抜けたBMWが、聖水《ソンス》大橋に差しかかった。スーフンは車窓から漢江《ハンガン》を見た。ウォーケン米大統領が区切った期限はあと一ヵ月、この間に北の指導部が政権を投げ出さない限り、橋の下を流れる漢江には、朝鮮戦争の時と同じく、犠牲者の遺体が数多く流れ着くだろう。

スーフンの脳裏に、休戦調停が成立した直後のソウルの様子と、戦禍にあえいでいた人々の苦しい生活ぶりが浮かんだ。瓦礫《がれき》の中、着の身着のままで露店を始める者。鉄屑《てつくず》を拾い集める幼児たち。そして、除隊して、他の若者と共に公共工事の土木作業に殺到した自分の姿があった。

あの惨劇を二度と繰り返すわけにはいかない。あと数十日のうちに、北の主要都市で、半世紀前のソウルと同じような光景が現れる恐れがある。スーフンは携帯電話を取り出すと、中央研究所所長を呼び出した。

「どうなっている?」

〈あと一歩です。先日買収したアメージング・エナジー社から納入された製品を実装するため、最後のテストに取りかかっている段階です〉

「うまく行きそうか?」

〈既にテスト要員がアメリカに渡り、サンプル同士の適合性を確認しております。報告によれば、互いの相性は良好で、あとは生産ラインに乗せてきちんと実装するだけです〉

「支援物資を載せた列車がソウルを発《た》つのが、今から二週間後だ」

〈やるしかありません。明後日には、仁川《インチョン》の携帯電話工場をフル稼働させる予定です〉

「何の罪もない北の同胞たちを救うには、我々の製品が不可欠なのだ」

〈私の年老いた母も、従兄弟《いとこ》を北に残したままです。会長の信念を、私も共有しております〉

電話を切ったスーフンは、バックシートに深く沈み込み、再び腕を組んだ。助手席の後ろに埋め込まれた一〇インチの液晶モニターには、常にKBSの国際放送が映し出されている。スーフンが電話を切った直後、韓国プロ野球のキャンプ情報の映像が突然途切れ、アナウンサーが臨時ニュースを読み上げ始めた。

〈当局担当記者のスクープニュースです。情報当局者によりますと、米海軍第七艦隊所属の揚陸指揮艦ブルー・リッジが日本の横須賀《よこすか》港を出発し、釜山《プサン》の米海軍基地に向けて航行を開始しました。また、日本の沖縄県の在日米空軍基地では、ステルス戦闘機F22の配備が増強されています。当局の取材に対し、在韓国連軍司令官のラフォールド大将は「ノーコメント」を繰り返しましたが、「一連の米軍の動きは対北を見据えたものか?」との問いには、「否定はしない」とだけ言及しました。これは事実上、北との戦争準備が始まっていると認めたもので……〉

「やはり、ウォーケン大統領の緊急会見はブラフではなかったということだな」

スーフンは自らに言い聞かせるようにつぶやいた。

14

〈いいか、我が国への反動勢力の圧力が増している。軍内部の情勢、特に士官、佐官クラスの言動を……〉

平壌市内の河岸をランニングしていたリ・ソンスは、上司の情報員から携帯電話に連絡を受けたが、「ピー、ピー」という警告音のあと、唐突に通話を断ち切られた。電池切れだった。

前日、党本部の事務局で補助バッテリーとの交換を済ませたばかりだが、わずか二〇時間ほどで再び切れてしまった。重要な任務を指示してきた上司の電話だ。ソンスは、急いで河岸の小学校を見つけると、子供たちが熱心に体操をしている校庭を抜け、事務室で電話を借りた。

「では、士官、佐官クラスの言動を細かく調査して、報告書を一日に一回お届けすればよろしいのですね。了解いたしました」

〈リ同志、やはり君の携帯電話にも不具合が多発しているのか？〉

「少なくとも東京でずっと使用していた端末には、このような問題が起こったことはありませんでした」

〈私も、供与された端末の電池がすぐに切れるという問題が生じている。先ほど、党本部に行ってきたが、あそこでも同じ問題を嘆いていた職員がいた。それも一人や二人ではない〉

「今日のように、重要任務のご指示をいただく際、小学校の事務室を拝借するというのは非常にまずいですね。一応、人払いをしてもらっていますが……」

〈私からも上層部に、この問題に早急に対処するよう嘆願しておく。では任務に戻ってくれ〉

「了解いたしました。忠誠！」

ソンスは受話器を置くと、事務室を出た。ちょうど部屋に入ろうとした校長と出くわした。

「軍関係の方ですね。ご苦労様です。やはり携帯電話に問題があったのですか？」

度のきつい眼鏡をかけた人のよさそうな校長は、ソンスの体格を一瞥して軍人だと見抜いた。

「支給された携帯電話が通話できない状態になったのです」

「実は、五日ほど前から、軍や党関係の方が何人も電話機の使用を申し入れてこられているのです」

「では、私だけではないのですか？」

校長は黙って頷いた。ソンスは丁寧に頭を下げると、小学校を後にした。最初は、河畔《かはん》の道に戻ってランニングを続けようと思った。しかし、ソンスは足を止めた。再び重要任務を伝える電話が入る公算がある。踵《きびす》を返したソンスは、陸軍歩兵部隊の宿舎に向けてスピードを上げて走り出した。

「お帰りなさい。ずいぶん早いお戻りでしたね」

二階の自室に戻ろうとして事務室の脇の階段を上りかけたソンスに、若い兵士が声をかけた。パク（朴）という上級兵士だった。一般兵士よりも一段と目つきが険しい。左頬に刃物でえぐられたような大きな傷があった。物腰こそ柔らかいが、若い兵士らしからぬ落ち着きは、様々な修羅場を経験した者だけが持つ独特の雰囲気を放っていた。

大方、パクは歩兵部隊全般を監視する情報員だろう。

「任務用に支給された携帯電話の電池が、またもや切れてしまったのでね。交換しようと思って戻ってきたよ」

「リ同志、私の端末も同じように電池が切れてしまっています。どうやら、同時に不具合が発生しているようです」

「同時にというと？」

「軍の関係者だけでなく、党幹部の間に行き渡っていた端末のほぼ全てにも、電池切れ頻発という障害が発生しているのです。どうやら我々は、東風電機の欠陥製品をつかまされたようです」

「欠陥製品？」

ソンスの脳裏には、快活に笑う劉剛の顔が浮かんだ。パクは口元を歪め、小声で切り出した。

「リ同志、あなたは私の見たところ、私が担当している業務と同じような仕事を仰せつかっているようですね」

「何のことだ」

ソンスは語気を強めてパクの顔を見つめた。情報員同士、自らの身分を明かすことは固く禁じられている。上級の情報員が命令を下し、下級の担当官はそこに情報を上げるだけの「縦」の関係が長年培《つちか》われてきた。情報員同士が「横」のつながりを持てば、相互監視と密告の制度、すなわちこの国を暗い部分で支えてきた仕組みが崩壊する。

「掟《おきて》を破るのが目的ではありません。たまたま耳にした噂なのですが、何やら昨日、携帯電話端末の電池切れが発端となって我らが最高司令官同志が激怒されたとか……。その件について、リ同志はお聞き及びかと思いましてね」

「私は何も聞いていない」

パクは階段の脇の、一般兵士が行き来する廊下から二メートルほど窪《くぼ》んだ清掃用具入れの横にソンスを引き込んだ。

「最高司令官同志が、毎晩お伽《とぎ》のお供の女を替えられているのはご存じでしょう？　そのうちの二人の携帯電話端末の電池が切れ、二日連続で連絡がつかなくなったそうです。そして、彼女たちの護衛役となっていた者たちの電池も切れていた。最近、アメリカの帝国主義者どもの圧力が強まり、最高司令官同志は日中の執務で相当なストレスをお感じになっていた。せめてもの息抜きに、彼女たちに添い寝をしてもらおうと電話をかけようとしたが、ご自身の端末も電池が切れていた。そうなると、行き着く先は……」

「最高司令官同志のお怒りの矛先《ほこさき》が、携帯の端末とそれを持ってきた担当者、あとは東風電機に向けられるということか」

パクはもう一度口元を歪め、小さく頷いた。

「具体的な時期は分かりませんが、どうやら南から支援物資が届くようです。その中には、この中国製の携帯電話端末のようないい加減な製品ではなく、南製のしっかりしたものが入っているようです。最高司令官同志は、代替品の到着を心待ちにされているそうです。我々の支給品が交換されるのも、時間の問題でしょう」

「本当か？　では、もう電池交換の煩《わずら》わしさからは解放されるわけだな」

ソンスはジャージのポケットからオレンジ色の端末を取り出し、バッテリーを外した。

「便利な物が導入されたはずなのに、こう頻繁に電池の充電を強いられると不便極まりない」

「それに、電力の配給が一段と絞られて、充電の作業さえままなりません」

パクはそう言ったきり、ソンスを物陰に残して廊下に出た。

「南製とか言っていたな。南製の携帯の端末ということは、シルバースター電子の製品が支給されるのか？　越南した民族の裏切り者、リ・スーフンが作った端末を、我々が使うことになるのか」

掌の中の端末を見ながら、ソンスはため息をついた。

15

「大田原先生、この休学届にサインをくださいな。記入していただければ、私から学生課に書類を届けますから」

中華料理店で上海ヤキソバを平らげ、教授室に戻って週刊経済誌をめくっていた大田原に、巨軀《きょく》を揺すりながら初老の女性事務員が詰め寄った。

赤坂のアメリカ大使館での自爆テロに巻き込まれた際、肋骨《ろっこつ》一本にひびが入った。三人の死者と二〇人の重傷者が出た中では、大田原の怪我《けが》はかすり傷程度のものだった。大田原は講義を一日休んだだけで、その後は毎日出勤した。

「私のゼミの学生ですか？」

週刊誌から顔を上げた大田原の眼前に、クリアファイル入りの書類が差し出された。

「早くサインしてください」

事務員の太い二の腕が大田原の鼻先をかすめ、ファイルがぽんと乱暴に週刊誌の上に置かれた。

「分かりました。すぐにやりますから、ちょっと腕をどけて……」

邪魔な事務員の腕を払い除《の》ける仕草をした時、大田原の目に、休学希望者の学生と、学費未納で除籍処分になった学生の二つの名前が飛び込んできた。

「劉剛君が休学？　それに、しばらく姿を見なかったリ・ドンホ君が除籍？　理由は？」

「私にそんなこと聞かれても困りますよ。まだですかあ？」

書類を手に持った大田原を、事務員がさらに急《せ》かす。

「書類は私から学生課に届けますので」

事務員が去ると、大田原は学生名簿を取り出し、劉剛の自宅マンションの固定電話にダイヤルした。しかし、受話器からはオペレーターの声が響いたのみだった。大田原は携帯端末を取り出すと、メモリーから劉剛の携帯の番号を呼び出したが、反応は固定電話と同じだった。ドンホに電話しても、同様だった。

「おかしい。劉君は一昨日の授業には普通に出席していたし、休学するような理由も見当たらない。リ君も国費留学のはずなのに、学費未納とはどういうことだ」

大田原が首を傾げた時、再び事務員の甲高い声が教授室に響いた。

「大田原先生、二番に電話ですよ！　携帯電話の番号を知らせておいてくださいな、まったく」

事務員の機嫌が一段と悪くなっていた。大田原はすぐに二番のボタンを押し、受話器を取り上げた。

〈工学部の須坂です。怪我の具合はどうです？〉

「おかげ様で、大したことはありません」

〈大田原先生のゼミに、確か東風電機の御曹司《おんぞうし》がいましたよね。実は、彼にインタビューしたいと思いましてね。ちょっとした調べものでして、それで、先生にお口添えいただけたらと……〉

「実は今、まさにその東風の御曹司から提出された休学届にサインをするかどうかで、迷っていたところなのです。一昨日はゼミに出ていたのが、今日になって突然、休学届を出し、連絡も取れなくなっているのです。須坂さんはなぜ、彼にインタビューを？」

〈ちょっと気になることがありましてね。彼の親父《おやじ》さんの会社、東風電機集団に異変が起こったようなのです〉

「何が起こったんですか？」

〈突然、株価が一五パーセントも暴落しました。しかし、その理由が今ひとつ不鮮明でしてね。電話だとまどろっこしいんで、先生のところに行ってもいいですか？〉

◇

きっかり一五分後、須坂が教授室に現れた。

須坂はジャケットのポケットをまさぐり、くしゃくしゃになった新聞の切り抜きを取り出した。

「一昨日付の『サウスチャイナ・モーニングポスト』の記事です。日本の新聞はほとんど報じていませんでしたが、東風は中国の株式市場の優良・成長銘柄でしたから、結構扱いは大きい。中身自体は、個人投資家の売りが普段より多く出た程度だってことなんですが……。しかしですね、旧知の事情通に聞いたら、何でも東風は中国共産党の上層部に睨まれることをしでかしたらしいのです」

大田原が紙面に目をやると、証券会社の店頭で頭を抱える老人の写真が掲載されていた。その横には、東風のメインキャラクターであるパンダが、急激な右肩下がりのカーブとともに頭を下げ、急降下しているイラストが載っていた。

「共産党に？　あの国の新興企業は、党に相当な額の裏献金をしているんじゃありませんか？　急にいなくなった劉剛君にしても、特に変わった様子はなかったし……。なぜ東風は共産党に睨まれるようなことになったのですか？」

「事情通によれば、東風が北朝鮮に提供した携帯電話の端末に、重大な欠陥があるというのです。北朝鮮も、せっかく最新製品を導入したものの、不具合の連続で、やむなく実質的な返品処分とした。さらに、北の将軍様から中国共産党の要人に直接クレームが入り、東風が大目玉を食らった。大方そんなところだと聞いています」

「東風製の最新の携帯端末というと、以前、須坂さんに現物を見ながら説明していただいた、あれですか？」

「あの端末と同じものとみて、まず間違いないでしょう」

「あれの重大な欠陥とは、何だったのですか？」

須坂は、今度はジャケットの内ポケットから東風製の端末の仕様書を取り出し、デスクの上に広げた。

「あの携帯端末が、従来の端末の様々な機能を加えて、どこの国の、どんな帯域や周波数のもとでも使えるマルチバンド機能まで備えていることはご説明しましたよね」

「はい」

「そこまではいいのですが、東風は、日本や韓国のメーカーなら絶対に犯さないはずの愚を犯してしまいました。重大な点を見落としていたのです。それは電池の問題です。多機能になればなるほど、携帯端末の電力消費は上がる。東風は、それに対する手当てをポッカリ抜かしていたのです」

「まさか、そんな単純なことを？」

「そのまさかが起こったんです。それで北朝鮮から大量返品となり、東風は中国政府からきつく絞られ、株価も急落、加えて御曹司が忽然《こつぜん》と姿を消した。そう考えれば、一連の動きは説明がつきますよ」

大田原の脳裏には、快活に笑う劉剛の顔と、その一方でこまめにメモを取っていた彼の狡猾《こうかつ》そうな表情が蘇《よみがえ》った。須坂は再びポケットの中をまさぐり、今度はロイター通信の記事のコピーを取り出した。

「東風とは違って、シルバースター電子の方は電池の手当てをしていましたよ」

大田原は須坂からコピーを受け取ると、デスクの上に置いた。

「『韓国シルバースター電子、米新興電装会社、アメージング・エナジー社を五〇億ドルで買収』。このご時世、M&Aなんて珍しくも何ともないんじゃないですか?」

須坂がすぐに人差し指を振った。

「私も読み飛ばすところでした。ですが、この記事のことを教えてくれたエンジニアの見解は、まったく別でしたよ。このアメージング・エナジー社という会社が作っているのが、これです」

須坂は、親指の爪ほどの大きさで、薄さ三ミリ程度の黒い板を取り出した。前に見せてくれたRFチップとは違う部品のようだ。

「これがシルバースター電子の切り札になるんですよ」

何の変哲もない板状の電子部品だった。切り札と言われても、何のことかよく分からない。前に聞いたマルチバンドという新技術の話も、大田原はSF小説の筋書きのようで実感が湧《わ》かなかった。加えて、今度は切り札だという黒い板だ。この板を手に入れるために、シルバースターは五〇億ドルという巨額投資を行った。

「これは、まさに正真正銘のとんでもない切り札です」
呆然《ぼうぜん》としている大田原の前で、須坂はもう一度切り札という言葉を吐いた。

16

ワシントンで開催される予定だった金融関係者の国際会議は、北のテロ攻撃を警戒して、結局、中止になった。ゼミを休講にした大田原は、一週間、急に手持ち無沙汰《ぶさた》になった。一部の留学生は一時的に帰国し、他の学生の大半は短期のアルバイトの予定を入れていた。大田原は神保町の教授室で、所在なく資料を整理して時間を潰《つぶ》していた。

暇を持て余していた大田原のもとにソウルのソン・ワンギュから電話が入ったのは、休講二日目の午後だった。

「ぜひ、韓国にいらっしゃいませんか」

日銀を退行した後、旧知の韓国中央銀行幹部から強く訪問を勧められていたこともあって、大田原は二つ返事でソンのオファーを承諾し、翌日には出発した。

◇

ソウル市街から北西に約六〇キロ。朝鮮民族を分断し続ける非武装地帯（DMZ）。幅四キロ、長さ約二五〇キロにわたって朝鮮半島を分ける軍事境界線で、その西端が板門店《パンムンジョン》だ。教科書とニュース映像でしか知らなかった最前線に、大田原は初めて足を踏み入れた。

ソウル郊外のシルバースター電子の工場を見学し、旧知の韓国中央銀行マンと食事をしてから訪れた最前線の正式名称は、国連軍と北朝鮮軍が共同警備する地域、JSA（ジョイント・セキュリティ・エリア）だ。

直径八〇〇メートルに満たないJSAに足を踏み入れた瞬間、大田原はかつて経験したことのない緊張感が周囲に漂っていることを痛感した。

「恐ろしく人工的な場所ですね。本当にここで銃撃戦が起こったり、犠牲者が出たり、亡命者が駆け込んだりしたとは……」

大田原は、ガイド役を買って出てくれたソンに顔を向けた。ソンは無言で頷いた。

JSAは本来、一般の韓国人の立ち入りが厳しく制限されているが、ソンは特殊なパスのようなカードを提示して、難なくゲートを通過した。

ＪＳＡに入ると、普段は愛想のいいソンが顔を強張《こわば》らせていた。端正なその横顔を見ながら、大田原は、この土地が朝鮮民族にとって特別な場所であることを改めて思った。再び周囲に目を向けると、近代的な鉄筋コンクリート造りで三階建ての集会所「自由の家」がある。その横には、民族調に設《しつら》えられた、物見櫓《ものみやぐら》風で三階建ての瓦葺《かわらぶ》きの建物が見えた。

左の方には、軍事停戦委員会関係者が使用する、薄青く塗装された小屋の会議所がある。その傍らには、ヘルメットを被《かぶ》った韓国軍兵士の姿があった。黒い地金に白い帯が描かれたヘルメット、そして表情を隠すための真っ黒なサングラス。カーキ色の半袖シャツとネイビーグリーンのパンツ、黒いブーツという姿の兵士たちは、小屋から半身を出して北朝鮮の監視兵を常に視界に収め、腰のピストルホルダー近くに拳を添えて、いつでも銃を抜けるように構えていた。

「依然として、戦争状態が続いているのですね。我々日本人には、何とも理解のしようがない感覚です」

大田原とガイド役のソンは、国連軍の腕章を着けた韓国軍兵士を伴い、物見櫓から南北の当事者が接触の場としている会議所を回ったのち、北側を一望できる丘の上に辿り着いた。

「向こう側のあの大きな旗、見えますか？」

丘の上を吹き抜ける突風に髪を煽《あお》られながら、ソンが左側の空を指し示した。

「あの鉄塔、ほら、東京タワーみたいな形の塔の先になびいている旗です。畳三〇枚分の大きさで、世界一大きい旗だというのが、あちら側の自慢です」

ソンが示した鉄塔の先には、ペナント型をした北朝鮮の特大の国旗がなびいていた。大田原は北側の空を見上げた。一羽の鳶《とび》が、鋭い鳴き声を上げながらはるか上空を舞っていた。大田原は反射的に鳶の動きを追い、空を見上げ続けた。軍事上の最前線地域であることを知らない鳶は、ゆったりと飛び続けた。

「鳶には国境も戦争も関係ないからな……」

そうつぶやいた大田原は、慌ててソンに頭を下げた。

「思わず不躾《ぶしつけ》なことを申し上げました」

ソンの目に普段の愛想の良さはなかった。大田原が頭を上げて再び鳶の行方を追った時、地鳴りと共に、何かが破裂した鈍い音が一帯に響き渡った。

「今の音は銃声ですか？　それとも地雷が爆発した音でしょうか？」

大田原は反射的に音がした方向に目を向けた。丘の右手に白煙が上がっていた。

「ソンさん、避難した方がいいでしょうか？」

「大丈夫です。あれは銃声でも地雷でもありません。高圧線です」

「高圧線がなぜあんな音を立てるのですか？」

「休戦ラインの北側には、高圧電流が流れる鉄条網が設置されています。向こう側から見て、二〇〇〇ボルト、三〇〇〇ボルト、六〇〇〇ボルト、そして一万ボルトの順で、二四時間、絶えず電流が流されています。目的は、韓国からの歩兵の侵入を防ぐため。そして、これが一番重要ですが、脱北者を出さないため、高圧線は軍事境界線に沿って、半島を横切る形で設置されています」

「その高圧線と今の音の関係は？」

「この辺一帯は、南北両軍兵士以外には野生動物しかいません。イノシシ、鹿、雉《きじ》などです。皮肉なことに、ここは彼らにとっては楽園なのですよ。今の音と煙は割と大きかったので、たぶん、一万ボルトの高圧線にイノシシが引っかかった破裂音だと思います」

「一万ボルトの線に引っかかったら、どうなるんですか？」

大田原は矢継ぎ早に質問をぶつけた。

「二分で真っ黒になってしまいます。真っ黒、つまり炭になってしまうということです」

大田原は白煙から視線を離し、ソンの表情をうかがった。

「炭ですか」

「そう、真っ黒な炭です」

ソンはにこりともせずに答えた。大田原は「炭」という言葉の生々しさに思わず絶句した。ソンは白煙に視線を固定させたまま続けた。

「イノシシや鹿は週に何回か引っかかるようです。あと、年に一、二回は人間も引っかかります」

「人間ですって？」

大田原は再びソンの顔を見た。依然としてソンの表情は固い。

「正式な統計はありませんが、たまに脱北者が炭になってしまうそうです。高圧線の下をかいくぐって南に来た人はほとんどいません。ですから、あの破裂音が聞こえると、北側は非常に緊張します。回線がショートするので、電源を一時的に落とさなければならない。その隙《すき》を狙って、別の脱北者が逃げたり、韓国軍が攻めてきたりするのではないかと警戒するそうです」

東京からわずか四時間で行ける場所に、人間が一瞬にして炭に変わる特殊な戦闘地域がある。大田原は無言で白煙をにらみ続けた。

17

板門店を訪ねてから三日後の日曜日だった。大田原は、ソウル駅の一番外れのプ

ラットホームに設けられた式典会場に立った。五〇メートルほど離れた壇上では、韓国大統領が祝辞を読み上げている。

〈本日、北の同胞を救うために、支援物資を満載した特別列車が発車することになりました。特別列車は本日から数回、南北を縦断する京義線を経て、北の同胞たちに順番に支援物資を配布しながら、平壌に向かう予定になっています。ご存じのように、この支援物資は、我が国の十大企業グループが無償の拠出を申し出てくれたものです。北を巡っては、アメリカをはじめとする諸外国より、様々な圧力がかかっております。我が国政府としては、韓米協調路線を堅持しつつ北との対話を続ける所存でありますが、まずは北の同胞たち、一般の民衆にこれらの支援物資を届けることが先決と判断した次第です……〉

大田原は、韓国の主要メディアや欧米の通信社の取材陣に交じり、プラットホームの端で大統領の祝辞を聞き続けた。ソン・ワンギュが中身を簡潔に日本語に訳してくれた。

「ソンさん、御社の物資はこの貨車の中に積み込まれているんですか？」

ふと、大田原はソンに尋ねた。

「もちろんです。現世グループは乗用車一〇台と一〇〇〇台分の目録、ＳＬグループは、系列の化学石油会社から贈呈するガソリンと灯油の目録を積み込みました。その他には、洗濯機や冷蔵庫を二〇〇〇台積み込んだグループもあります」

「ソンさん、御社の支援物資は何ですか？」

「弊社は携帯電話端末を五〇万台です」

「五〇万台もですか？」

「数自体は非常に多いですが、現世さんや他の電機メーカーほど貨車のスペースを取ることはありませんでした。何せ新型の小型端末ですから。貨車三両分でしかありません」

「ソンさん、北に携帯電話のインフラを設置したのは、中国の東風電機でした。そこにシルバースター電子があえて新型の端末を持ち込む……。何か狙いがあるんじゃありませんか？」

「教授、私は一介の秘書です。グループの舵取《かじと》りや戦略に関する重要な情報は、残念ながら持ち合わせておりません」

「重大な欠陥を持った東風の携帯端末が北の市場から追い出された情報も得ています。今回の支援物資、つまり御社製の新型の携帯電話端末が、何かそのキーになるのではありませんか？」

「教授、これ以上お尋ねになっても、何も出てきませんよ」

ソンは大げさに肩をすくめ、口元に微笑を浮かべた。その直後、大統領のもとに、取材陣をかき分けて一人の男が近づき、一通の封書を差し出した。大統領は封書を受け取ると、取材陣の前にかざすように、大げさな動作で封を切った。

〈たった今、北の最高司令官から感謝の電報が届きましたので、この場で皆様にご披露したいと思います。「思想や体制の違いを乗り越え、南の同胞が心よりの贈り物を送ってくれることに最大限の感謝の意を表する……」〉

大統領に向けて、スチールカメラの一団から一斉にフラッシュが焚《た》かれた。テレビカメラの一群も三脚からカメラを外し、次々と大統領の足元に集まり始めた。ソンは再び、大統領の言葉を逐次翻訳して大田原に伝えた。

「北の最高司令官からの電報って、何だかあまりにも出来すぎじゃありませんか？　現大統領の支持率アップを狙った支援策に、北側がそのまま相乗りしたという構図に見えますが」

大田原の感想を聞くと、ソンは再びニヤリと笑ったが、何も言わなかった。

◇

「教授、式典はいかがでしたか？」

「御社も支援に参加されているのは承知しているのですが、率直に申し上げて、どうもわざとらしい。日本で俗に言う『やらせ』という印象を強く受けました」

「『やらせ』ですか。それは『八百長《やおちょう》』という言葉と同じ意味ですか？」

「ええ、ニュアンスは一緒です」

式典の終了後、大田原はソンに伴われて、シルバースター電子本社の会長室に案内された。イ・スーフンは満面の笑みで大田原を迎えた。

「すべてシナリオ通りに事が運んだという点では、教授がお感じになったことは全て正しい」

「北の独裁体制に対して批判的だった会長が、融和政策を掲げる現政権の対北支援計画にすんなり協力されるとは、正直なところ意外でした」

「確かに我々は、北へのスタンスという点で、現政権と鋭く対立してきました。しかし、大統領という最高権力がその力をフルに使えば、我々といえどもかなわない」

「つまり、何らかの圧力をかけられ、支援スキームに参加させられたということですね」

応接テーブルまで身を乗り出した大田原に、スーフンは微笑で応じた。

「では、なぜ御社が送った支援物資は携帯電話だったのですか？」

「それについては、今はお答えできない。しかし、近い将来、その理由は明らかになります。その際は、ぜひ教授もしっかりとご自分の目で確認していただきたい」

二人のやり取りを傍らで聞いていたソンが、慌ててスーフンに向けて頭を強く振った。スーフンはソンに頷き返しながら、言葉を続けた。

「大田原教授には、私は国境や民族の壁を超えた友情を感じています。これは本心です。しかし今は、なぜ携帯電話を北に送ったのか、真相を語るわけにはいかないのです」

スーフンは大田原の目を見据えたあと、両膝に手をつき、深く頭を下げた。

「重大なことですね」

大田原が念を押しても、スーフンは黙ったままだった。しかし、突然頭を上げ、大田原の顔を覗き込むようにして尋ねた。

「私がまたお招きしたら、教授はもう一度ソウルにいらっしゃいますか？」

「もう一度？」

「そうです。教授が再度ソウルの地を踏む時、全ての答えが出ていると私は確信しております。だから、その時は招待のご連絡を差し上げます。いかがです?」

スーフンの申し出に、大田原は力強く頷いた。

18

韓国大統領と支援物資を載せた特別列車が平壌に到着したのは、火曜の昼過ぎだった。

リ・ソンスは平壌駅のプラットホームに立ち、陸軍歩兵部隊から積荷下ろし用に動員された兵士たちの監視役を務めていた。積荷は列車から迅速《じんそく》にトラックに積み込まれ、あちこちに運ばれていく。一方、大統領はお迎えのオープンカーに乗って、平壌市内のパレードに向かった。

南北間の申し合わせ通り、京義線の沿線都市で物資を下ろし続けた貨物列車の積荷は、半分程度に減っていた。先頭車両に積み込まれていた現世自動車製の高級セダンは、党幹部の公用車、そして軍幹部の専用車としてそれぞれ引き取られた。白物家電の洗濯機や冷蔵庫も、順序よく軍のトラックに積み込まれていった。そして、列車の一番後方の三両に積み込まれていたのは、シルバースター電子からの支援物資、携帯電話端末だった。

新型の端末五〇〇台がまとめて梱包された段ボール箱には、シルバースターの英文ロゴである「SS」の文字。そして品番には「SS・mb」と刻まれていた。やがて、プラットホームの脇に控えたメルセデス・ベンツのリムジンから、黒いスーツ姿の男が二人降り立ち、段ボール箱を乱暴にこじ開けた。二人は一〇〇台ほどの端末を取り出し、ベンツのトランクに押し込んで走り去った。

「最高司令官同志の側近ですよ。待ちに待った携帯電話の到着です。駄々っ子と同じで、さっそくお使いになるということでしょう」

クリップボードを持って荷解き作業をチェックしていた年老いた駅員が、無表情でつぶやいた。

積荷下ろしの立ち会いを終え、駅構内の食堂で定食を摂ったソンスは、駅前のロータリーを抜けて徒歩で宿舎に向かった。冷たい北風が平壌の街を吹き抜ける。ソンスは軍服のコートの襟《えり》を立てて、駅前の大通りを歩いた。

ビルの谷間には特に勢いよく風が吹き、「米帝国主義の圧力に屈するな」と記された横断幕を煽っていた。しかし、幕の左隅の角が少し裂けており、このままだと風の力でちぎれてしまうと思われた。付近の住民に取り付け直しを指示しようと考えたソンスは、ビルとビルの間に、青年や老人たちが人垣を作っているのを見つけ、近づいていった。

ビルの間に足を踏み入れたソンスの視界に入ってきたのは、段ボール箱から取り出した物を奪い合う人々の姿だった。さらに近づくと、先ほど平壌駅に到着したばかりの支援物資の一部が見えた。軍のトラックがビルの奥の車寄せに停まっている。トラックの荷台の端には、札束を握り締めた兵士が陣取り、部下の兵士に指示して値をつけたばかりの物資を横流ししていた。兵士から最初に物資を得た老人が、後から集まった青年や女性たちに転売している。オーブントースターを抱えた少女が、勢いよく駆け出していく。コーヒーメーカーとフードプロセッサの箱を重ねて、自転車の荷台に括《くく》りつけた老婆もいた。

ソンスはあっけにとられ、その場に立ちつくした。軍服姿のソンスを見ても、誰一人、違法な街頭オークションを止《や》めようとしなかった。たまりかねたソンスが群衆をかき分けて軍のトラックに近づくと、荷台で札束を握り締めていた兵士が露骨に舌打ちし、荷台を畳み始めた。

「お前たち、所属部隊はどこだ？」

ソンスは怒りに任せて大声で質《ただ》したが、荷台にいた兵士も、奥で物資の捌《さば》き役をしていた三人の兵士も、ソンスを完全に無視した。

「違法行為に手を染めるとは何事だ。このトラックの番号は控えた。いずれお前たちに厳罰が下されるだろう」

　厳罰というソンスの言葉を聞いて、トラックの荷台で煙草《たばこ》をくわえていた兵士が口を開いた。

「じゃあ、最高司令官閣下に真っ先に厳罰を下すことだ」

　ソンスはコートのボタンを外し、腰の拳銃のホルスターに手をかけた。すると、兵士は煙草を地面に叩き付けて荷台から飛び降り、トラックの助手席に駆け込んだ。運転席からは、ベテランの兵士が怒鳴る声が聞こえた。

「これから中国との国境、新義州《シンウィジュ》に向かう。支援物資が届いていない地域なら、さらに高値で売れる。それに、中国人民元で代金を受け取れるぞ。アメリカの爆撃が始まる前に売り抜けて、中国に逃げ込めば何とかなる」

　若い兵士がキャビンからソンスを一瞥したが、特段恐れを抱いている様子はなかった。最高司令官同志から直々に拝領した拳銃「白頭山《ペクトウサン》」を抜いたソンスの脇を、トラックはぬかるんだ土を巻き上げながら走り去った。本来であれば、すかさず発砲しているはずだったが、この時は何もせずに、小さくなっていくトラックをじっと見ていた。

　何たる人心の荒廃か。かつての勤務地、板門店周辺で、ソンスは軍紀の弛《たる》んだ実態に直面したことはあった。しかし、最高司令官同志と労働党のお膝元である平壌でこのように規律が緩み、人民の生活態度が荒《すさ》んでいることに、ソンスは心底驚いた。

宿舎に戻ったソンスは、たまたま廊下を歩いていた上級兵士のパクと出くわした。階段の脇の物陰にパクを引きずりこんだソンスは、平壌駅近くで目撃した違法オークションの様子を伝えた。パクの顔に驚きの色は表れなかった。

「リ同志、どのくらい日本にいらっしゃったかは存じませんが、最近、この国の規律は急速に地に堕《お》ちたんですよ」

パクは淡々と話すと、宿舎の事務所を指差した。

「リ同志、私は既に新しい携帯電話の端末を受け取りました。あなたの分の端末は、事務所の机の上に置いてありましたから、係員に申し出て受け取られたらどうです」

「もう届いたのか」

「ええ、最高司令官同志が、真っ先に党幹部と軍関係者に配給するよう指示されましたからね。保衛部が事前に配布先の人員と携帯電話の番号をチェックしており、配給はスムーズに行われました。これで、携帯電話を通じていつ指令が届くか分かりませんよ」

パクはニヤリと口元を歪めると、物陰から出て行った。ソンスは言われた通り、事務所に行き、あらかじめ仕分けしてあった自分用の携帯電話を受け取った。

薄い辞書程度の箱を揺すると、カタカタと小さな音がした。軽い。自室に戻ったソンスは、パッケージを開いた。通話の方法、メール機能の使い方、そしてGPSの取扱方法を記した三〇ページほどの簡易な説明書があった。そして端末は、前の東風製のものよりもさらに薄いタイプだった。銀色の端末の表面には、シルバースター電子のロゴ「SS」の黒文字がデザインされ、その横には、品番を示す「mb01」のタグが刻印されていた。

説明書と端末本体を取り出したソンスは、箱の中を覗いた。煩《わずら》わしい充電の作業が待っている。充電用のアダプターを探したが、小さな箱の中には見当たらない。ソンスは説明書のページをめくり、電池に関する説明を探した。まもなく、『新型端末には、あらかじめ充電済み電池がセットされています。新型電池のため、交換は不要です』という一文が見つかった。

「電池の交換が不要とはどういうことだ？」

ソンスは首を傾げながら端末を開き、「☎」のマークのボタンを押した。「SS」のロゴマークが浮かび上がると、機能説明の画面が表示された。「電話」「メール」「写真」「GPS」「音楽再生」「映像再生・映像受信」……。東風製の端末を手にした時と同様に、最新鋭の機能が表示された。

「とりあえず上司に連絡を入れてみるか」

ソンスは、諳《そら》じていた上司の番号を打ち込んだ。

19

「会長、メッセージは十分に伝わると思います。それにしても、よく北のアクセントや訛《なまり》を覚えていらっしゃいましたね」

「故郷を離れてから五〇年以上経過するが、片時も忘れたことはない。生まれてから一五年間、毎日使い続けたお国言葉だからな」

ソウル特別市カンナム。シルバースター電子本社ビル一五階にある社員向け放送のスタジオで、イ・スーフンは五分間のメッセージビデオの収録を終えた。

「あとは、ニュース素材を編集するだけだったな？　完成したＶＴＲを私の部屋に届けてくれ」

シルバースター電子は、世界一〇〇ヵ国に販売や開発、生産などの拠点を設けている。通信コストの無駄を省くため、五年前に一〇〇億ドルの費用をかけて、アメリカの通信衛星の五つの回線を買い取った。海外に駐在する社員向けのメッセージや業務連絡事項の大半は、その通信衛星を通して送られていた。

既存の通信業者を通すよりも機密性が保たれ、かつネット上を徘徊《はいかい》するハッカーの被害に遭う心配もない。巨額投資に反対する声も一部の取締役の間から上がったが、「セキュリティ対策の費用と通信業者に払う割高なコストを五年間で回収できる」と強く主張したスーフンの一声で投資が決まった。

◇

「ウォーケン大統領が指定した期限まで、あと何日だ？」

会長執務室に戻ったスーフンは、スケジュール帳に視線を落としていたソンに尋ねた。

「あと二週間です」

「国連安保理はどうなっている？」

「中国の国連大使が提案して、緊急安保理を招集しました。また、国連事務総長もアメリカの暴走に歯止めをかけようと、常任理事国の間を走り回っています」

「国連がアメリカを制止できる公算はあるのか？」

スケジュール帳を閉じたソンが強く首を振った。

「ウォーケンは暴走気味です。中国という大きな存在が立ちはだかってはいますが、日本でのVXガスによるテロ攻撃と、在日アメリカ大使館での自爆テロという決定的な証拠がありますので、北への強硬な姿勢を崩しておりません。横須賀の基地を出発した米第七艦隊の主力部隊が、続々と釜山に集まり始めております。空軍や海兵隊の戦力も、沖縄の基地で補給態勢を整えております」

「仮にこのまま二週間がたち、ウォーケン大統領が北への攻撃を命じた場合、米軍はどのように動き出すのだ？」

ソンは再びスケジュール帳を開き、ページを繰った。

「現状の軍備増強態勢から推測しますと、大統領の攻撃命令が出れば、すぐに作戦が動き出すでしょう。大統領が攻撃を命じるや否や、沖縄からステルス戦闘機F22が一〇機ほど飛び立って制空権を確保し、釜山の沖合に停泊していた揚陸船や駆逐艦も動いて、北の海上封鎖を狙うでしょう」

「では、あと二週間以内に、先ほど収録したビデオ動画と編集した映像が効果を現さなければ、我が同胞たちは再び朝鮮戦争の時のような状況に追い込まれるというわけだな」

スーフンはソンの目を見た。硬い表情でソンが頷き返した。

「とにかく、VTRの編集が終了し次第、この映像をダウンロードした端末を開城《ケソン》の工業団地の北の労働者たちに配布します。そこがスタートです」

◇

「これが板門店での特別パスになります」

顔写真がプリントされた、煙草の箱ほどの大きさの特別通行パスを手渡しながら、ソンは話し続けた。大田原は頷いた。

「観光ツアーとは違い、本当に軍事衝突が起こり得る状況になっているかもしれません。教授、それでも今回のミッションを見届けるということですね」

大田原はパスに付いているストラップを首にかけ、ソンに頷き返した。ソンは大きなシステム手帳を開くと、背表紙裏のポケットから一枚のＤＶＤを取り出し、大田原に手渡した。

「このディスクの中身を公開するのは、あくまでもミッションが終了してからです。それまでは絶対に非公開でお願いします」

「わかりました」

そう答えて、大田原は両手でＤＶＤを受け取った。

先日、スーフンと面会した後、大田原はいったん日本に戻った。しかし、それから二週間たった昨日、ソンから、スーフンが語った「答え」が出る日が近いという連絡が入った。大田原はすぐに大学院に一時休暇届を出し、ソウルに戻ってきた。

仁川《インチョン》国際空港からシルバースター電子本社に直行した大田原は、五階の会議室に通され、編集が済んだばかりの映像を見せられた。二〇分の映像の最後には、スーフン自身が登場し、朝鮮語でメッセージを語っていた。当然、日本語や英語のスーパーは挿入されておらず、大田原にはスーフンが何を訴えているのかを明確に理解することはできなかった。しかし、スーフンが登場するまでの映像、そして切迫する国際情勢を考えれば、メッセージの中身を推測するのは容易だった。そして、スーフンの言う「答え」の中身についても、想像がついた。

大田原の手には、じっとりと脂汗《あぶらあせ》がにじんでいた。歴史的な瞬間の目撃者になるという任務を託されたのだ。

「本日から教授専用の護衛をつけます。それから、機密保持の観点から、教授の通信のすべては監視対象とさせていただきますので、そのおつもりで。ご不自由をおかけしますが、ご理解ください」

ソンが改めて念を押した。大田原は目を大きく見開き、無言で頷いた。

20

〈リ・ソンス情報員、緊急出動だ！〉

支援物資を載せた南からの列車が到着してから数日後の深夜だった。リ・ソンスは歩兵部隊宿舎のベッドの上で、携帯電話のけたたましい着信音に眠りを破られた。モニターの表示を見ると、時刻は午前二時半を過ぎていた。ソンスはすばやくベッドの上に上体を起こすと、上司の指示に耳を傾けた。

〈これから、軍用車両を君の宿舎に派遣する。運転手には既に指示を与えてあるが、行き先は開城だ〉

「開城ですか？　一体何が起きたのですか」

〈南と共同運営している開城工業団地で、労働者の間に不穏な動きが見られる。南側に洗脳された連中が、反政府運動を煽り始めようとしている。君はその連中の殲《せん》滅《めっ》に当たってほしい。具体的な指示は、この電話を通じて行う〉

「了解いたしました、忠誠！」

開城。高麗王朝時代、九一八年に都になった都市だ。二〇〇〇年に当時の南の大統領が平壌を電撃訪問した際、南北首脳の間で交流事業の構想が持ち上がり、第一弾のプロジェクトとして、板門店から北にわずか一キロの開城に敷地面積一万坪の工業団地が建設された。

韓国の電機メーカーが中心となり、主に製品の組み立てなど比較的単純な作業を行う大規模な工業団地を作り上げていた。北朝鮮はここに労働者五〇〇〇人を派遣している。月給は約六〇ドル、そのうち二割が実際に労働者の取り分となる。かつて板門店の特別警備任務に就いていたソンスは、開城の古い街並みが好きだった。

しかし、朝鮮戦争前、南側に統治されていた期間が長かった古都は、北朝鮮でも密《ひそ》かに反政府気運の強い地域だ。南やアメリカに知られてはいないが、ソンスは過去三度、反政府勢力の掃討《そうとう》に駆り出された。今回は、アメリカの強硬姿勢が一段と強まっている時期に当たる。それも、ウォーケン大統領が区切った攻撃の期限まで、あと二週間を切っていた。工業団地を使って、南の反動勢力が揺さぶりをかけている可能性もある。

電話でソンスに指示を与えた上官は、「掃討」ではなく「殲滅」という言葉を使った。反動勢力に汚染された人間を拘束・勾留《こうりゅう》するのではなく、見つけ次第抹殺せよという指示だ。腰のホルダーに拳銃「白頭山」をセットしながら、ソンスは祖国全体に緊張が高まっているのを感じ取った。

ソンスが階下の玄関に赴くと、同じく拳銃を腰に装着したパクが立っていた。パクは左頬の傷痕をさすりながら、ソンスに鈍い視線を向けた。

「リ同志は開城ですよね。私は中国国境の新義州です。今回の任務は、相当厳しい内容になりそうです。お互い無事に戻りましょう。そうだ、昨日、電話の番号とメールのアドレスはお教えしましたよね。現地で手が空いたら、連絡を取り合いましょう」

パクはソンスに敬礼すると、「忠誠!」と声を張り上げ、待ち構えていた軍用トラックの助手席に乗り込んだ。

「厳しい任務か……」

ソンスはぽつりと漏らすと、自分用に控えていたボンネット型の軍用トラックに乗り込んだ。

◇

午前五時半だった。ソンスを乗せた軍用トラックは平壌から高速道路を一六〇キロ南下し、約二時間で開城市の中心部に到達した。ソンスは携帯電話で上官に連絡を入れ、開城に到着した旨を報告した。上官からは向かうべき地点を指示された。運転手が古い地図を取り出して行き先を確認していたが、ソンスは携帯電話のGP

S機能を起動させた。急襲先のアパートを特定すると、運転手に地図上の場所を示し、あとは自分が案内役になると告げた。

市の中心部から、西方面に向かって片側二車線のまっすぐな道路を走る。道路の脇には、建て替えられたばかりの商店が目についた。東京に潜伏していた際、頻繁に利用した日系のコンビニエンスストアまでもが進出している。南との交流を経て、わずかではあるが現金収入が増えたこの街は、他の地方都市と比べると近代的な装いをまとい始めていた。かつてソンスが抱いた、どこか煤《すす》けた古い都市という印象は、徐々に薄れ始めていた。

「次の交差点を左折して四キロほど走ったところに、目的地の労働者アパートがある。団地の入り口の倉庫の前で私を降ろし、待機するように」

GPSで位置関係を確認したソンスは、運転手に指示を与えた。GPSの精度は、九〇万分の一から三〇〇〇分の一まであり、地図を最大に引き伸ばすと、今、すぐ脇に建っている三階建ての古いビルまでもがくっきりと映っていた。

ソンスはこの携帯端末は電池を交換する必要がないという説明を思い出した。確かに、平壌からの移動中、GPSを駆使し続けたにもかかわらず、電池の日盛りは動く気配すらなかった。蛇蝎《だかつ》のごとく嫌っている南の製品、特に裏切り者が会長を務める組織が製造したものだが、使い勝手のよさは大したものだ。ソンスは内心、舌を巻いた。

市の中心部から住宅街に入ると、工業団地に向けて出勤を始める労働者たちがちらほらと姿を現し始めた。迷彩色に塗られた軍用トラックを見る労働者たちの視線が、いつもより厳しく冷たいような気がした。アメリカとの緊張が高まるにつれて、反政府色が漂うこの街の住人たちの意識は変わり始めているのか。

「先を急いでくれ。出勤されたあとでは、事が面倒になる」

運転手に指示したソンスは、シートの背後に装備されていた軽機関銃、五八式小銃を取り出し、弾倉をチェックした。次いで腰の拳銃を引き抜き、安全装置を外した。

「そこだ、あの倉庫だ」

片側一車線の道路の脇に立つ黒っぽい倉庫を指したソンスは、軽機関銃を肩に掛け、軍用トラックを降りた。

現世自動車の電装品組立工場の職場長を務める四五歳の男が標的だ。住まいは労働者アパート三号館、二階の右隅の部屋。ソンスはアパートに向かう小道を歩きつつ、殲滅対象の履歴を確認した。

この男は現世自動車の工場内で、南側から手渡された携帯端末を不正使用しているということだった。端末に入っている何らかのデータが、他の労働者たちを動揺させている。工場内部に潜入させた情報員からの通報で、南が工作活動を進めているらしいという濃厚な疑いが浮かび上がり、ソンスが急遽《きゅうきょ》、平壌から派遣された。

ここ開城の情報員では処理しきれない案件が、殲滅対象となった男の背後に潜んでいる。そうでなければ、開城の情報員が秘密裏に男を始末すればいいだけの話で、わざわざソンスを平壌から派遣するまでもない。東京でのテロ以降、ほとんど実地任務についていなかったソンスは、アパートの前で軽く肩を回した。

◇

「ひと思いに殺せ！」

オンドルの温《ぬく》もりが残る部屋で、突然踏み込んできたソンスに向かい、臆《おく》することなく男は怒鳴った。男の右手には、ソンスが持っているのと同じ、「SS」のロゴが刻まれた携帯電話端末が握られていた。

「何を話していたかは知らんが、その端末を離せ」

「お願いです、命だけは助けてください」

震える声で、三歳くらいの女の子を抱いた若い妻がソンスの足にすがりついた。

「聞こえなかったのか、その端末を離せ」

ソンスは軽機関銃の安全装置を外すと、銃口を男の額に押しつけた。

「俺が殺されたとしても、もう止まらないぞ。さあ、ひと思いに俺の額を撃ち抜け！」

父親が腹の底から張り上げた大声に驚き、女の子が泣き始めた。母親は必死に子供の口に手を当てたが、泣き声はまったく止まない。

「あとわずかな時間で、この国と俺たちは解放されるんだ。このボタンを押せば、抑圧された人間たちの間に、真実が伝わるんだ！」

男は目を見開き、右手の親指を端末の中央部の丸いボタンに添えて、ためらいなく押した。

「貴様、端末を離せと言ったのが聞こえなかったのか！　一体何を操作した？」

「もう遅いぜ、情報員さんよ。たった今、データを一五〇人の同志に同時に送った。お前さん一人で、あちこちに散らばった一五〇人の人間をすぐに殺せるか？　今、この瞬間から、この国の解放が始まったんだよ」

そう言い放った直後、男は口を開けて、歯の間から舌をべろりと出した。

「やめろ、ダメだ！」

ソンスは大声で制止したが、男は構わず舌を嚙んだ歯に力を込めた。こめかみに青筋を立て、顔を赤黒く変色させた男は、喉《のど》の奥から野獣のような唸《うな》り声を上げた。

次の瞬間、ベチャリと湿った音が部屋に響いた。赤い肉片が白い床に落ちると同時に、男の口から大量の血がほとばしった。男は絶叫しながら前のめりになって倒れ、痙攣《けいれん》を始めた。血は白い床にどんどん広がった。

「もう助からん」

子供を抱えて放心状態に陥った妻に、ソンスは告げた。腰のホルスターから拳銃を取り出すと、倒れた男の心臓に向けて二発銃弾を打ち込んだ。銃声で我に返った妻が、ソンスの腰に飛びついて叫んだ。

「人殺し！　この鬼畜生め！」

ソンスは女の髪を鷲掴《わしづか》みにすると、力を込めて女を後方に倒した。仰向けになった女をまたぐと、素早く左手を伸ばして喉元に押し当て、そのまま女の体を天井近くまで持ち上げた。女の首に、ソンスの太い指が食い込んだ。気道をふさがれた女は顔を紫色に変え、呻《うめ》きながら足をばたつかせている。

「いいか、お前の亭主は国家反逆罪を犯した重罪人だ。夫の不審な行動を当局に知らせなかったお前にも罪がある」

女はさらに足をばたつかせ、抵抗した。源佐栄子を殺した時のように、左手をわずかに傾けるだけで、女の首の骨は簡単に折れ、即死する。

ソンスは女の顔を自分の目線まで下げ、正面から目を見た。白目の毛細血管に、徐々に赤い血が広がり始めていた。あと数センチ、右方向に手首を傾けるだけで、反逆者夫婦は寄り添って死の世界に行くことができる。

「お前も死をもって罪を償え」

ソンスが手首にわずかな力を入れた時、女の視線が下がった。同時に、ソンスは左足に違和感を覚えた。女を片手でつり上げたまま見下ろすと、幼女がソンスの太《ふと》腿《もも》を必死に叩いていた。

21

ソウル特別市カンナム中心街の老舗ホテル。大田原は階下のダイニングから自室に戻った。保安上、どうしても必要だというソンの申し出を受け入れて、大田原の背後には常に民間の警備会社から派遣されたSPが待機していた。少しも気が休まらないが、東京での慌ただしい生活と比較すれば、食事や待遇に不満はなかった。

カードキーをドアに差し込んだ大田原は、セミダブルのベッドに倒れ込み、正面に据え付けられたシルバースター製のプラズマテレビの電源を入れた。

妻が大好きな韓流ドラマを絶えず流しているが、日本語や英語の字幕付きの映像は一つもない。大田原はリモコンをベッドの上に放り出し、窓辺に立った。ホテルに面したカンナムの大通りには、ひっきりなしに車が行き交っていた。ホテルのはす向かい、ＳＬグループのガソリンスタンドにも大型セダンが列を作り、ソウルという大都会は通常通りの営みを続けていた。

「米軍が空爆に乗り出したら、この街はどうなるんだ？」

空爆という言葉を口にした大田原は、慌ててリモコンを取り上げた。

リモコンの「＋」のボタンを何度も押した大田原は、ようやく日本の国営放送と民間放送のニュースや情報番組がパッケージ化されたチャンネルを見つけた。

〈お昼のニュースをお伝えします〉

スポーツの結果を伝える公共放送のニュースが終わり、聞き覚えのある日本橋テレビの昼のニュースのオープニングテーマと共に、女性アナウンサーの声が響いた。

大田原は身を乗り出して画面を見つめた。

〈本日最初のニュースは、北朝鮮情勢です。北朝鮮に対する軍事力の行使をほのめかしたウォーケン米大統領の発言を巡り、国連の安全保障理事会が紛糾しています。先ほど、国連内で、アメリカと北朝鮮の国連大使が非公式に会談しましたが、話し合いは平行線を辿った模様です。ウォーケン大統領が指定した期限まであと三日、朝鮮半島情勢はさらに緊張の度合いを増してきました〉

イラク戦争の時もそうだった。アメリカが独走を始めると、国連という国際協調の安全弁は完全に機能を停止する。国際連合などと言っても、小学校の学級会程度の力しかない。国連大使同士が会談しようがしまいが、アメリカの方針は既に定まっているのだ。大田原は頭を振った。

〈次も北朝鮮関連のニュースです。政府関係者によりますと、対米強硬路線を堅持している北朝鮮内で、不穏な動きが広がっている模様です。この関係者が衛星写真などを通じて北朝鮮の動きを確認したところ、平壌や開城など、主要都市でデモが発生している模様です。このデモが対米徹底抗戦を訴えるものか、あるいは反政府的な動きかははっきりしていませんが、数千人から数万人規模で人が移動している姿がとらえられています〉

ベッドの端に腰を下ろした大田原は、ニュースを読み上げるアナウンサーの顔を凝視した。今、自分が滞在しているソウルからわずか数十キロ北方で、歴史が動き出そうとしている。リモコンを持つ大田原の手が小刻みに震え出した。

◇

幼い娘の目には、憎しみの光が宿っていた。次の瞬間、ソンスは左手を離した。

女は床に倒れ込み、激しく咳き込み始めた。

「あとで国家保衛部の係官が到着する。情報員のリ・ソンスがお前の亭主を射殺したと伝えろ」

拳銃をホルスターにしまったソンスは、絶命した男の右手から端末をもぎ取った。

モニターを見ると、小さな紙飛行機のイラストが表示されていた。

『メール送信完了』

ソンスは慌てて送信履歴の確認画面を開いたが、表示の通り、既にメールは送信された後だった。ソンスは左胸のポケットに入っている真鍮の金属片に手を当て、深く息を吸い込んでから小さくつぶやいた。

「祖国のため」

激しくむせ続ける女をまたいだソンスは、部屋の土間に出た。ドアのノブに手を掛けた時、ソンスは背中に視線を感じて振り返った。幼い娘が右手の指で銃の形を作り、敵意を込めた視線のまま、人差し指をソンスの顔に向けていた。

ソンスが部屋を出ると、銃声を聞きつけた近所の住民が十数人、ドアの前の廊下に集まっていた。

「見せ物ではない、どけ。道を空けろ！」

怒鳴りつけたものの誰も動かず、全員が無表情でソンスの顔を見つめたままだ。無精髭を蓄え、南の企業の作業ジャンパーを着た男が、わざと肩からソンスの胸にぶつかってきた。

「聞こえなかったのか、道を空けるんだ！」

ソンスの声は再び無視された。それどころか、無精髭の男を真似《まね》るように、周囲に集まった男たちや少年二、三人が、ソンスの体に無言で肩をぶつけてきた。

「お前たち、全員、国家反逆罪で逮捕されたいのか？」

ソンスは腰のホルスターに手を掛けた。しかし、廊下に集まった住民たちは、ひるむことなく次々とソンスの体に肩をぶつけてきた。

22

イ・スーフンは、販売戦略会議の途中に渡されたメモを一読すると、会議室を抜け出して中央研究所に飛び込んだ。

「始まったのか!」

二〇インチのディスプレイを凝視していた白衣姿の中央研究所所長が、振り返って頷いた。

「開城から発信されたメールは、支援物資として北に渡った携帯電話端末の一五〇人分のアドレスに転送され、そこからさらに一五〇人の端末に転送を繰り返します。ご覧ください。これがメール転送の軌跡をモニターしたグラフです」

所長が示したディスプレイには、開城の市街地図と上空からの立体地図の二つが映し出され、そこには市の中心部から外に向かって放射状の線がたくさん描かれていた。スーフンがモニターに目をやった後も、放射状の線の数はどんどん増え続けている。

「メールを受け取った人間がメールを開封すると、例のアドレスに自動アクセスする仕組みだな」

スーフンの言葉に所長が頷き、白衣のポケットから新型の端末を取り出した。

「このように正常に作動しております」

所長はすばやくメールソフトを起動させると、端末の中央にある丸いボタンを数回押した。端末の画面上ではカーソルが素早く動き、特定のアドレス表示の上で二回点滅した。

その直後、今度は自動的に映像再生ソフトが起動を始め、『同胞たちに告ぐ』というタイトル文字が現れた。突然、高級ホテルの宴会場が映し出された。大量のシャンパンやワイン、鶏の丸焼きや分厚いステーキ、何十種類ものフルーツなど、山海の珍味が山盛りにされた皿がいくつもテーブルに並んでいた。テーブル席の中央にカメラがパンすると、左脇にブロンド、右脇に黒髪の若い美女を従えた北の最高司令官のにやけた顔が映った。

「このあとは北で政治犯とされた者が処刑されるシーン、北から中国やタイに逃れた脱北者たちからのメッセージ、ウォーケン大統領の会見、そしてイラクの惨状などが続きます」

「回線の具合はどうだ？」

「順調です。今後、大量のアクセスが集中するでしょうが、一〇〇万程度のアクセスには余裕をもって対応できます」

スーフンは、所長の説明に黙って頷いた。

「会長、あとは端末に急遽組み込んだ、アメリカのアメージング・エナジー社製メタノール燃料電池ですが、こちらも正常に作動しております」

「実装はうまく行ったのだな」

スーフンは、ディスプレイの脇に置かれた燃料電池のパッケージを手に取った。見た目は従来品と特に変わりはないが、中には五〇億ドルをかけて買収したアメリカのメーカーの最先端技術が詰まっていた。

「メタノール電池を実用化できるとは思わなかった」

「日本のメーカー数社が試作品を作っておりますが、まだノートパソコンに実装できるかどうかといった程度の大きさでした。『アメージング・エナジー社が携帯電話と小型音楽プレーヤー向けにメタノール電池の超小型化を成功させた』と業界内の噂になったのが、四ヵ月ほど前です。我々の研究所のスタッフが、たまたまアメリカの業界誌をスクラップしておりまして、私が直接先方に技術内容を確認できたのはラッキーでした」

「電池の寿命はどの程度だと言っているのだ」

「本来ならば半永久という目標を掲げておりますが、そこまでは無理でも、従来品の二〇〇〇分の一の消費電力で済むことは確証を得ております。今回、支援物資とした携帯電話端末の場合は、最低でも二年は保《も》つかと。本来、市場に投入する際は、航空機への持ち込み基準をクリアするなど最善の安全策を図る必要がありますが、今回は北に陸送するという特殊なケースです。研究所内で耐久テストを実施して、目立った不具合は生じなかったので、ＯＫとしました。大量の電力を消費する、多機能でしかも周波数を選ばないマルチバンドの端末に対応するには、従来型の充電スタイルのリチウムイオン電池では限界がありました。今回の支援物資が正常に作動し続けてくれれば、将来的には、一般市場でも我が社の目玉商品になるでしょう」

「二年あれば十分だ。とにかく今回のミッションが進行している間、電池が保ってくれれば、必ず我が故郷は解放される」

スーフンは研究所を後にした。

23

〈リ同志、開城の様子はいかがですか？　こちらでは、渡河して中国へ向かおうとする民衆が増えています。もはや、阻止するのは難しい情勢です〉

ソンスが倉庫の前に待たせていた軍用トラックに乗り込もうとした時、中国との国境に接した街、新義州に派遣されていたパクから携帯に電話が入った。

「こちらは上官の命令通り、一人を始末した。南への親近感が強い開城という土地柄を割り引いても、民衆の態度は硬化している。お互いに気をつけよう」

〈はい。それから、例のメールはご覧になりましたか？〉

「メールとは何のことだ？」

〈先ほど、私の端末に転送されてきたメールなのですが、これがかなり刺激的な内容でしてね〉

「具体的にはどのようなものなのだ？」

〈転送されてきたメールを開封すると、自動的に映像再生の機能が起動し、我が最高司令官同志にそっくりな男の派手な宴席風景や、憎むべき帝国主義者ウォーケン米大統領の会見、越南した裏切り者、この端末を作った南の経営者のメッセージなどが次々に映し出されました〉

「そのメールの件は、上層部には伝えたのか？」

〈伝えるも何も、あちこちに自動転送されていまして……。そうやって届いたメールを開くと、自動的に映像を見せられる仕組みになっているのです〉

「上層部も存在を承知しているのか」

先ほど射殺した男が発信したメールが、三〇〇キロも離れた新義州にも到達した。

「今、この瞬間から、この国の解放が始まった」——絶命する寸前、男が絶叫した言葉がソンスの脳裏を駆け巡った。

「とにかく、そのメールにどう対処するか、平壌に戻って上層部と協議する」

ソンスはそう告げると、一方的に電話を切った。端末を軍服の右ポケットに入れようとした時、オルゴールの音色と共にメールが着信した。ソンスは慌てて端末を開くと、右の親指でファンクションキーを操り、メールソフトを起動させた。

『同胞たちに告ぐ』

メールにカーソルを合わせた直後、パクが言った通り、何とも奇怪な、あるいは目を覆いたくなるような映像が、次々とソンスの掌の中で再生され始めた。

◇

〈メールの転送を食い止めようとしているが、拡散速度の方が速く、対処に苦慮している。次の指示があるまで、開城に留《とど》まるように〉

「了解しました。忠誠！」

ソンスは、運転手に日系コンビニエンスストアの駐車場に軍用トラックを停めさせると、店内に入り、日本式のおにぎりとウーロン茶を運転手分も含めて購入した。上司から指示された男の住まいを急襲し、射殺してから三時間が経過した。ソンスの見た限り、開城の街に異変はない。

恐縮する運転手に軽食を手渡した時、亡き父の姉、伯母《おば》がこの街の労働党婦人部副代表として暮らしていることを思い出した。板門店警備の際は訪れることができなかったが、父が死んだ後、母と一緒に形見分けの品を届けたことがある。ソンスはおかかの握り飯を平らげたあと、運転手に市街地に向かうよう指示した。

市の中心部の、ホテルや統一記念館にほど近い松林を抜けたトラックは、松の街路樹が並ぶ埃《ほこり》っぽい住宅街に出た。平屋建てで瓦葺《かわらぶ》きの建物が軒を連ねていた。大きな古い寺院のある一角に、伯母は一人で住んでいたはずだ。記憶をもとに運転手に道を指示していたソンスは、幸いにも、お目当ての寺院を探し出すことができた。

寺院の脇でトラックを降りたソンスは、古い記憶を辿りながら石畳の歩道を歩いた。煤で汚れた何軒かの平屋の前を通り過ぎた時、前方から痩《や》せた白髪の老女が古い革鞄《かわかばん》を携えて歩いてきた。頬がこけているが、目が大きい。伯母だ。

「伯母《アジュマ》さん、伯母《アジュマ》さん！」

呼び止められた老女は、一瞬歩を止めたが、目の前の大男が甥《おい》のソンスだと分かると、鞄を足元に落とし、両手を広げて駆け寄ってきた。

「ソンス、しばらく見ないうちに、ずいぶん立派な青年になって」

「アジュマはお元気でしたか？」

「ええ、こうしてまだ党の仕事をさせていただいているわ」

伯母は右手の人差し指で左胸のバッジを指した。

「ソンス、お前はなぜ開城にいるの？　何かあったの？」

「軍で少し特殊な仕事に就いておりまして。今日の未明、平壌から急遽派遣されてきました」

「そう、では、あの話は本当だったのね」

伯母は突然口ごもり、下を向いた。

「アジュマ、あの話とは？」

「ソンス、あなたは軍部の人間でしょう。ならば、自分がここに派遣された理由を知っているはずだわ。あなたを特殊な任務に駆り出した騒動のことは、既に私たち、この街の党幹部の耳にも入り、一般の民衆の間にも広がり始めているのよ。ちょうどこれから党の支部に出向いて、中央からの指示を仰ぐつもりでいたの」

「そうですか。では、メールの件も知っておられるのですか？」

「電子メールという通信手段のことね？　私はメールというのを見たことがないから分からないけど、南からの映像が携帯電話を通じて出回っているとは聞いています」

ソンスは右胸のポケットから携帯の端末を取り出すと、勝手にメモリーに保存されてしまった映像を再生し始めた。二人の美女の腰に手を回した最高司令官同志の酒席の様子が映されたあと、様々な南の扇動が画面を覆った。伯母はそれをずっと食い入るように見つめている。イラクの惨状や国連でのやり取りが終わったあと、画面には白髪の老人が映し出された。その瞬間、伯母の表情が一変した。

「兄さん《オッパー》！」

鋭く叫んだ伯母は、ソンスの掌の中の画面に釘づけになった。ソンスは、年老いた伯母の横顔を凝視した。

〈北の同胞たちに告ぐ。今までお見せした映像は、あなた方を抑圧している指導者の真の姿だ。そして、まもなく米軍による総攻撃が開始される。あなた方を統制してきた指導部は、今後、あなた方を人間の盾として利用する。騙《だま》されてはいけない。すぐに今の場所から立ち退《の》き、南、あるいは中国との国境に向けて歩き出すのだ。あなた方には一切本当のことが知らされていないと思うが、先ほどのウォーケン米大統領の会見は本物だ。我が故郷、そして祖国の大地は、五〇年前のように再び戦渦にまみれる。その前に団体で行動し、南、もしくは中国に向かうのだ。あなた方を支配する、堕落し切った指導者が排除される日は近い。それまでの間、とにかく移動を始めるのだ〉

「オッパー！」

ソンスの傍らで、伯母が再び同じ言葉を口にした。どういうことだ？　伯母は携帯端末の画面を見て、オッパーと言った。画面には、さきほどから民族の裏切り者、リ・スーフンが北の訛を使って懸命に戯《ざ》れ言《ごと》を吐き続けている。首を捻《ひね》るソンスをよそに、伯母、リ・ヨンヒの表情は一段と強張り、喉の奥から嗚咽《おえつ》のような声を漏らし始めた。

「ヨンヒ・アジュマ……」

伯母の横顔を見つめたまま、ソンスは不意に体を硬直させた。

「まさか……」

ヨンヒは細い右手を伸ばし、ソンスの頰を張った。

「そうよ。あなたや政府が憎む越南者、リ・スーフンは私の兄、そしてあなたの伯《お》父《じ》です！」

ソンスは無意識のうちに激しく頭を振った。「伯父」という言葉が、何度もソンスの脳の中で反響し、それを拒絶しようと試みる願望の壁に突き刺さった。

「嘘です。私は信川《シンチヨン》復讐隊を経て、情報員という大切な役職に就いているのです。亡き父が懸命に築いた土台のおかげです」

ソンスは自分の声が、いつしか哀願するような口調に変わっているのに気づいた。

「ソンス、あなたはまだ気づかないの？　オッパー、いや、あなたの伯父であるスーフンの言葉は、真実を伝えているのよ」

「そんなことはない……」

ソンスは左手で、伯母に張られた左の頰を押さえた。

「ソンス、なぜ私はこんなに痩せ細っているの？　それに、開城の駅の周辺にたむろしているコッチェビたちは、誰のせいであんなことになったの？」

「アジュマ、これ以上暴言を続けると、たとえ伯母であっても、私はあなたを国家反逆罪に問わなければなりません。言葉を慎んでください」

左頰を押さえたまま、ソンスは俯いた。言葉を慎めと言った自らの言葉が、空中をさまよう浮き雲のように重みを失っている。ソンスの脳裏には、この共和国の矛盾を懸命に説いたソン・ワンギュや劉剛、そして新宿の地下街で出会ったホームレスの老人の顔が次々と浮かんだ。

「あなたにも思い当たる節があるでしょう。オッパーの言う通り、米軍が攻撃をかけてきたら、国家指導部は私たちを必ず盾に使うでしょう。私はもう我慢できない。同じ志を持つ人たちと、これから南に向かうわ」

声を荒らげたヨンヒは、胸のバッジに手をやり、留め具を外した。

「アジュマ、それ以上発言を続けると、本当に逮捕せねばなりません」

「ソンス、甥であるあなたに逮捕され、殺されるのであれば、私に悔いはありません。さあ、私のこのこめかみに弾丸を撃ち込みなさい！」

ヨンヒの甲高い声に周辺の家々の窓や戸が開き、通りに住民が集まり始めた。

「皆さん、私と一緒に南に向かって歩きましょう！」

当初は遠巻きにしていた住民たちが、一人、また一人と近づき始めた。ソンスの掌の上の端末では、映像が自動でリワインドされ、ウォーケン大統領やスーフンのスピーチを再生した。

「嘘《うそ》だ、これは南と帝国主義者どもの陰謀だ。皆、騙されるな」

ヨンヒとソンスを取り巻く人垣は、徐々にその数を増やしていった。その時、急に耳を切り裂くような音が響き、上空が一瞬、暗く陰った。その直後、辺りの松並木が激しい風に煽られ、揺れた。一同の上、ちょうどビルの一〇階程度の高さを、黒い三角形の物体が猛烈な速度で飛び去っていった。

「アメリカの戦闘機だ！」

群衆の中から若い女の声が響いた。我に返ったソンスは、急いで肩の軽機関銃を構えたが、既に黒い三角形の物体は、平壌方向の空に向かい、黒い点ほどの大きさになっていた。

24

ソウル特別市カンナム。シルバースター電子会長室の応接セットで、イ・スーフンはプラズマディスプレイに映った衛星写真を食い入るように見つめていた。

「こちらが三〇分前、開城《ケソン》上空から送られてきた衛星写真です」

白衣姿の研究所所長が、手元のコントローラーを操って画像をクローズアップした。

「太い道路の左端に建物の影が映っていますが、これが開城の中心部にある統一記念館です。この部分をさらに拡大しましょう」

画面の映像が一瞬ぶれたあと、今度は統一記念館の反り返った瓦屋根がディスプレイに映し出された。周辺には、小さい黒い点がびっしりと集まっていた。

「瓦屋根の付近に黒い点となって映っているのは、人間の頭です。この付近には既に三〇〇〇人、あるいは四〇〇〇人程度の人間が集まり始めているものと思われます。それに、まだ公式な発表はありませんが、先ほど、興味深い映像が入りました」

所長が画面を切り替えると、どこかの都市の上空に三角形の影が映し出された。

「沖縄から飛び立った米空軍の最新鋭ステルス爆撃機です。北のレーダー網にかからぬよう、超低空飛行で、北の主要都市の上空を行き来しています」

「米軍は実際に爆撃を始めたのか？」

「まだです。音速で爆撃機を飛ばし続けることで、北を心理的に参らせる作戦でしょう。同時に、次は本当に叩くという強烈なメッセージになります。民衆にも動揺が広がっているはずです」

「北の同胞がメールから例の画像を再生した件数は、どのくらいになっている？」

「延べ三〇万件に達しております」

「米軍の状況は？」

　スーフンは腕組みを解き、所長の隣に控えていたソンに尋ねた。

「先ほどの衛星写真で影がとらえられたように、沖縄の空軍基地から飛び立ったステルス爆撃機は三機。釜山沖の米海軍の兵力も刻々と増強されています。現状、青瓦台は静観を決め込んでいます。韓国全軍に対しても、特段警戒度を上げるような指令は出されておりません」

「では、これまで判明している事実をまとめ、新たにメールで北の同胞たちに送り込むのだ。ステルス爆撃機がわざと姿を見せながら飛んでいる以上、北の国内では大変な混乱と動揺が広がっているはずだ」

「了解いたしました」

ソンが手帳に必要な事項を書き込んだ直後、スーフンの執務デスクの電話がけたたましく鳴り始めた。ソンは手帳を置き、受話器を取り上げると、さっと直立不動の姿勢を取った。

「大統領閣下！」

ソンは眉間に皺を寄せ、受話器をスーフンに向けた。スーフンは受話器に耳を当てながら、ソンに向けて一回ウインクした。ソンは頷いたあと、電話機のボタンを静かに押した。

「イ・スーフンでございます。大統領閣下、御用がおありでしたら、こちらから出向きますが」

〈あんたらは、何てことをしてくれたんだ！〉

「お叱りを受けるようなことがありましたでしょうか」

〈とぼけるのもいい加減にしろ！　先ほど、ホットラインを通じて北の最高司令官と話したが、メールで変な映像をばら撒《ま》かれたと言って、激怒している。我々の支援策を台無しにして、この責任をどう取ってくれる〉

「支援物資の携帯電話端末に内蔵される機能については、特段、政府のご指示はありませんでした。それに、北の最高司令官が待ち望んでいた新型の携帯電話が支援物資に入り、我が国の最新技術が北の同胞たちに渡るのはすばらしいと一番喜ばれたのは、大統領閣下ご自身ではありませんか？」

〈ふざけるな！　即時あのメール機能を停止しろ！　メールと映像の機能を止めなければ、青瓦台に暗殺者を再び送り込むと脅されたんだぞ！　そもそも今回の支援事業が軌道に乗れば、北の最高司令官がソウルを訪問することが決まっていたのだ。北は私を唯一の交渉相手として、南北統一が果たされるまでの間、韓国大統領の座にとどまってほしいと懇願していた。私が殺されでもすれば、この半島には再び内戦が起こる。その責任をどう取るんだ！〉

「大統領、お言葉ですが、あなたが行ってきた一連の北との外交は、交渉とは言わないのです。あなた自身の保身と、北の民衆を苦しめ続けている独裁者の延命の手助けに過ぎません」

〈御託はたくさんだ。いいから北向けのメール配信は即刻中止せよ。さもないと、国家反逆罪で貴様らを逮捕する！〉

「中止しません。あなたが手をこまねいている間にも、米軍が北を爆撃しようと着々と準備を進めている。罪もない同胞たちを爆撃の雨から逃れさせるために、メールの配信は止めません」

スーフンは受話器を叩き付け、ソンに目を向けた。

「今の大統領との会話、録音はできているな?」

ソンが力強く頷いた。

「国家反逆罪で私が拘束されるような事態になったら、今の会話を全世界のメディアに流せ」

25

大田原はカンナムのホテルの自室で、プラズマテレビの画像に釘づけになっていた。

〈CNNは、中国側から潜入取材を敢行した模様です。画面の上半分、鴨緑江《おうりょっこう》の向こう側が北朝鮮の新義州です。手前は中国の遼寧省《りょうねいしょう》丹東市《たんとうし》になります。鴨緑江に架かる橋のたもとに、続々と一般民衆が集まっています。よくこんなアングルから撮影に成功したものです〉

大田原は、画面の日本橋テレビのニュース映像から流れる解説の声を聞き続けた。

五〇インチの画面の下に「LIVE」と表示された映像は、淡々と向こう岸の様子をとらえ続けた。大田原は、地続きの半島の先で、着実に地殻変動が起こっていることを実感した。膝の上に置いた右手が細かく震え始めた。

映像の中では、橋のたもとに軽機関銃を携えた兵士が三人おり、住民たちに帰れという手振りを続けていた。しかし、徐々に増え始めた民衆は、兵士との間合いをジリジリと詰めていく。橋の入り口を固めていた兵士三人が、住民たちの圧力で一つの塊となり、欄干《らんかん》の脇に追い詰められていった。橋の長さは一五〇メートルほどだ。住民の一人、中年の男が右端にいた兵士から五メートルくらいまで近づいた時、突然、兵士の持っていた軽機関銃が向きを変えた。空に向けられていた銃口が下がり、水平になって住民側を向いた。

「おい、まさか……」

大田原がつぶやいた瞬間、画面上にいく筋かの光の線が走った。望遠で北側の様子をとらえていたカメラのフレームがわずかにぶれた。同時に、中国側の河川敷に身を潜めていたカメラマンが立ち上がり、川の流れギリギリのところまでカメラを抱えて猛然と走り出した。

「Watch out！（気をつけて！）」

中継中の映像に、アトランタのCNN本社スタジオでアンカーウーマンが発した叫び声が割り込んだ。画像は大きく上下の振動を繰り返しながら、被写体との距離を詰め続けた。そして次の瞬間、銃を乱射する兵士の姿をとらえた。

「F×××!」

現場でカメラマンが発した放送禁止用語が、アンカーウーマンの呼びかけを遮《さえぎ》るように流れた。銃弾を浴びた中年男と、その背後にいた老女が相次いで欄干から川に落ちた。

「No!」

カメラマンが大声で叫び、続いてまた放送禁止用語を口にしたが、中継は中断されず、凄惨《せいさん》な画像が流れ続けた。銃弾を浴びて、次々と倒れる人々、川面《かわも》に浮かび、流されてゆく死体。そして、銃を乱射する兵士の表情が映った。音声こそ入ってこないが、兵士は、目を見開いて軽機関銃を乱射し続けていた。

ベッドサイドで手を震わせたままの大田原の前で、虐殺劇が展開していった。稲穂が倒れるように撃たれていく北の人々の様子を見て、大田原の脳裏に素永の遺体の記憶が蘇った。大きな体を真っ二つに折り曲げ、硬直させて絶命した素永だ。狂った体制が、次々と罪もない人たちを殺している。新宿の地下街で一瞬のうちに命を失った素永の表情と、画面から流れる人々の死が、大田原の意識の中で一つになった。大田原はベッドから立ち上がると、デスクに駆け寄り受話器を取り上げた。

◇

「CNNはどこから中継しているのだ？」

会長執務室のソファに座っていたイ・スーフンがソンに尋ねた。

「中国遼寧省丹東市、鴨緑江の河畔からカメラを構えているようです」

「ということは、対岸は新義州だな。我が社製の端末は、平壌をはるかに越えて国境の街まで運ばれ、例のビデオを受信したということか」

スーフンは、鉄橋のたもとに数百人の一般市民が集まっているのを見て、満足げに頷いた。

その直後、プラズマテレビから乾いた銃声が響いた。

鉄橋の欄干から数人が川の流れに落ちた。スーフンはソファを離れ、プラズマテレビの前にひざまずいた。

「会長のせいではありません。会長があのミッションに踏み切っていなければ、もっと多くの犠牲者が出ていたはずです」

ソンが懸命になだめた時、突然、画面の映像が切り替わった。アイシャドーを塗りたくった東洋系のアンカーウーマンが登場し、ホワイトハウスから中継すると早口で説明した。

〈先ほど、ホワイトハウス関係者が我々に語ったところでは、数十分後にウォーケン大統領が特別声明を発表する模様です。声明の詳細は判明していませんが、北朝鮮に対し、一般住民への暴力を直ちに止めること、そして、直ちに最高指導部が退陣することを勧告するものと思われます。ホワイトハウスの動きが活発化したのは、北朝鮮の国民が突然避難を始めた動きを衛星写真でとらえたことが背景にあるようです。また、北朝鮮の国民に避難を促した特別の情報が存在する、という断片的な証言もあります。追加の詳細情報が入り次第、またお伝えします。ではアトランタ、どうぞ〉

「アメリカ政府も異変を察知し、我々が送った映像も把握したということだな。これで攻撃を踏みとどまってくれればよいのだが」

スーフンは、低くうなるようにつぶやいた。

「しかし、北の最高指導部がそう簡単にギブアップするとは考えにくく、予断を許さない状況が続いています。最新の映像を北側に送り続けようと思います」

ソンが冷静に答えた。その時、ソンの携帯電話が震え出した。スーフンは、ソンが声を潜めて話しながら、自分に強い視線を投げかけていることに気づいた。

「どうした？」

「あの、大田原教授からでして」

スーフンは、大田原も同じ映像を見ているのだと直感し、ソンの手から端末をもぎ取るようにして耳に当てた。

「教授、私はこれから板門店に行きます。オフィスでじっと待っているより、板門店で同胞の叫びを聞かねばならない。教授も同じ考えでは？」

〈そうです、同行は可能でしょうか？〉

「可能です。ではホテルにお迎えにあがりますので」

スーフンは通話ボタンを切ると、ソンに端末を差し出した。

「会長、板門店に行くなんて、お願いですから止《や》めてください。万が一、北との間で小競《こぜ》り合い、いや、銃撃戦でも起きたら大変なことになります。まして日本人である大田原教授をお連れになるなんて、とんでもない」

「君の気持ちはありがたく受け取る。しかし、既に我が故郷である北の大地では、大変なことが起きているんだ。安全な場所で指をくわえているわけにはいかない。もし、同胞が板門店で救いを求めてきたら、微力ながら、我が手を差し伸べたいのだ。教授も同じ気持ちのはずだ」

ソンは大きくため息をつき、首を振った。

「会長、防弾チョッキとヘルメットは必ず着用してください。いいですね」

スーフンは無言で頷くと、ジャケットを脱ぎ捨て、ネクタイも取った。

動かなければならない。行動しなければならない。理屈ではない。目の前に、助けを求める同胞たちが押し寄せようとしている。スーフンは、黒いワイシャツの袖を捲《まく》り上げた。

26

〈開城に歩兵部隊一個師団を急派することを決めた。リ同志、君は師団長の指揮下に入り、民衆の暴動を鎮圧しろ。ところで、君ほど優秀な男が、なぜ民衆の暴動を食い止めることができなかったのだ？　開城の件では、最高司令官同志が大変失望していらっしゃる。平壌に戻った際は、それ相応の処分が待っていることを覚悟してほしい〉

「お言葉ではありますが、メールが自動的に転送を繰り返したため、私一人では対処しきれず……」

〈リ同志、君はいつから言い訳をするような兵士に成り下がったのだ。とにかく、

最高司令官同志はご立腹だ。ご自身のあのような姿が広まったのだからな〉

「ちょっとお待ちください。配信された映像の冒頭、最高司令官同志に似た人物が堕落した姿で映っておりましたが、あれは南が仕立てた俳優ではないのですか？」

〈馬鹿者。偽者であれば、最高司令官同志が本気で立腹されるはずはないだろう！　とにかく、開城の暴徒たちを何とか食い止めるのだ。抵抗する者は容赦なく撃ち殺せ。いずれにせよ、歩兵師団が到着し次第、勝手に出歩いていた者は皆殺しにせよとの命令が下っておる。頼んだぞ〉

上官からの電話は一方的に切れた。南の策謀だと考えていた一連の映像、特に最高司令官同志に似せた人物を登場させた破廉恥《はれんち》な画像を見た時は、腹の底から怒りが湧《わ》き上がった。しかし今、上官はあの画像は本物だと言い切った。ソンスの脳裏には、慰労会の場に忘れられた最高司令官同志の携帯端末と、そこから漏れ聞こえた情婦の甘ったるい声が蘇った。

「俺は誰を守ってきたのだ……」

西麻布で劉剛が言った言葉は、結果として正しかった。劉剛やホームレスの老人が革命思想の矛盾を突いた言葉を振り切るように、ソンスは新宿の地下街にＶＸガスを撒き、一瞬のうちに数百人の命を奪った。後遺症に苦しむ人の数は、数千人規模に上るはずだ。革命、そして父と慕い続けた最高司令官同志を信じて、かすかに生じた疑問を押し殺して踏み切った大量殺傷行為だった。

ソンスは左胸のポケットに右手を当てた。いつものように、丸い金属片が指先に当たった。

「ソンス、もう苦しむのは止めましょう」

群衆の間から、伯母のヨンヒが姿を現し、ソンスが胸に押し当てていた右手に手を添えた。

「ソンス、もうこの国の指導部はお終《しま》いだわ。一緒に板門店を越え、南に一時避難しましょう」

ヨンヒは上着のポケットからオレンジ色の携帯端末を取り出し、映像ソフトを起動させた。

「ソンス、この映像を見たら、あなたの気持ちも変わると思うの」

ヨンヒは、掌の中の携帯端末をソンスに向けた。小さな画面に、ＣＮＮが放映したばかりの映像が流れ始めた。鉄橋脇で民衆ともみ合う兵士が映し出されたあと、突然、兵士の一人が軽機関銃を乱射し始めた。カメラが望遠でとらえた兵士は、目つきが鋭く、痩せた頬に傷があった。

「パク情報員じゃないか」

兵営では常に冷静な顔でソンスに接してきたパクが、顔面を引きつらせ、引き金に手をかけ続けていた。パクの前方では、強風に煽られた稲穂が倒れるように、民衆が次々と倒れている。

「人民に銃口を向けるなんて、もうお終いよ」

ソンスは、左胸に当てた右手に力を込めた。

「ソンス、あなたは何をお守りにしているの？」

ソンスは黙ってポケットに手を入れると、中央が窪《くぼ》んだ丸い金属片を取り出し、ヨンヒに手渡した。

「ソンス、これはね、兄と私とあなたのお父さんにとってのお祖父《ハルボジ》さんが残してくれた形見の一部なの。精工舎の懐中時計の蓋《ふた》よ」

「時計の蓋だったのですか……。父が死んだ後、私はこの蓋を、亡き母から形見として授かりました。かつて信川《シンチョン》復讐隊にいた時、この蓋が流れ弾から私の命を救ってくれました。それ以来、片時も離さずに身につけてきたのです。父が私を常に守ってくれているのです」

「その懐中時計の本体は、今でも兄が持っているはずだわ。私と一緒に南に行って、もう一度、時計を一つにするのよ。そうすれば、我が一族は本当の意味で再会することができる。五〇年以上の時を経て、やっと一つになれる。リ一族だけでなく、朝鮮民族がやっと一つになるのよ」

ヨンヒは懸命にソンスの顔を見上げた。

「これ、あなたに返しておくわ。大切に持っているのよ。きっと先祖があなたを守ってくれる」

しかし、ソンスは強く頭を振った。革命と最高司令官同志を守るために犯した殺人の数々。人を殺してきた大義名分が全て嘘と偽りだと分かった以上、尊敬する父の形見を持ち続ける資格が自分にあるとは思えなかった。ソンスは、ヨンヒが差し出した手を強く押し返した。

「南に一時的に避難したにせよ、まだまだ混乱は続きます。米軍の攻撃に巻き込まれない保証はありません。どうか、家に戻ってください。米軍の攻撃からも、平壌から派遣されてくる歩兵師団の一団からも、そのお守りがアジュマを守ってくれるでしょう」

「ソンス、いい加減に目を覚ましなさい。私には今まで、この国から脱出する機会がありました。しかし、あなたがこの国に残っているから、脱出を思いとどまったの。あなたを動揺階層に落とすわけにはいかないから……。それなのに、なぜ分かってくれないの」

ヨンヒの大きな瞳に涙が浮かんだ。

「アジュマ、とにかくお守りは持っていてください。私は板門店付近まで行って、先に南に向かっている人たちをひとまず食い止めます。アジュマは家に隠れていてください。あとから来る鎮圧部隊に対しては、民衆に銃を向けさせないよう、仲介役を果たします」

「あなたは優秀な兵士かもしれないけど、たった一人で一個師団の行動を止めることができる？　無理だわ」

ソンスは無言でヨンヒに背を向けると、駆け足で軍用トラックに向かった。

27

混雑するソウル北部、江北《カンブク》地区を抜けたイ・スーフンのＢＭＷは、幹線国道に乗り、川沿いの整備された道路を北に向けてひた走った。ソウル郊外の工業団地を過ぎると、南北を分断するエリアに二〇分ほどで到達する。車の量は激減し、軍用車両と近隣の農家の小型トラック程度しか走っていない。スーフンは、運転席の真後ろの席で窓から漢江《ハンガン》のゆったりした流れを見続けた。

スーフン、大田原、ソンの三人を乗せたＢＭＷは、時折、国連の旗ではなく星条旗を掲げた軍用トラックを追い越した。

「あくまでもアメリカ軍として北と対峙《たいじ》しようというつもりですね。逆に韓国軍の車は一台もない。青瓦台はずっと静観を決め込むつもりです」

米軍の装甲車を追い越した時、助手席のソンがぽつりと言った。ソンは手元のパソコンを操作し、頻繁に衛星写真のアップデートを繰り返していた。

「教授、どうやら、開城《ケソン》を出た数千人規模の人間が着実に板門店《パンムンジョン》に近づいているようです。まもなく、板門店警備の歩兵部隊と遭遇することになります」

「北から来た一行が、北の歩兵部隊と遭遇したらどうなるんですか？」

「分かりません。平壌の指導部がどういう指令を出すかにもよりますが、衝突が起きるかもしれません。新義州《シンウィジュ》の鉄橋での映像を思い出してください。開城から板門店に向かっている人数があれよりも多いことを考えると、もっと悲惨な結果が待っているかもしれません。板門店周辺を警備する北の兵士は総勢二万人程度。このうち、非武装地帯を直接監視している人員は約一万人。彼らが重火器でフル武装していると考えると、民衆に相当の犠牲者が出る可能性があります」

バックミラー越しに、ソンは淡々と語った。大田原は、横の車線を走る米軍の装甲車を見上げながらソンに尋ねた。

「北の指導部は、まだギブアップしていないのですか？」

「それは考えにくいですね。もし、そういうことになるとしても、前線部隊に知らされるのは最後になるでしょう。北の将軍は、おそらく北京に向かい、釣魚台にでも逃げ込んだ時に、『亡命しました』といった発表があるのではないかと想像します。現状では、平壌の指導部はまだ逃げる姿勢を示していません。ただし、国を出ようという民衆の数は増え続け、板門店や新義州だけでなく、他の主要な都市で似たような事態が生じているものと思われます」

「私の選択は正しかったのだろうか」

漢江を見つめ続けていたスーフンがつぶやいた。

「北の同胞を助けると言いながら、既に何人も、将軍の部下に殺された。これでよかったのか……」

◇

開城の市街地を抜けた人の波は、工業団地の脇から国道を南下し続けた。合計四車線のまっすぐな道路を、四〇〇〇人規模を超える集団が早足で進んだ。少年や少女、幼い子供を抱えた主婦、老夫婦。着の身着のままで家を出てきた人々の顔は、一様に緊張していた。道路をびっしりと塞《ふさ》いだ彼らを追い越すため、ソンスは運転手に指示して、ところどころ舗装が剝《は》げた旧道を抜け、板門店の特別警戒区域の目前で再び国道に上った。

ソンスは運転手に道路を塞ぐ形でトラックを止めるよう指示すると、軽機関銃を肩にかけて車を降りた。既に数百メートル向こうに、開城から南を目指す人々の先頭集団が迫っていた。彼らは少しずつ歩を進めて、軽機関銃を構えるソンスに近づいてきた。南の企業から支給された作業着を羽織った労働者の一団の中に続き、長い白髪をなびかせた伯母ヨンヒの姿も見えた。

ソンスは集団に向けて水平に構えていた軽機関銃の銃口を、力なく地面に向けた。

「リ同志、荷台から火器を下ろしておきましょうか？」

迫り来る集団に怖《お》じ気づいた運転手が叫んだ。しかし、ソンスは首を振り、その必要はないと告げた。

三分後、足早な労働者たちに交じって、ヨンヒがソンスの眼前に到着した。

「ソンス、道を空けなさい」

「アジュマ、家に戻っていてくださいとお願いしたはずです。まもなく平壌から歩兵師団が到着し、外出している人間を片っ端から射殺するはずです。早く家にお戻りください」

「家はもう捨てたわ。一緒に歩いてきた人たちも、そのつもりで開城の街を出たの。このまま街に残っても、政府に反抗的だという理由で、開城市民の何割かが見せしめのために殺される。そうでなくても、米軍の攻撃の前に盾として使われるわ。みんな、それが分かっているから南に向かうのよ」

「アジュマ、私がなぜここに立っているか分かりますか？　あと一キロ歩けば、あなた方は板門店警備隊の管轄地域に入ります。彼らは平壌から指令を受けて、あなた方を捕らえる準備をしているはずです。お願いです。アジュマだけでも家に……」

ソンスがヨンヒに懇願していると、ヨンヒの後方にいた体格の良い中年男が、唐突に肩をソンスの胸板に当て、さらに歩き続けようとした。

「貴様、何をする。これ以上進んだら、殺されるぞ」

「構わんさ。あんたは今朝、俺たちの仲間を殺した情報員だろ？　そんな奴《やつ》の言葉を信じる者などいない。さあ、進むぞ。俺が弾よけになる。みんな、進むんだ」

中年男に先導される形で、一〇人程度の労働者がソンスを押しのけ、トラックの脇から国道をさらに南に向けて歩き始めた。

「やめろ！　もうすぐ板門店警備の中隊が来る。ここから先は、軍人以外の通行が禁止されている。問答無用で射殺されるぞ」

ソンスが男の背中に向かって叫んだ時、軍用ジープに乗った士官が一台の小型軍用トラックを引き連れ、ソンスのトラックの横に急停車した。

「貴様らが反乱者か？　ここから先に進むことは許さん。馬鹿者どもめ、南に利用されているのが分からんのか？」

士官は腰のホルスターから拳銃・白頭山《ペクトゥサン》を抜き、上空に向けて一発、威嚇《いかく》射撃を行った。

「的はそっちじゃないぞ。ここを狙え！」

先頭を進んでいた男が振り向き、士官に向けて胸を張った。男は韓国製の作業着を脱ぎ捨て、右の拳で自らの左胸を強打して、士官を挑発した。ソンスが男に駆け寄って挑発を止めようとした時、乾いた破裂音が響き、短銃の弾丸が男の拳と心臓を瞬時に貫いた。

「貴様、どこの部隊の人間だ？　反乱者などさっさと殺してしまえ！」

男が仰向けに倒れると、士官はソンスに向かって金切り声を上げ、死体に唾《つば》を吐きかけた。すると、ソンスの周囲にいた労働者が一〇人ほど、士官に飛びかかった。

士官は反射的に白頭山の引き金を引き続け、三人の労働者の足や胴を射抜いた。ししかし、残りの労働者たちは士官を取り押さえ、拳と踵《かかと》で暴行を加え始めた。

「お前たち、やめろ！　本当に反乱者にされてしまうぞ！」

ソンスが怒鳴ったが、暴力は止まらなかった。異変を察知して、トラックの荷台から歩兵五人が降りてきた時、士官は真っ赤な鮮血まみれの肉塊に変わり果てていた。

「ここからは、国道を下りていくぞ。京義線の線路づたいに歩けば、何とか南に辿り着けると聞いている。線路の周辺からは、地雷が撤去されているはずだ」

三〇歳くらいの労働者が突然大声を張り上げると、国道の脇の草原に足を踏み入れた。先頭集団に追いついた開城市民たちが、無言でその男の後を追った。

「そこから先、線路までの一帯は地雷原のままだ」

ソンスは空に向けて軽機関銃を撃ち続けたが、無言の集団は続々と草原に足を踏み入れた。歩兵たちはあっけにとられ、立ち尽くしていた。

「お前たち、彼らを止めるんだ！」

立ち尽くす初級兵士たちにソンスが叫ぶと、一人の細身の歩兵が軽機関銃と弾薬を詰め込んだ背嚢《はいのう》を抱えて、草原に走り込んだ。

28

「ここから先は立ち入り禁止だ。特別パスも今日から当面は使用停止だ」

板門店に入る最後のゲート、在韓米軍の駐屯地《ちゅうとんち》キャンプ・ボニファスの手前で、大柄な黒人兵士がスーフンのBMWを停めた。当然、観光ツアーは中止措置が取られている。韓国軍さえも動いていない状況で、いくら財界の有力者を乗せているとはいえ、民間の車両が簡単にキャンプ地に入れるはずはない。大田原は肩を強張らせた。

助手席から降りたソンは、パスポートと特別パスを黒人兵士の眼前にかざし、何とかゲートを通過させてくれるよう頼み込んでいた。

「やっぱり、ここから先は無理なんじゃないですか……」

早口の英語でまくしたてるソンを見ながら、大田原は隣席のスーフンに語りかけた。

「大丈夫、通れますよ」

スーフンは口元に笑みを浮かべると、落ち着いて手元の資料に目を通した。

「お待たせしました」

助手席のドアが開き、ソンが勢いよくシートに座ると、運転手に車を出すよう目で促した。

「え？　アメリカの監視兵と揉《も》めていたんじゃ……」

大田原は後部座席の窓を開けると、周囲を見渡した。先ほどソンと押し問答を繰り返していた黒人兵士の姿を探したが、ゲートの入り口付近にその姿は見えなかった。窓を閉めようと、視線を道路に向けた時、大田原は車の後輪の近くにうつ伏せで倒れている黒人兵を見つけた。

「ソンさん、あそこに監視兵が……」

大田原が助手席のシートを掴むと、ソンは振り向いてウインクした。

「彼、眠いようなので、ちょっと眠らせてあげました」

「眠らせてあげた？　一体、ソンさんは何者なんですか？」

「私はイ・スーフン会長の専属秘書です」

ソンは笑ってそう答えると、パソコンのモニターに映った衛星写真に視線を落とした。

「イ会長……」

「ソンは私の専属秘書です」

スーフンも穏やかに微笑《ほほえ》んでいた。

車は「自由の家」の前を通過し、北朝鮮の宣伝村が見渡せる展望台に辿り着いた。監視小屋に詰めていた韓国軍兵士が車に走り寄ったが、助手席のソンと後部座席のスーフンの顔を一瞥すると、すぐに建物に引き返した。ソンは、運転手にトランクを開けるよう指示すると、すばやく車を降り、続いて下車したスーフンと大田原に防弾チョッキとヘルメットを手渡した。

「緊張が高まっている時ですから、装着してください」

スーフンは慣れた手つきで重いチョッキをまとった。大田原は分厚い鉄板の重みに悩まされながらも、何とか袖を通した。

「まだ、異変はないようだな」

北との分岐点、「帰らざる橋」付近より北側の草原を見渡したスーフンがつぶやいた。

「会長、開城から歩いてきた集団が国道からそれて、地雷原の中を進み始めております」

最新の衛星写真を見たソンが声を上げた。スーフンは運転手から双眼鏡を受け取り、「帰らざる橋」の後方に焦点を合わせた。

「まだ、何も見えない」

大田原も後部座席に戻り、ＢＭＷに常備されているシルバースター製のデジタルカメラを取り出し、帰らざる橋の後方に広がる草原にファインダーを向けた。

大田原は、初めて板門店を訪れた日のことを思い返し、祈るような思いでファインダーを覗き続けた。一行の上空を、鳶が鋭い鳴き声を上げながら舞っていた。鳶は弧を描きながら、軍事境界線を越えて北側の空へ飛び去った。

29

京義線の線路を目指して歩き始めた民衆を制止しようと、ソンスも国道から草原に足を踏み入れた。南北が共同運営する工業団地に向かう幹線道路と国道を建設するため、この周囲の草原の地雷は、数年前に全て撤去されていた。このまま線路に向かって進むと、あと一キロ程度は地雷の心配はないが、その後は地雷原だ。

「みんな、聞いてくれ！　地雷原に入ってから線路までは二キロほどある。この人数で地雷原を無事に突破するのは無理だ」

ソンスは、先頭を行く労働者の集団に向かって、出せる限りの大声で叫んだ。が、一行が歩みを止める気配はなかった。先頭集団を追って走りかけたソンスの肩を、誰かが唐突に摑んだ。

「リ・ソンス同志、こんなところで再会するなんて奇遇ね」

ソンスが振り返ると、日本から帰国したあと、党幹部の保養施設で会ったオ情報員が見上げていた。髪を後ろで束ね、歩兵と同じ軍服をまとっている。

「私は特別休暇をもらったあと、板門店警備に回されたのよ。味方の兵士たちの監視役でうんざりしていたから、こういう騒ぎは大歓迎」

オ情報員は微笑して、黙々と歩き続ける人々に目を向けた。

「君からも彼らを説得してほしい」

「どういうこと？」

「まもなく平壌から鎮圧部隊一個師団が到着する。奴らが来たら、反乱者たちは殲滅される。かといって、南に向かっても、大半が地雷の餌食《えじき》になってしまうだろう。その前に、急いで家に帰るよう説得を続けているのだ」

「行かせてあげたらいいわ。この国に残っても、何の希望も未来もない」

「君は何を言い出すんだ？　とにかく彼らを帰さなければ、皆殺しにされてしまう。君は南のように扇動したいのか？　地雷原の中を四〇〇〇人以上の一般人が進むのは集団自殺と同じだということを分かってくれ」

「死んでも構わない。この草原に足を踏み入れた人間全員がそう思っている。あなたはまだ分からないの？　我が国の兵士に殺されるより、米軍の爆撃の盾として使われるより、自らの意思で行動して死にたい。今ここにいる人たちは、そう考えたの。あなたにはそんなことも理解できないの？」

「君もその一人なのか？」

オはこくりと頷いた。いつのまにか、ソンスの傍らにヨンヒが寄り添い、オの言葉を聞いていた。

「このお嬢さんの言っていることは正しいわ。みんな、自分の意思で生き方を選びたいの。今、あなたにできるのは、彼らを一歩でも南に近づけること。あなたの父、ヨンナムが生きていたら、このお嬢さんと同じことを言ったと思うわ」

ソンスは、ヨンヒとオ情報員の顔を見比べた。か弱いと思っていた女性の四つの瞳から、強い光が放たれていた。ソンスは、父ヨンナムの遺影を懸命に思い浮かべた。

「だいたい、これだけの人数を今さら開城に戻せると思う？　地雷原のことなら、完璧じゃないけど何とかしてみる」

オはそう言うと、背嚢を叩いた。

「私、先に行って道を作ってくるわ。あなたはしっかり彼らを護衛していて」

オはそのまま、前方の背の高い草むらに飛び込んでいった。ソンスはもう一度、歩き続ける開城市民の顔を見た。誰一人口をきいていないが、全員の目が南の空に向いていた。

「無謀だ。それでもいいのか」

ソンスはぽつりとつぶやいた。南からの映像を見て、偉大なる指導者だと崇《あが》めていた最高司令官同志への思いは完全に潰《つい》えた。ソンスを説得し続けた人の顔が、次々に浮かんだ。

「それでもいいんだ」

ソンスは自らが無意識に発した言葉を聞き、この瞬間から、自分も反乱者の一人になったことを自覚した。

「ソンス、やっと分かってくれたのね。やっぱり、あなたはヨンナムの息子よ」

ヨンヒがソンスの左手を力強く握った。

「アジュマ、私はこれまで祖国のためと信じて、政治犯や脱走兵を殺してきました。一人や二人ではありません。それに、何の罪もない東京の人民を、ＶＸガスを使って何百人も虐殺しました。私が守ってきたものとは、一体何だったのでしょうか？私はどう罪を償えばよいのですか？」

「ソンス、あなたは素直すぎたのです。償いは南に着き、世の中が落ち着いてからでも遅くはありません」

「償い切れるものでしょうか？」

「償いたいという気持ちがあるならば、あなたには人間の心があるということです。それよりも、今はこの局面を打開するのが先決です」

ソンスがヨンヒの手を強く握り返した時、ドーンという重低音が立て続けに三回響いた。全員が一斉に歩みを止め、南の空を見上げると、幾筋かの白煙が空を上っていった。

◇

「今、何か音がしませんでしたか？」

ファインダーを覗いていた大田原が、スーフンに声をかけた。

「ええ、かすかに爆発音がしたかもしれません」

スーフンが答えた時、ちょうど展望台の横の監視小屋から韓国軍の士官が飛び出してきた。

「イ会長、今すぐ小屋に入ってください。今、北の地雷原で立て続けに三回、爆発が起きました。これから米軍が非武装地帯に潜入します。ここにいては危険です」

スーフンが板門店を訪れるたびに便宜を図ってくれる士官が、一行を監視小屋の中に導いた。

「我々韓国軍兵士には、監視態勢強化の指示が出ているだけですが、米軍は既に一時間前から戦闘モードに入っております。昨日、極秘で板門店に派遣された海兵隊も、偵察に向かっています」

「今、地雷原にいるのは、開城の一般市民なのか？」

「そうです。彼らが地雷原に入ってしまったため、板門店警備の北の監視兵たちも、止めるのに二の足を踏んでいます。しかし、四〇〇〇人規模の一般市民が地雷原を渡るのは、集団自殺です」

「何とか彼らを救ってやれる手だてはないのか？」

韓国軍士官は頭を振った。

「携帯電話端末を通じたイ会長のメッセージに、あの人々は本当に早く反応したのでしょう。おそらく、後方からは、彼らを殲滅せよという命令を受けた部隊が迫っているはずです」

「米軍に軍事境界線を越えさせて、救出させる手は使えないか？」

スーフンは再び口を開いたが、士官は頭を振り続けた。

30

四〇〇〇人の足が止まってから一分後、周囲に火薬の臭いが漂い始めた。依然として、誰からも言葉は漏れてこないが、息づかいは着実に荒くなっていた。

「もう、目と鼻の先に地雷原が迫っている。これ以上は無理だ」

ソンスは板門店警備時代の記憶を辿り、現在自分たちがいる位置と過去に覚えた地雷原の地図とを頭の中で重ね合わせた。その時、目の前の草むらが動き、中から顔を煤だらけにしたオ情報員が現れた。

「手榴弾《しゅりゅうだん》を投げて地雷を破壊したの。この要領で通路を確保すれば、時間はかかるけど、何とか地雷原を抜けられるはずよ」

「しかし、手榴弾の数は限られているんだろう？」

「あと五〇発くらいかしら。でも、そのあとは五八式機関銃で地面を乱射して、地雷を爆発させて道を切り開く。リ同志、あなたは人々をしっかり誘導してほしいの。私はこれから道を作り続けるから」

「無茶だ。彼らの中には、老人も女子供もいるんだ」

「分からない人ね。彼らは全員、死を覚悟しているの。これ以上、あなたが帰れって言ったら、舌を嚙み切って自殺する人が出てくるわよ」

ソンスは人々の顔を見渡した。誰一人口を開く者はいなかった。が、全員の表情と視線が、絶対に帰らないと雄弁に語っていた。

「じゃあ、私は先に進んで地雷を破壊し続ける。京義線の線路づたいに進むより、ちょっとリスクは高いけど、最短の進路を選べばあと八〇〇メートルで軍事境界線に着く。そうしたら、どうやって高圧電流の鉄条網を突破するかを考えるわ」

一方的に告げたオ情報員は、再び草むらの中に飛び込んでいった。ソンスは一行を見ると、右手を高く掲げて歩を進めるよう合図した。そして先頭に立ち、わざと歩行速度を落とした。そのあとを四〇〇〇人の脱北予備軍が追った。

再び歩き始めてまもなく、前方で先ほどと同じような破裂音が何度も響き、次々と白煙が上がり続けた。時折、軽機関銃の連射音が轟《とどろ》く。地雷原の要所要所に配置された北の監視兵とオ情報員が、激しい銃撃戦を展開しているようだ。軽機関銃の音が止むと、数十秒の静寂《せいじゃく》、その後に白煙が上がる。

五分後、オ情報員が息を切らせながら、再び草むらから姿を現した。

「ここから先は、ワイヤ型の線地雷の数が急激に増えるわ。いったん、みんなの歩行を止めて、私とあなたの二人で地雷を除去して回った方がいいと思う」

オ情報員の額には、汗と返り血が滲《にじ》んでいた。ソンスは頷くと、右手を上げて隊列を止めた。まず、ソンスの動きを見た先頭集団が歩みを止め、後ろを振り向くと、その動きがすばやく後方に伝達されていく。その間も、相変わらず全員が無言のままだ。

「線地雷の他にも、槍《やり》が仕込まれた落とし穴や、監視兵用の潜伏壕《ごう》がある。一つ一つ、潰《つぶ》していくしかない」

ソンスは軍服の上着を脱ぎ捨てると、オの背嚢から手榴弾と軽機関銃の予備弾を受け取った。

「アジュマ、これから私も道を作りに行って参ります。しばしお待ちください」

すぐ後ろにいたヨンヒに告げると、ソンスはオ情報員の後を追って草むらに飛び込んだ。その瞬間、単射モードの軽機関銃の銃声が二回響いた。同時に、前方で人が倒れ込む音が聞こえた。オ情報員が近くに潜んでいた監視兵を仕留めたのか。ソンスが背の高い草をかき分けて進むと、肩と首を撃ち抜かれたオが倒れ、口を開けて喘《あえ》いでいた。

「左前方、一一時方向の監視小屋に腕のいい狙撃兵がいるわ。ここからあと二〇〇メートルで軍事境界線。私はドジってしまったけど、リ同志、あなたは完璧にやり遂げるのよ。背嚢の火薬と火器を全部使い切って、早く道を作ってあげ……」

最後まで言い切らぬうちに、オ情報員は目を見開いたまま絶命した。ソンスはオの軍服を剝ぎ取ると、それを手榴弾に巻きつけて前方に放った。狙撃兵は反射的に、空を舞う軍服に連射で銃弾を浴びせた。ソンスはすかさず立ち上がり、一一時の方向に軽機関銃を向けると、引き金を引き続けた。六〇メートル離れた監視小屋で人が倒れたのを目で確認すると、また手榴弾を握り締めて歩行を再開した。

◇

「何者かが地雷を爆発させながら、道を切り開いているようです」

軍事用の大型双眼鏡を覗きながら、韓国軍士官が告げた。

「今、また白煙が上がりました。軍事境界線まであと五〇メートルの地点に迫っています」

スーフンは、双眼鏡を目に当て、士官と同じ方向に焦点を合わせていた。背の高い草に遮《さえぎ》られ、地雷を爆発させ続けている者の姿は見えない。大田原は草原に目を凝らした。

「会長、地雷原に入った集団の後方、工業団地の辺りに三〇台程度のトラックらしき影が見え始めました」

パソコンの画像を注視していたソンが叫んだ。

「北の鎮圧部隊が送り込まれてきたということですか？」

分厚いコンクリートの監視窓からデジタルカメラを構えていた大田原が、ソンに尋ねた。

「たぶん、そうでしょう。早くしないと、全員が鎮圧部隊に殺されてしまう」

双眼鏡から目を離したスーフンは、監視小屋の低い天井を見つめた。

「何とかして彼らを助ける手段はないのか。米軍も、それに君たち韓国軍も、みすみす民間人、いや同胞たちを見殺しにする気か！」

スーフンは韓国軍士官に詰め寄っていた。士官は頭《こうべ》を垂れ、首を振った。大田原は再び、カメラのファインダーに顔を寄せた。そのとき、防弾チョッキの下のジャケットの中で、国際通話ができる携帯電話の端末が震え出した。大田原は急いで端末を取り出し、通話ボタンを押した。

「堀川さん……？　大和新聞の堀川カメラマンですか？」

31

ソンスが最後の一つとなった手榴弾を投げ、周囲三〇メートル圏内の地雷を爆発させると、赤土とちぎれた草が舞い上がった。記憶の中の地図によれば、この付近に塹壕《ざんごう》はない。あと一メートルで草地が途切れる。ソンスの目の前に、高圧電流が流れる鉄条網が現れた。手前から二〇〇〇、三〇〇〇、六〇〇〇、一万ボルトの順番だ。高さ四メートル、横五〇センチおきに、太い鉄の線が電気の壁となってそびえ立っている。

ソンスは、オから受け取った背嚢をたぐり寄せると、中から長さ一メートルの鉄製の棒を取り出した。かつて板門店で警備に就いていたころ、歩兵部隊のベテラン兵が電線の補修作業に使っていた棒だ。点検任務では区画ごとに高圧線の電源を落とし、錆《さ》びた鉄条網を張り替えていた。その時、万が一に備える意味で、保守担当兵士たちはアース棒としてこの鉄の棒を使う。オもこの仕組みを熟知していたのだろう。背嚢には、この単純極まりない「最終兵器」が何本か入っていた。

ソンスは慎重に、二〇〇〇ボルトの電流の壁に近づいた。ブーンという低い音が周辺に響いていた。熱気も伝わってきた。ソンスは間合いを測りながらアース棒を投げた。鉄条網に棒が振れた瞬間、青白い火花が飛び散り、大量の電流が鉄の棒を伝って土の中に消えた。バチバチという大きな音がして、次いでシューという音が続いた。焦《こ》げた臭いも漂う。

「まずは第一関門突破」

独りごちたソンスは、背嚢から先が尖《とが》った大型ペンチを取り出し、高さ二メートル、横五メートルの大きさに鉄条網を切り取った。次の三〇〇〇ボルトの壁を越えるべく、もう一本アース棒を取り出した時だった。背後で多数の軽機関銃が一斉に火を噴く音が轟いた。ソンスはその場にアース棒を置くと、自らが切り開いた道を全速力で逆戻りした。

◇

〈大田原先生、板門店にいらっしゃるって、どういうことですか?〉

端末を通して、堀川カメラマンの驚愕《きょうがく》の声が聞こえた。

「詳しくお話しする余裕はないのですが、強《し》いて言えば、素永さんの敵討ちのためでしょうか」

〈馬鹿なことを言っちゃいけません。それより、この非常時になぜ板門店に入り込めたんですか?〉

「戦場カメラマンになりたかった素永さんが連れてきてくれたのかもしれません」

〈ま、まさか……。あ、ちょっとお待ちください〉

大田原は、端末を耳に付けたまま会話を中断した。スピーカーの奥では、大和新聞の編集局らしき大部屋で何人もの怒号が響くのが聞こえた。

〈先ほど平壌市内で、指導部層が乗った高級ドイツ車が猛スピードで走り去る姿が確認されたそうです〉

「遂に将軍様が逃げ出しましたか。中国にでも亡命する気でしょう。しかし、陸路では一般市民とかち合う可能性があるし、海上経由で逃げるつもりなのか。一九八〇年代後半、旧東側諸国のルーマニアや東ドイツで独裁政権が倒れた時と雰囲気が似てきましたね」

大田原は、堀川の周囲から聞こえてくる喧噪《けんそう》がますます大きくなるのを感じながら答えた。

〈しかし先生、モトちゃんの敵討ちだなんて、危険なことはしないでくださいよ〉

「そうだ……敵討ちだよ」

大田原は、ふと思い出したようにつぶやいた。

「素人《しろうと》の私にいい写真が撮れるかどうかは分からないが、ここで何が起こったか、何とかして世界に伝えなければならない。それが素永さんの遺志を継ぐことにもなる。堀川さん、私は現場を写真に収めてくるつもりです。また会いましょう」

堀川カメラマンが何か言うのが聞こえたが、大田原は構わず電話を切った。そして、眼下に広がる草原に視線を落とし、時折立ち上る白煙と破裂音に意識を集中させた。

「会長、今、草むらから背の高い兵士が現れて、四本ある高圧電線のうち、一本を破壊しました。あ、また草原に戻っていく！　何が起こったのだ」

迷彩色にペイントされた特大の双眼鏡を見ていたソンが叫んだ。大田原は懸命に目を凝らした。スーフンとソンは韓国兵のもとに駆け寄り、境界線に目を向けている。

「草が倒され、土が飛び散り、道のような形ができていますね」

大田原は、電線の周辺に異変が起こったことを肉眼で確認した。

「あそこから北の人々を逃がそうというのか」

大田原が腕組みをして言った直後、パソコンのモニターを凝視していたソンが叫んだ。

「追いつかれました。集団の最後尾に北の部隊が追いついてしまいました」

一同はすぐにソンのモニターの周りに集まった。今まで距離を保っていた点の塊《かたまり》同士が、最新のデータではぴったりと一つの塊になっていた。同時に、衛星写真には薄い煙幕がかかり始めていた。

◇

一分間、来た道を逆に走ったところで、ソンスは中年の労働者三人とヨンヒ、それに軍服姿の青年と遭遇した。青年は、大阪・梅田の地下街を死の街に変え、ソンスらと一緒に最高司令官同志の賛辞を受けたペ情報員だった。

「君がなぜここに？」

「貴君と同じだ。民衆を制圧するよう命令を受けて開城に来たが、人民を解放するのが正義だと思い直し、ここまで護衛役を買って出てきた」

ソンスはペの言葉を聞き、三人の労働者とヨンヒに視線を向けた。皆、無言で頷いていた。軍幹部主催の慰労会で、ペは大声で「マンセー！」と叫び、最高司令官同志を讃《たた》えていた。ところが、南からのメールと画像、さらに群衆の意志の強さに打たれ、ソンスと同じく考えが一八〇度変わったらしい。ソンスがペの顔を見て頷いた時、背後を気にしていたヨンヒが叫んだ。

「ソンス、人民軍が私たちの最後尾に追いついて、問答無用で銃を乱射し始めたわ！　この先はどうなっているの？」

「高圧電流が流れる鉄条網までは道を作りました。四本の電線のうち、一本は私が切りました。あと三本切れば、南に抜けることができます。早く誘導してくださ い」

ソンスの言葉に、頬に無精髭が浮き出た労働者が大きく頷き、大声で叫び始めた。

「あと少しで軍事境界線、南は目前だ！」

ソンスは再び、鉄条網に向けて走り出した。後ろでは、人民軍が銃を乱射している。人民を守るための軍隊が、丸腰で無抵抗の人民に容赦なく弾丸を撃ち込んでいる。つい四時間ほど前は、自分もその軍隊にいたのだ。ソンスの頬を、気づかぬうちに涙が伝い落ちていた。

「俺は一体、誰を守ってきたんだ」

次第に銃声が近づいてくる。同時に、幼児の泣き叫ぶ声や母親らしき女性の金切り声が混じってきた。人間の肉体に銃弾が撃ち込まれる鈍い音も聞こえ始めた。

「俺は絶対に彼らを南に逃がす」

ソンスは背嚢からアース棒を取り出すと、三〇〇〇ボルトの高圧線にぶつけた。先ほどと同じ要領で、大型ペンチで鉄条網を切り開いた。残りはあと二つ。六〇〇〇ボルトと一万ボルトの超高圧線だ。周囲には、電気の波が猛烈な速度で走るブーンブーンという鈍い音が聞こえる。

ソンスは新たにアース棒を取り出し、六〇〇〇ボルトの高圧線をショートさせた。二〇〇〇ボルトや三〇〇〇ボルトの時とは比べものにならないほど、大量の青い火花が飛び散った。ソンスの体にも容赦なく火の粉がかかった。皮膚が何ヵ所も焼け焦げ、不快な臭いを放った。猛烈に熱い。外気温は五〇度近くに達しているだろう。ソンスは経験したことのない熱気に包まれ、体を硬直させた。一〇秒間、火花が静まるのを待ってペンチを手に取った時、ヨンヒの声が後方から響いた。

「ソンス、急いで。すぐそこまで兵士たちが迫っているわ！」

振り返ると、三〇人くらいの労働者が銃剣を持った兵士五、六人ともみ合っていた。ソンスはペンチを手にすると、鉄条網の端に刃先を向けた。その時、背後から金切り声が響いた。

「動くな、裏切り者！　南の犬め、ただちにそのペンチを捨てろ！」

振り向くと、軽機関銃を構えた若い監視兵がいた。五八式機関銃の銃口をソンスに向けていたが、肩口が震えていた。

「死にたくなければ俺のことは放っておけ」

ソンスは若い兵士を一喝すると、再びペンチの刃先に視線を向けた。しかし、若い兵士は一段と大きな声でペンチを置けと叫んだ。ソンスは中腰の体勢になると、若い兵士を見据えた。依然として、軽機関銃を構える肩口が震えていた。

「そんな構えでは、俺を撃つことはできんぞ」

「黙れ！」

ソンスの言葉に煽られた監視兵は、肩を強張《こわば》らせ、身構えた。その瞬間、ソンスは手に持っていたペンチを全力で投げた。うなりを上げた特大のペンチは、刃先から兵士の顔面に向かって飛んだ。頬に鉄製の奇妙な突起ができてから三秒後、熟れたザクロのように兵士の顔面から血と肉が弾けた。

ソンスはもう一度、周囲を見渡した。追ってくる監視兵の数が、どんどん増え続けていた。軍事境界線まで、距離はあと三〇メートル程度。

「ソンス、早くあと一本、最後の電線を切って。早く！」

男たちの揉《も》み合いから逃れたヨンヒが鋭く叫んだ。高圧電線の向こう側、南が管轄する敷地に、ヘルメットに小型カメラを据え付け、迷彩服を着たフル装備の米軍兵士の姿が見えた。銃口を向けているが、ソンスの行動が何を意味するかを察して、左手で手招きを始めた。

分かっている。急いでいる。ソンスは口の中で何度もつぶやいた。あと一本、超高圧の電線をショートさせ、鉄条網に抜け穴を作らなければ、おそらく全滅だ。ソンスは背嚢に手を突っ込んだ。しかし、軽機関銃の補充弾があるだけで、鉄棒は一本もなかった。六〇〇〇ボルトの電源を落とした時、アース棒を全て使い切ってしまった。背後の六〇〇〇〇ボルトの高圧線を振り返ったが、案の定、棒は溶けてなくなっていた。

ソンスは大きく息を吸い込んだ。もはや、残された手段は一つしかなかった。信《シン》川《チョン》復讐隊で学んだ最終手段だ。一万ボルトの電流が発する熱を顔面に感じながら、ソンスは一度息を大きく吸い込み、目を閉じた。

「俺は誰を守ってきたのか」

しばらく胸を覆《おお》っていた疑問が、高圧電流が発する熱によって氷解したとソンスは思った。背後にいる数千人の同胞を守る。高圧線を切断して、南側に脱出させることで、人間の命を守る。つい数時間前に射殺した、開城の労働者の引きつった顔が脳裏に浮かんだ。さらに、銃殺した政治犯や脱走兵、東京で手にかけた源佐栄子記者、骨董品ブローカーの顔が、次々とソンスの頭の中を駆け巡った。

本来ならば、死ななくてよかった人間たちだった。もし自分が命を失っても、彼らが息を吹き返すわけではない。しかし、命がけで背後の人々を救えば、わずかながらも贖罪《しょくざい》となり得る。人民のための軍隊の一員ならば、人民を助けるために命を捧《ささ》げるのが本来の姿だ。目を見開いたソンスは、背後を振り返り、ヨンヒの姿を視界にとらえた。

「アジュマ、お達者で！　南の伯父貴にもよろしくお伝えください。マンセー！」

ヨンヒに笑顔を向けると、ソンスは低い姿勢を保ったまま、一万ボルトの鉄条網に向かって全力で突進した。

「ソンス！　ソンス！」

高圧線が目の前五〇センチに迫った時、ヨンヒが発した金切り声が聞こえた。ソンスは立ち止まらなかった。高圧線を断絶させて血路を開き、少しでも多くの人の命を救う。ソンスは目を見開いたまま、高圧線に飛び込んだ。

ドーンという破裂音が聞こえた。ソンスは、自らを絡め取った一万ボルトの高圧線が蛇のようにのたうち、足がふわりと地面から離れるのを感じた。六〇〇〇ボルトの電線の時とは比べものにならないくらい、大量の火花が飛び散っていた。これで人民のために死ねる。そう思った瞬間、白いキノコ雲状の煙が、鉄条網の一〇メートルほどの地点まで上がった。

32

「キノコ雲です！　一万ボルトの鉄条網に誰かが飛び込みました」

双眼鏡を抱えた韓国軍士官が叫んだ。ソンがすかさず訳してくれ、大田原は士官と同じ方向に双眼鏡を向けた。高圧線は二回激しく波打ったあと、ようやく動きを止めた。数秒後白煙が風で流され、ぐにゃりと曲がった高圧線から、黒く大きな炭の塊が吊り下がっているのが見えた。高圧線がもう一度大きくうねり、炭の塊はこなごなに砕け散った。

「誰かが身を挺《てい》して電流を止めたんだ」

ファインダーを覗きながら大田原が叫んだ。

〈高圧線を破って、北の民衆がこちらに避難を始めた。北の兵士が妨害を続けている。排除してもいいか〉

〈兵士だけを徹底排除せよ〉

監視小屋の中で、米海兵隊の無線が生々しく最前線の様子を伝えていた。韓国軍士官はレシーバーを手に取ると、早口の英語でまくしたてた。

「誰が最後に高圧電線を破ったのか、教えてほしい」

〈名前や階級は分からんが、背の高い、目の大きな北の兵士だった〉

背が高く、目の大きな兵士。レシーバー越しの米兵の声を聞いて、大田原の脳裏には不意にリ・ドンホの顔が浮かんだ。スーフンは依然として、双眼鏡越しに曲がった高圧線を見つめている。

〈軍事境界線付近の北の兵士は全員排除した。民間人の負傷者が多数出ている。至急、救護班とヘリを回してくれ〉

〈了解。このあと、多くの民衆がこちらに押し寄せてくる。境界線上の高圧電線の残骸《ざんがい》を、少しでも取り払っておきたい。工兵部隊を一個小隊、至急派遣してくれ〉

監視小屋には、米軍の無線連絡の音だけが響いた。

33

板門店の西の外れ、「帰らざる橋」。ソンと大田原を伴って韓国側の監視小屋を飛び出したイ・スーフンは、水色に彩られたポールの前に立ち、橋の向こう側、北朝鮮の領土内にある木立を見つめた。三〇分前、非武装地帯に突入した米海兵隊の一個師団が、橋の周辺を制圧した。北の最高司令官が北京に向けて敗走したという情報は、メールを通じて矢継ぎ早に北朝鮮の兵士にも伝わり、前線は事実上崩壊していた。

高圧電流の壁は取り払われた。開城の市民たちがあとわずかでこの橋を越えてくるはずだ。スーフンは、傍らでデジタルカメラを構える大田原に目を向けた。大田原はファインダーを覗いたあと、肉眼で橋の彼方を見つめた。

「イ会長、今日の私は、東京のテロで亡くなった友人の新聞記者の代理です。戦場カメラマンに憧れていた男でした。あなたの同胞の姿を、私がしっかり記録します」

「もう韓国人も日本人も関係ない。一人の人間として、これから同胞が再会する光景を記録してください」

大田原が頷いた時、橋の向こう側で話し声が響き始めた。スーフンは耳を澄ました。非武装地帯を吹き抜ける風や、枝と枝が擦《こす》れる音に混じり、北の訛の言葉がわずかに聞こえてきた。開城の住民たちに違いない。スーフンは車止めの水色のポールに手を置き、橋の先を注視した。

木立の切れ目から、泥だらけの労働者が五、六人、手を振りながらゆっくりと歩を進めてくるのが見える。その背後には、木切れを杖《つえ》にした老人、老人の手を支える、北の軍服をまとった兵士。兵士は白い布切れを持った左手を高く掲げている。

スーフンは、兵士の背後で足を引きずりながら歩む白髪の老女を視界にとらえた。

服の袖口が引きちぎれていた。軽傷を負ってはいるようだが、自らの足で歩を進めている老女は、待ちこがれた妹に間違いなかった。

「ヨンヒ！　ヨンヒではないか」

制止する韓国軍士官を振り切って、スーフンは車止めのポールを越え、橋の中ほどまで駆けた。

「オッパー！　スーフン・オッパー！」

橋の中央で、老いた兄妹は強く抱き合った。スーフンはヨンヒの肩に手を回し、その体を支えながら橋を引き返した。ヨンヒのあとには、担架《たんか》に乗せられた子供や老人が続いた。さらに青年や老人、少年など、様々な人々が橋を渡り、越南を果たした。一行の間から、すすり泣く声が聞こえている。地雷と人民軍の恐怖から逃れた安堵《あんど》感から、口を開けてその場にうずくまる者も少なくなかった。

「ヨンヒ、お前が真っ先に越南してくるとは思わなかった」

「オッパー、すみません。本当にすみません」

「何を謝る？」

謝罪の言葉を繰り返したあと、ヨンヒはひび割れたアスファルトの上にしゃがみこんだ。

「ソンスが、ソンスが身を挺して私たちを解放に導いてくれたのです」

「ソンス？　誰のことだ？」

「ヨンナムの……」

「ヨンナムの息子か？」

スーフンが震える声で尋ねると、ヨンヒは小さく頷き、再び嗚咽を漏らした。

「ソンスは高圧電流が流れる鉄条網に飛び込み、文字通り身を挺して、最後の壁を取り払ってくれたのです。彼はとても苦しんでいました。たくさんの政治犯を殺《あや》めたこと、そして、東京の人民を毒ガスで苦しめたこと。ソンスは、その罪を償ったのです。贖罪のために、自らの命を犠牲にして電線を破壊したのです」

「では、先ほど上がった大きな白い煙は……」

「あれは、ソンスが高圧電流に焼かれた時に上がったキノコ雲です。ソンスは、自分が真っ黒な炭になる代わりに、私たちを解放してくれたのです」

一気に話したヨンヒは、再びその場に泣き崩れた。

「ヨンナムのたった一人の息子が、我が同胞たちを救ってくれたのか」

スーフンはヨンヒの肩に手を添え、天を仰いだ。ヨンヒの傍らに膝をつくと、スーフンは五〇年以上こらえ続けてきた涙を、誰にはばかることなく流し続けた。

橋を渡り続ける人々に目を向けながら、スーフンは、彼らが虐《しいた》げられ続けた姿を想像し、胸が締めつけられるような思いに襲われた。

「オッパー、これを……」

うずくまっていたヨンヒは、胸のポケットから丸い金属片を取り出し、スーフンに差し出した。スーフンは左手で受け取った。丸い真鍮《しんちゅう》の板だった。中央部に、小指の先ほどの大きさの凹《へこ》みがあった。ところどころに血がこびりついていた。この真鍮板が何なのか、スーフンは即座に理解した。

「ソンスは、ヨンナムの息子ソンスは、私にこのお守りを託して死にました。おかげで、私はこうして越南することができました」

「わが一家の形見の一部を大事に取っておいてくれたのか」

震える手でヨンヒから蓋を受け取ったスーフンは、チョッキのポケットから懐中時計を取り出した。中央に凹みのある丸い蓋を右手に持つと、左の掌に置いた文字盤の上にそっと重ねた。精工舎製の古時計の小さな留め具は、小さな音を立てて蓋を受け止めた。

「これで、やっとヤクソクを、六〇年来のヤクソクを果たせたな。ヨンヒよ、前に北京でヤクソクした通り、ソウルの大通りを大手を振って一緒に歩こう。そのあと、時期を見て故郷の村を訪ね、先祖の供養をするのだ」

スーフンは、ヨンヒの目を見ながら語りかけた。スーフンの両手を、ヨンヒの皺だらけの手が覆った。小さな家宝が、妹と自分の手の中で、ゆっくりと動いている。

六〇年前の、豪雨の朝と同じように、懐中時計は時を刻み続けた。

◇

大田原は、スーフンとヨンヒが固く手を握り合っている姿を撮影し続けた。スーフンが言ったように、民族や国境など関係ない。人間と人間が、小さな橋のたもとで魂を震わせていた。二人の半世紀にわたる別離を思うと、シャッターを切る指に自然と力がこもった。

周辺では、スーフンとヨンヒだけではなく、越南を果たした人々や投降した数人の北朝鮮兵士たちが、米海兵隊員や韓国軍兵士と抱き合っていた。風が強くなり、枯れた葉や草が辺りを舞い始めた。

「素永さん、見えるかい？　こういう現場に立ち会いたかったんだろ？」

ファインダーを覗きつつ、大田原は素永に語りかけた。新宿の地下街の惨状を克明に記録して死んでいった素永がこの現場にいたら、大きな顔を紅潮させながら必死で撮影を続けたに違いない。今、民族の再会という歴史の瞬間に立ち会う機会を得たのは、素永の導きに違いなかった。

大田原はこれまで、意識して写真を撮ったことなどなかった。家族のスナップ写真を最後に撮ったのはいつだったか。しかし、ここで繰り広げられているのは、万人が目に焼きつけるべき光景だ。そう感じた大田原は、ひたすらシャッターを切った。涙を流し、大地に両手をつく老人。その傍らには、老人の慟哭《どうこく》を不思議そうに見つめる粗末な衣服の少女。軽機関銃のマガジンを外し、米海兵隊員に手渡す北朝鮮の投降兵士がいた。

「これが現場なんだ」

大田原は背後から誰かに操られるように、様々な被写体を撮り続けた。橋のたもとに再びカメラを向けた。ファインダー越しの視界の中には、依然として両手を握り合うスーフンとヨンヒの姿があった。

大田原は、不意に、監視小屋で聞いた米海兵隊員と韓国軍士官のやり取りを思い出した。「背の高い兵士が高圧線に飛び込んだ」――。高圧線に飛び込んだのは、あのリ・ドンホと同一人物ではなかったのか。大田原はファインダーから目を離し、しばし考え込んだ。

大田原のゼミから忽然と姿を消したリ・ドンホが北の工作員だったら。大田原がずっと抱いてきた疑問だった。新宿の地下街を地獄に変え、素永をも死に追いやったあのリ・ドンホだったとしたら、なぜ彼は非武装地帯に現れ、高圧線に身を投じたのか。眼前では、まだスーフンとヨンヒがうずくまっていた。

「いずれ二人に聞かねばならない」

大田原がそう思った時だった。ヨンヒの背後で、左手の先に白い布を掲げていた北朝鮮の投降兵士が叫んだ。

「マンセー！」

鋭く雄叫《おたけ》びを上げた兵士は、右手を軍服の左胸に潜り込ませ、拳銃を引き抜いた。

「ペ同志」

大田原の五メートルほど先から、ヨンヒが投降兵士の名を呼んだ。直後、ペと呼ばれた兵士は、スーフンの背後に立っていた米海兵隊兵士と韓国軍兵士に向けて引き金を引いた。

「マンセー！」

大きく目を見開いたペ情報員が放った弾丸は、海兵隊員の顔面をかすめた。海兵隊員は反射的にM16ライフルを構え、引き金を引いた。M16の銃口から薄いオレンジ色の閃光《せんこう》が走り、弾丸がペの脇腹に飛び込んだ。血しぶきが飛び、周囲に火薬の臭いが漂った。ペは体を折り曲げて苦悶《くもん》しながら、震える右腕で無差別に射撃を続けた。弾丸がコンクリートに当たる音がしたあと、今度は鈍い音が二回響いた。その直後、大田原の五メートルほど先で、女の低い呻き声が漏れ始めた。

「オ、オッパー……」

スーフンの両手を握っていたヨンヒが、苦しげに叫びながら、兄の胸に倒れ込んでいた。

「ヨンヒ」

倒れ込んだヨンヒの肩に手を回しながら、スーフンが叫んでいた。次の瞬間、右手に何か違和感を覚えたらしいスーフンは、掌をしげしげと見つめた。急にその顔が大きく歪んだ。大田原の位置からも、スーフンの右の掌にべっとりと鮮血が付着したのが見て取れた。

降伏したと見せかけた北の兵士が、最後の抵抗を試みて銃を乱射し、その流れ弾がヨンヒに命中したのだ。兵士は既に絶命したらしく、血だまりの中にうつぶせに倒れてピクリとも動かなかった。

大田原は反射的に駆け寄った。六〇年の歳月を経て、ようやく兄のもとに帰ってきたばかりの妹が突如銃撃され、鮮血にまみれていた。

「ヨンヒ！」

スーフンは、被弾したヨンヒの背中を押さえ、懸命に止血を試みていた。しかし、ヨンヒの人民服は見る見るうちにどす黒く変色し、背中に添えたスーフンの掌を真っ赤に染めた。

「オッパー……」

ヨンヒはつぶやくように言った直後、肩と背中を震わせ、激しく痙攣した。大量失血に伴うショック症状だ。三秒間の痙攣のあと、ヨンヒはがくりと頭を垂れた。

「ヨンヒ」

大田原が接してきたスーフンは、常に冷静で、腹の底から声を出す力強い男だ。しかし、今、目の前で妹の亡骸《なきがら》を抱くスーフンの口から漏れたのは、大田原が知っているスーフンの声ではなかった。一瞬にして全ての希望を失った老人の声そのものだった。

「ヨンヒ」

スーフンはもう一度、妹の名を呼んだ。橋のたもとの全員が言葉を失っていた。苛烈《かれつ》な運命を乗り越えた直後、思いがけない別れを迎えた兄と妹の前で、大田原は黙って目を閉じた。

大田原、ソン、そして兵士たちの前で、スーフンは低く嗚咽を漏らした。そして、再びヨンヒの顔を見て、口を開いた。しかし、何も声が出ない。悲劇という言葉でも足りないほど、あまりにも残酷な仕打ちだ。スーフンは、なぜこのような酷《むご》すぎる運命を引き受け続けなければならないのか。大田原は、口を開けて小刻みに肩を震わせるスーフンを見た。耐えかねたソンが、右手をスーフンの腕にそっと置いた時、スーフンは突然、腹の底から声を振り絞った。

「ウウォーッ！」

すさまじい怒号に、その場の沈黙が突き破られた。スーフンは大きな目を精一杯開き、天を仰いでいた。そしてまた、野獣の咆哮《ほうこう》のような声を張り上げた。怒り、悲しみ、憎しみ。スーフンは今、その全てが一つになり、行き場を失った巨大な感情の塊と化しているのだ。大田原はスーフンの叫び声を聞き続けた。

エピローグ

1

四ツ谷駅から徒歩で八分。外堀通り沿いの葉桜の下を抜け、大田原は目的の住所を見つけた。

新宿区坂町《さかまち》。細い路地の突き当たりに、築二〇年の古びた分譲マンションが佇《たたず》んでいた。部屋番号は五〇五。一階の集合ポストには、以前の家主の名前が書かれたままになっている。後付けで設置されたオートロックのドア、脇のインターフォンを押して名乗った。

「こんばんは。大田原と申しますが」

弾《はじ》けるような声が返ってきた。

〈ママァ！　オオタ何とかさんだってさ……〉

◇

「先生、お忙しいところすみません」

子供の衣服や教科書が散らかったリビングの隅、小さな仏壇で大田原が焼香を済ませると、素永の未亡人、由紀子《ゆきこ》が両手をついた。

素永の葬儀では目の下に隈《くま》を作っていた由紀子だったが、素永が生前語っていた「肝っ玉母さん」然とした佇まいを、取り戻していた。由紀子の背後では、九歳になった三男がアニメ番組に見入っている。

「何かご不自由はありませんか？」

「そういえば、二日前に、韓国のソンさんという方がお見えになって、これを」

由紀子はエプロンのポケットから白い封筒を取り出し、大田原に手渡した。

「シルバースター電子のイ会長からのお見舞金の目録と言って渡されました。詳しい事情は聞いておりませんが、イ会長の親族の誰かが、例のテロに加わっていたそうです。受け取ってもよいものでしょうか？」

封筒からＡ４判の用紙を取り出した大田原は、目録の最下段に目を向けた。見舞金の額は五億円だった。

眼前の由紀子を正面から見て、大田原は話し始めた。リ・ソンスという北朝鮮の工作員がリ・ドンホという留学生になりすまし、自分のゼミに出ていたこと。新宿で凶悪な毒ガステロを起こした主犯がソンスであり、帰国後に心変わりして、自分の命を犠牲にして何千人もの人々を越南させたこと。そして、イ・スーフンの甥《おい》だったと死後に判明したと包み隠さず話した。

日本でのテロ被害者には、実行犯の伯父《おじ》として何としてでも償いをする。そう語っていたスーフンの言葉は、実行に移されていた。家事で荒れた自分の掌《てのひら》を見つめながら、由紀子は時折涙ぐんだが、大田原の説明を聞き終わると、瞳には強い力が戻った。

「お見舞金、いただくことにします」

「そうですか」

「確かに、夫を殺したその工作員は憎くて仕方がありません。でも、最後には、南に渡る人のために身を挺《てい》して死んだんでしょ？　でしたら、あの国の真実に気づいたってことですよね」

「罪を償うつもりだったということでした」

「国や大和新聞社からお見舞金はいただきましたが、正直なところ、この子を大学まで行かせることができるのか、不安だったのです」

大田原は三男に目を向けた。少年は依然として、画面の中のアニメに熱中していた。長男は大学三年生で、既に総合商社・光岡商会の内定を得たという。しかし、次男は高校三年生、三男は小学生だ。将来的な生活費や教育費を考えれば、国や新聞社からの見舞金で足りるはずはなかった。五億円あれば、由紀子は今まで通り主婦を続けながら、子育てに専念できる。老後資金にも充当できるはずだ。

「私からもイ会長にお礼を言っておきますよ」

見舞金の目録を由紀子に返した時、アニメを見終わった少年が大田原を振り返った。

「おじさん、韓国であの写真撮った人なんでしょ？　すごいね」

少年は笑みを浮かべながらクリアファイルを取り出し、ページを繰った。板門店の「帰らざる橋」のたもとで、両手を握り合っているスーフンとヨンヒのカットだった。脱北した人々や投降した兵士たちの、無数の表情やしぐさ。大田原が大和新聞に提供したショットの数々だった。少年はその紙面を丁寧に切り抜き、ファイリングしていた。

「俺、兄ちゃんたちみたいに学校の成績は良くないけど、写真を撮ることには興味あるんだ」

「そうか、お父さんと同じだね」

「本当？　カメラマンになれるかな？」

大田原は少年の目を見た。澄み切った瞳には強い光があった。亡き父が憧れていた職業、この瞳が放つ光には、夢を成し遂げる力がある。大田原はそう確信した。

「大丈夫。お父さんがついていてくれる。君は絶対にいいカメラマンになれるよ」

大田原は、板門店で必死にシャッターを切った時と同じく、背後に誰かが立っているような気配を感じた。

◇

帰国してから三ヵ月の間、大田原の身辺にも大きな変化が起きた。きっかけは松岡富夫・日銀総裁からかかってきた一本の電話だった。

「そろそろ、バンカーに復帰するかい？」

親分肌の元上司が唐突に切り出した「バンカー」という言葉だった。驚いた大田原の心をさらに揺さぶったのが、松岡総裁が持ち出した聞き慣れない基金の名前だった。

「朝鮮復興開発基金」——。個人崇拝による独裁政治が終焉《しゅうえん》を迎えた北朝鮮は、一〇年かけて段階的に韓国と統合されることが国連主導で決まった。傷《いた》み切った経済システムをそのまま韓国に同化させると、ショックが大きすぎ、世界的な経済成長にも悪影響を及ぼす。その懸念から、国際通貨基金（ＩＭＦ）や経済協力開発機構（ＯＥＣＤ）が音頭を取って、日本銀行や韓国中央銀行、アジア諸国の財務省が復興に向けた基金を作り、段階的に統合する手法が採用されることになった。下馬評では、韓国中央銀行総裁経験者が初代総裁に就くという話だった。ところがそれを、シルバースター電子のイ・スーフン会長が引っくり返した。

「外部の目で、外部の考え方、外部の資金を積極的に朝鮮半島に取り入れてもらった方がいい」

表舞台でのパフォーマンスを嫌うスーフンがロビー活動を展開した結果、基金の総裁として白羽の矢が立ったのが大田原だった。「国際金融、決済、発券について膨大な専門知識と人脈を有する適格者」だとスーフンは自ら松岡総裁を口説き落とし、松岡も首相官邸に積極的に働きかけた。

疲弊し切った経済と、傷み切った国土の立て直し。この難事業に二の足を踏んだ候補者たちが多い中、大田原もすぐに引き受けると決めたわけではなかった。しかし、最後には、松岡の決め台詞《ぜりふ》が背中を押した。

「お前さんのその不器用なところがいいんだ。変に根回しをする人間が総裁なんかやると、利害がこんがらがるからな」

たった一言で大田原の腹は決まった。

◇

平壌で行われる朝鮮復興開発基金の創設式典に向かう朝、妻の静江が大田原に頭を下げた。

「あなた、ごめんなさい」

「何が？」

「だって、あなたが日銀理事になれなかった件で、くどくど言ってしまったことがあったでしょ。まだ怒ってる？　それに、福地さん、大変なことになっているようだし」

「福地がどうかしたのか？」

「福地さんとクレディ・バーゼル証券の人たち、どうやら東京地検の捜査対象になっているみたい。福地さんが東風電機から裏金をもらっていたって、今日発売の週刊誌が書いているの。まだ記事はよく読んでないけど、新聞広告を見て一冊買ってきたわ。理事を終えたあと、衆院選に立候補することを考えていて、その資金が必要だったみたい」

静江は、近所のコンビニで買ってきた週刊誌を大田原に差し出した。

「器用すぎるのも考えものだ。不器用な俺でも、こんなにやりがいのあるポストをイ会長や松岡総裁が用意してくださったんだ。まだまだ働くよ」

東風電機集団は、新型携帯端末の不具合が露呈して、信用が地に堕《お》ちた。加えて、不正経理や一部の共産党幹部への裏献金が発覚した。

共産党内部の権力抗争に巻き込まれ、結局、安値で他の企業集団に売却されてしまった。週刊誌の記事によると、東風と密接な関係を持っていた福地は日銀理事を辞職し、半月前から社会部の記者に追い回されて、都内のホテルに逃げ込んでいるという。神経質な福地の目は、血走っているに違いない。

狡猾《こうかつ》な戦略ほど、些細《ささい》なほころびから崩れ去る。不器用なままでよかった。大田原は週刊誌から目を離すと、ため息をついた。目の前では、依然として静江が頭を下げている。大田原は静江の髪をそっと撫《な》でた。階段を下りてきた娘の奈美江がすかさず茶々を入れた。

「別れの朝だからって、あんまりお熱いところを見せつけられると困るわね」

「馬鹿、そんなんじゃない。これから、東京には週に一回戻れるかどうかになるが、ママとしっかりやってくれよ」

「了解しました、総裁」

2

北朝鮮北東部、郊外。復興事業の一環として、韓国の民間企業と、日本や中国など周辺諸国の有力企業が共同出資して作られた新型工業団地の竣工《しゅんこう》式典が開かれた。

イベントのステージに上がったイ・スーフンは、集まった政府関係者や各国財界首脳、メディア関係者らを見渡した。

「本日、このように私の故郷で工業団地の竣工式を開催することができましたのは、非常に喜ばしいことであります。私はこれまで、シルバースター電子会長として韓国経済の成長に尽くして参りましたが、こうして故郷に工場が建設されたことで、自分のキャリアに一つの大きな区切りができたと考えております。この式典の実行委員長の仕事が終了したのち、私は全ての役職から退き、一民間人として故郷で余生を送ろうと考えております」

韓国経済界の重鎮、イ・スーフンの突然の引退声明を聞いて、会場後方のメディア席が騒がしくなった。

「六〇年を経て、この半島が統一を果たす道筋ができました。今後も経済格差の問題など、数々の障害が浮上してくることが予想されますが、我々は、力を合わせてこれを乗り越えていくことができると思います」

スーフンは、壇上から淡々とスピーチを続けた。会社の事業でやり残した案件はなかった。シルバースター電子は、中央研究所所長を中心とした集団指導体制で乗り切れる。私財のほぼ全てを、日本でのテロ被害者への見舞金として拠出する手筈《てはず》も整えた。

北朝鮮解放の後、内外の報道を通じて、東京でのテロ実行犯であるリ・ソンスがスーフンの甥だと報じられ、波紋が広がった。スーフンは逃げずに記者会見を行い、個別のインタビューにも誠実に応じた。

日本人被害者の中に、依然としてスーフンへの憎しみが残っているのは承知している。会長のポストから退いた後は、たとえ門前払いされても、見舞金を受け取ってもらえるまで行脚《あんぎゃ》を続ける。ソンスが果たせなかった贖罪《しょくざい》は、自分が死ぬまで続けるつもりだった。ソンスも、妹のヨンヒも、あの世から後押ししてくれるはずだ。

竣工式典の会場を後にしたスーフンは、故郷の青空を見上げた。甲高い声を発しながら、一羽の鳶《とび》が澄み切った空を舞っていた。

◇

「ソン、昔はこの辺りに駐在所があって、米軍の爆撃を受けたんだ」

スーフンは、デーウの小型セダンのステアリングを自ら操りながら、助手席のソン・ワンギュに故郷の村を案内した。人民を貧困に喘《あえ》がせ続けた旧政権のもとで、村の面影は、スーフンが離れた当時とほとんど変わっていなかった。公民館の壁には、革命を讃《たた》えるスローガンを書いた幕がまだ垂れ下がっていた。

「会長、そろそろ私が運転します」

恐縮したソンが切り出したが、スーフンは強く頭を振り、ステアリングを握り続けた。サスペンションの固い小型セダンは、縦揺れを繰り返しながら、国道から脇道に入った。狭い道の路面には、砂利《じゃり》と泥が混じっていた。

一五歳の冬、降りしきる雨の中で駆けた道は、もっと広かったはずだ。ところが今、フロントガラス越しに見える道の幅は、記憶よりもはるかに狭い。自分の体が小さかったからか。それとも、先の見えない不安でいっぱいだったせいで、道が広く不気味に思えたのか。スーフンは追憶に浸《ひた》りつつ、かつて家族が身を寄せ合って生活していた家の跡の前に車を停《と》めた。

「ここだよ」

スーフンは、エンジンを切って車外に出た。生家の跡地には雑草が生い茂り、古い軍用トラックが放置されていた。家の粗末な建物は、もはや跡形もなく、石組みの土台のみが残っていた。

「会長、ぼんやりされていては困ります。手伝ってください」

立ちすくむスーフンを促すように、ソンが車のトランクを開けた。

「ああ、そうだな」

スーフンは生家の跡から目を離した。トランクには、先祖を供養するために用意してきた茶礼《チャレ》の祭壇一式が詰まっていた。

ソンはござを敷き、手際よく脚付きの膳《ぜん》を組み立てると、タッパーウェアから供物を取り分けて膳の上に並べた。ナムル、イシモチの干物、リンゴ、餅《もち》……、二〇種類以上の食材が並んだ。準備ができたことを確認したスーフンは、位牌《いはい》に当たるチバンを取り出し、膳の上に置いた。

「簡略だが、これで体裁は整ったな」

スーフンは小さくつぶやくと、膳の前で二度、平伏した。朝鮮式の先祖への供養の挨拶《あいさつ》、ジョル。顔を上げたが、かつて存在した家は、その石組みの土台しか見えない。

「会長、お帰りなさい」

　背後でソンの声が響いた。六〇年の時を経て、ようやく故郷に辿《たど》り着いたのだ。眼前の石組み土台の上にあった、粗末な板戸の姿が浮かんだ。握り飯を摑《つか》んだ幼い弟ヨンナムが、ヨンヒに追いかけられながら板戸を開けて出てくるようだ。その背後には、優しい眼差《まなざ》しで幼い妹弟を見つめる両親、そして祖父がいた。スーフンは再び正座し、背筋を伸ばした。そして生家の跡に視線を向け、両手をつくと、腹の底から声を振り絞った。

「ハルボジ、オボジ、オモニ。スーフンは、ただ今帰って参りました」

　顔を上げ、ジャケットから真鍮《しんちゅう》の懐中時計を取り出した。チバンの横に時計を置いたスーフンは、再びゆっくりと平伏した。

主な参考資料

書籍
チュ・ソンイル『北朝鮮人民軍 生き地獄の兵営』(洋泉社)
清水惇『北朝鮮軍特殊部隊の脅威』(光人社)
西岡力『韓国分裂』(扶桑社)
呉善花『スカートの風』『続・スカートの風』(ともに角川文庫)
手嶋龍一『ウルトラ・ダラー』(新潮社)
鄭銀淑『一気にわかる朝鮮半島』(池田書店)
泉谷渉『図解 半導体業界ハンドブック』(東洋経済新報社)
田中真知『へんな毒 すごい毒』(技術評論社)
みずほ証券投資戦略部編『「韓国の財閥」研究』

新聞・雑誌
『中央日報』
『朝鮮日報』
『日本経済新聞』
『日経エレクトロニクス』
『文藝春秋』二〇〇六年六月号
『週刊新潮』二〇〇六年六月一日号

映像
日本テレビ『北朝鮮ウォッチャー日記』
NHK『NHKスペシャル 終戦60年企画〜一瞬の戦後史・スチール写真が記録した世界の60年』

＊ その他、数多くの書籍、新聞記事、雑誌記事、映像などを参考にさせていただきました。

本作は二〇〇七年『ファンクション7』（講談社）として単行本刊行、
二〇一一年『越境緯度』（徳間書店）として文庫化したものを、改題し、再文庫化しました。

本作品はフィクションであり、実在の個人・団体とはいっさい関係ありません。（編集部）

実業之日本社文庫　最新刊

相場英雄
ファンクション7
新宿の雑踏で無差別テロ勃発。その裏には北朝鮮のテロリストの影が……。北朝鮮、韓国、日本を舞台に、人々の生きざまが錯綜する、社会派サスペンス！
あ93

梓林太郎
天城越え殺人事件　私立探偵・小仏太郎
伊豆・修善寺にある旅館で働く謎の美女は何者？　身元調べを依頼された小仏だが、女の祖父が五年前に殺されていたことを知り――傑作トラベルミステリー。
あ315

いぬじゅん
今、きみの瞳に映るのは。
奈良ケーブルテレビの新入社員・樋口壱羽は、社運を賭けたある番組のADに抜擢されるが……!?　世界を震撼させるラスト、超どんでん返しに、乞うご期待！
い181

沖田円
雲雀坂の魔法使い
ある町の片隅、少女のような魔法使いが営む『雲雀坂魔法店』。切実な苦悩や過去を抱えながらそこを訪れる人々との、切なくも心温まる物語は感涙必至!!
お111

倉阪鬼一郎
お助け椀　人情料理わん屋
江戸を嵐が襲う。そこへ御救い組を名乗り、義援金を募る僧達が現れる。その言動に妙なものを感じ、正体を探ってみると――。お助け料理が繋ぐ、人情物語。
く49

今野敏
排除　潜入捜査〈新装版〉
日本の商社が出資した、マレーシアの採掘所の周辺住民が白血病に倒れた。元刑事が拳ひとつで環境犯罪に立ち向かう、熱きシリーズ第2弾！（解説・関口苑生）
こ215

実業之日本社文庫　好評既刊

池井戸潤
空飛ぶタイヤ
正義は我にありだ──名門巨大企業に立ち向かう弱小会社社長の熱き闘い。『下町ロケット』の原点といえる感動巨編！（解説・村上貴史）
い11 1

池井戸潤
不祥事
痛快すぎる女子銀行員・花咲舞が様々なトラブルを解決に導き、腐った銀行を叩き直す！　テレビドラマ「花咲舞が黙ってない」原作。（解説・加藤正俊）
い11 2

池井戸潤
仇敵
不祥事を追及して職を追われた元エリート銀行員・恋窪商太郎。彼の前に退職のきっかけとなった仇敵が現れた時、人生のリベンジが始まる！（解説・霜月蒼）
い11 3

伊兼源太郎
密告はうたう　警視庁監察ファイル
警察職員の不正を取り締まる警視庁人事一課監察係の佐良は元同僚・皆口菜子の監察を命じられた。彼女とはかつて未解決事件での因縁が…。（解説・池上冬樹）
い13 1

浦賀和宏
カインの子どもたち
「死刑囚の孫」という共通点を持つ立石アキとジャーナリストの泉堂莉菜は、祖父らの真実を追うためにある調査に乗り出した──。書き下ろしミステリー。
う5 1

実業之日本社文庫　好評既刊

江上 剛
銀行支店長、走る
メガバンクを陥れた真犯人は誰だ。窓際寸前の支店長と若手女子行員らが改革に乗り出した。行内闘争の行く末を問う経済小説。（解説・村上貴史）
え11

江上 剛
銀行支店長、追う
メガバンクの現場とトップ、双方を揺るがす闇の詐欺団。支店長が解決に乗り出した矢先、部下の女子行員が敵に軟禁された。痛快経済エンタテインメント。
え13

今野 敏
マル暴甘糟《あまかす》
警察小説史上、最弱の刑事登場!?　夜中に起きた傷害事件は暴力団の抗争か半グレの怨恨か。弱腰刑事の活躍に笑って泣ける新シリーズ誕生！（解説・関根 亨）
こ2 11

今野 敏
潜入捜査　新装版
今野敏の「警察小説の原点」ともいえる熱き傑作シリーズが、実業之日本社文庫創刊10周年を記念して装いも新たに登場！　囮捜査の行方は…。（解説・関口苑生）
こ2 14

沢里裕二
処女刑事　性活安全課VS世界犯罪連合
札幌と東京に集まる犯罪者たち――。開会式を爆破!?　松重は爆発寸前!!　処女たちの飽くなき闘い。豪華キャストが夢の競演！　真木洋子課長も再び危ない!?
さ3 10

実業之日本社文庫　好評既刊

佐藤青南
白バイガール
泣き虫でも負けない！　新米女性白バイ隊員が暴走事故の謎を追う、笑いと涙の警察青春ミステリー！　迫力満点の追走劇とライバルとの友情の行方は――？

さ41

柄刀一
システィーナ・スカル　ミケランジェロ聖堂の幻
イタリア・フィレンツェのシスティーナ礼拝堂に描かれた天井画「最後の審判」に秘められた謎とは⁉　世界が驚嘆する美術ミステリー。（解説・波多野健）
つ13

鳴海章
マリアの骨　浅草機動捜査隊
浅草の夜を荒らす奴に鉄拳を！――機動捜査隊浅草日本堤分駐所のベテラン&新米刑事のコンビが連続殺人犯を追う、瞠目の新警察小説！（解説・吉野仁）
な22

西村健
バスを待つ男
無趣味の元刑事がみつけた道楽は、都バスの小さな旅。東京各地を巡りながら謎と事件を追う。解決するのは家で待つ麗しき妻！（解説・杉江松恋）
に71

西川司
異邦の仔　バイトで行ったイラクで地獄を見た
何者かに爆弾を仕掛けられ命を狙われた男の脳裏には、数十年前の中東イラクでの出来事が――テロリストの正体は⁉　実体験を基に描いた迫真のサスペンス！

に81

実業之日本社文庫　好評既刊

貫井徳郎
微笑む人
エリート銀行員が妻子を殺害。事件の真実を小説家が追うが……。理解できない犯罪の怖さを描く、ミステリーの常識を超えた衝撃作。（解説・末國善己）
ぬ11

原田マハ
総理の夫　First Gentleman　新版
42歳で史上初の女性・最年少総理大臣に就任した妻と、鳥類学者の夫の奮闘の日々を描いた、感動の政界エンタメが装いも新たに登場！（解説・国谷裕子）
は43

深町秋生
死は望むところ
神奈川県の山中で女刑事らが殲滅された。急襲したのは、武装犯罪組織・栄グループ。警視庁特捜隊は仲間を殺戮され、復讐を期す。血まみれの暗黒警察小説！
ふ51

誉田哲也
主よ、永遠の休息を
静かな狂気に呑みこまれていく若き事件記者の彷徨。驚愕の結末。快進撃中の人気作家が描く哀切のクライム・エンターテインメント！（解説・大矢博子）
ほ11

本城雅人
代理人　善場圭一の事件簿
女性問題、暴行、違法な賭け事……契約選手をめぐる様々なトラブル解決に辣腕をふるう代理人の奮闘を活写。異色スポーツミステリー！（解説・佳多山大地）
ほ41

実業之日本社文庫　好評既刊

南 英男
脅迫　強請屋稼業
新空港の利権にからみ、日本進出をもくろむアメリカ企業がスキャンダルをネタにゆさぶりをかける。敵対会社の調査を依頼された見城豪に迫る罠とは⁉
み 7 16

森村誠一
美しき幻影　遥かなる墓標のもとに
戦争中、徴兵を忌避しアルプスの最奥地・雲ノ平で消息を絶った男がいた。彼の行方を追い山へ向かった作家の決意とは——著者渾身の書き下ろし長編。
も 1 5

矢月秀作
いかさま
拳はワルに、庶民にはいたわりを。よろず相談所所長・藤堂廉治に持ち込まれた事件は、腕っぷしで一発解決。ハードアクション痛快作。（解説・細谷正充）
や 5 1

吉村達也
原爆ドーム0《ゼロ》磁場の殺人
原爆ドーム近くで起きた集団暴行で兄を殺された美少女は18年後、なぜか兄の死を目撃した男と結婚していた。単なる偶然か、それとも…（解説・大多和伴彦）
よ 1 10

泡坂妻夫、折原一ほか
THE密室
人嫌いの大富豪が堅牢なシェルターの中で殺された。絶対安全なはずの密室で何が⁉（泡坂妻夫「球形の楽園」）。「密室」ミステリー7編。（解説・山前 譲）
ん 5 1

実業之日本社文庫 あ93

ファンクション7《セブン》

2021年4月15日　初版第1刷発行

著　者　相場英雄《あいばひでお》

発行者　岩野裕一
発行所　株式会社実業之日本社
〒107-0062　東京都港区南青山5-4-30
CoSTUME NATIONAL Aoyama Complex 2F
電話［編集］03(6809)0473［販売］03(6809)0495
ホームページ　https://www.j-n.co.jp/
ＤＴＰ　ラッシュ
印刷所　大日本印刷株式会社
製本所　大日本印刷株式会社

フォーマットデザイン　鈴木正道（Suzuki Design）

ISBN978-4-408-55651-2（第二文芸）